Madeleine Wickham

Auteur reconnu et célébré pour sa fameuse série des aventures de Becky — *Confessions d'une accro du shopping*, *Becky à Manhattan*, *L'accro du shopping dit oui*, *L'accro du shopping a une sœur* et *L'accro du shopping attend un bébé* (parus entre 2002 et 2008) — et pour *Les Petits Secrets d'Emma* (2005), *Samantha, bonne à rien faire* (2007), et *Très chère Sadie* (2010), Sophie Kinsella est aussi l'auteur de six romans signés sous le nom de Madeleine Wickham, dont *Une maison de rêve* (2007), *La Madone des enterrements* (2008) et *Drôle de mariage* (2008), tous publiés chez Belfond. Sophie Kinsella vit à Londres avec son mari et leurs trois fils.

Retrouvez toute l'actualité de l'auteur sur www.sophiekinsella.fr

D0708709

LA MADONE
DES ENTERREMENTS

MADELEINE WICKHAM
alias
SOPHIE KINSELLA

LA MADONE
DES ENTERREMENTS

*Traduit de l'anglais
par Julie Sibony*

BELFOND

Titre original :
THE GATECRASHER
publié par Black Swan Books, a division of Transworld
Publishers Ltd, Londres.

place
des
éditeurs

© 2008, Belfond, un département de
ISBN : 978-2-266-19176-0

À Freddy

1

Fleur Daxeny fronça le nez. Elle se mordit la lèvre, pencha la tête de côté et observa son reflet en silence durant quelques secondes. Puis elle laissa échapper un petit rire étouffé.

« Je n'arrive toujours pas à me décider ! s'exclama-t-elle. Ils sont tous magnifiques. »

La vendeuse de chez Take Hat adressa un regard las au jeune coiffeur qui se tenait nerveusement sur un tabouret doré dans un coin de la pièce. Cela faisait déjà une demi-heure qu'il était dans cette chambre d'hôtel et qu'il attendait de pouvoir commencer, cependant que la vendeuse se demandait si elle n'était pas en train de perdre son temps.

« J'adore celui avec la voilette, dit soudain Fleur, en tendant la main vers un minuscule chapeau en satin noir et tulle fin. Il est élégant, non ?

— Très élégant », confirma la vendeuse. Elle se précipita juste à temps pour rattraper un haut-de-forme en soie noire que Fleur faisait tomber par terre.

« Oui, très », renchérit le coiffeur dans le coin. Il jeta un coup d'œil discret à sa montre : il devait être de retour au salon dans quarante minutes. Trevor allait être furieux.

Peut-être valait-il mieux téléphoner pour le prévenir. Peut-être que…

« Très bien ! s'écria Fleur. J'ai décidé. » Elle releva la voilette et lança autour d'elle un regard triomphant. « Je garde celui-ci pour aujourd'hui.

— Un choix très judicieux, madame, commenta la vendeuse avec une pointe de soulagement dans la voix. Il vous va à merveille.

— À merveille, murmura en écho le coiffeur.

— Il ne vous reste qu'à m'emballer les cinq autres dans des boîtes… » Fleur eut un sourire mystérieux en croisant son image dans le miroir, puis elle rabattit le voile noir sur ses yeux. La dame de chez Take Hat la dévisagea d'un air éberlué.

« Vous prenez les six ?

— Naturellement. Il m'est impossible de choisir, ils sont tous parfaits. » Fleur se tourna vers le coiffeur : « Et maintenant, mon cher, à vous d'inventer une coiffure qui ira avec ce chapeau ! »

Le jeune homme la regarda et sentit une rougeur l'envahir depuis le cou. « Oh, bien sûr, madame. Enfin, je veux dire… » Mais Fleur, déjà, s'était détournée.

« Si vous pouviez mettre le tout sur la note de la chambre, expliquait-elle à la vendeuse. Ça ne pose pas de problème, n'est-ce pas ?

— Aucun problème, madame, lui assura la vendeuse avec enthousiasme. En tant que cliente de l'hôtel, vous bénéficiez d'une remise de quinze pour cent sur tous nos articles.

— Ah, très bien, rétorqua Fleur distraitement. Peu importe. » Elle réprima un léger bâillement. « Du moment que ça va sur la note.

— Je vais m'en occuper tout de suite.

« — Parfait », conclut Fleur. Et, tandis que la vendeuse sortait de la chambre à la hâte, elle se tourna vers le coiffeur avec un sourire enjôleur. « Je suis à vous, à présent. »

Elle parlait d'une voix douce et mélodieuse, sans le moindre accent. Le coiffeur avait cru y déceler une pointe de raillerie, et il rougit de façon imperceptible en s'approchant. Il se plaça derrière elle, rassembla dans une main la masse rousse flamboyante de ses cheveux et les laissa retomber lourdement sur ses épaules.

« Vos cheveux sont en excellente santé, dit-il d'un air gêné.

— Ils sont beaux, hein ? répliqua Fleur avec suffisance. J'ai toujours eu de beaux cheveux. Et une belle peau, aussi. » Elle renversa la tête en arrière, écarta à peine le haut de son peignoir de bain et frotta tendrement sa joue contre la peau claire et soyeuse de son épaule. « Quel âge me donnez-vous ? demanda-t-elle de but en blanc.

— Je ne sais… Je ne voudrais pas…, hésita le jeune homme.

— J'ai quarante ans », répondit-elle avec indolence. Elle ferma les yeux. « Quarante, répéta-t-elle comme pour elle-même. Ça fait réfléchir, non ?

— Vous ne faites pas… », commença le coiffeur sur un ton de politesse maladroite. Fleur ouvrit un œil vert et brillant.

« Je ne fais pas mon âge ? Quel âge je fais, alors ? »

Le coiffeur la dévisagea, mal à l'aise. Il ouvrit la bouche mais la referma aussitôt. La vérité, pensa-t-il soudain, c'était que cette femme incroyable était sans âge. Elle semblait éternelle, inclassable, indéfinissable. Comme il croisait son regard, un frisson lui parcourut le corps ; la conviction aiguë que ce moment avait une importance particulière. Les mains tremblantes, il souleva de nouveau les cheveux de Fleur et les fit glisser entre ses doigts comme des lames de feu.

« Vous faites l'âge que vous faites, murmura-t-il d'une voix rauque. Les chiffres n'ont rien à voir là-dedans.

— Charmant, dit Fleur avec un certain dédain. Et maintenant, mon ange, avant que vous ne commenciez, pourquoi ne pas me commander une petite coupe de champagne ? »

Le jeune homme, docile, abandonna la chevelure entre ses doigts avec une légère déception et se dirigea vers le téléphone. Pendant qu'il composait le numéro, la porte s'ouvrit et la vendeuse de chez Take Hat réapparut, une pile de boîtes à chapeau entre les bras. « Et voilà ! s'exclama-t-elle, essoufflée. Vous n'avez plus qu'à signer là…

— Une coupe de champagne, s'il vous plaît, disait le coiffeur. Chambre 301.

— Je me demandais, madame…, risqua la vendeuse. Vous êtes sûre que vous les voulez tous en noir ? Nous avons des couleurs merveilleuses pour cette saison. » Elle se tapota les dents en réfléchissant. « Il y a un vert émeraude magnifique qui serait époustouflant avec vos cheveux…

— Noir, coupa Fleur d'un ton ferme. Il n'y a que le noir qui m'intéresse. »

Une heure plus tard, Fleur vérifia son apparence dans le miroir, sourit et approuva d'un hochement de tête. Elle était vêtue d'un sobre tailleur noir qui avait été dessiné sur mesure. Ses jambes brillaient, gainées dans des bas de soie noire, et ses pieds étaient chaussés d'escarpins noirs tout simples. Ses cheveux, tirés en arrière, étaient rassemblés en un chignon parfait, sur lequel le petit chapeau reposait à la perfection.

La seule note de couleur dans sa tenue était un éclat de soie rose saumon sous sa veste. Fleur avait pour règle de toujours porter quelque chose de vif, quelle que soit l'austérité de sa tenue ou la gravité de l'occasion. Dans une foule de costumes sombres désespérants, une petite touche de rose attirerait inconsciemment les regards sur elle. Les gens la remarqueraient sans bien savoir pourquoi. Et c'était précisément ce qu'elle voulait.

Sans quitter son reflet des yeux, Fleur rabattit la voilette sur son visage. Son air satisfait s'effaça et laissa place à une expression de tristesse profonde, impénétrable. Elle s'observa en silence pendant quelques instants. Puis elle ramassa son sac Gucci de cuir noir et le tint contre elle avec réserve. Elle hocha la tête avec lenteur plusieurs fois, remarquant les ombres mystérieuses que le voile projetait sur sa peau claire.

Le téléphone sonna, la ramenant brusquement à la réalité.

« Allô ?

— Fleur, où étais-tu passée ? Je n'ai pas arrêté de t'appeler. » Fleur reconnut tout de suite le fort accent grec, et son visage se plissa d'irritation.

« Sakis ! Chéri, je suis un peu pressée…

— Où vas-tu ?

— Nulle part. Faire du shopping.

— Qu'as-tu besoin de faire du shopping ? Je t'ai acheté des vêtements à Paris.

— Je sais, chéri. Mais je voulais te faire une surprise en portant quelque chose de nouveau ce soir. » Sa voix débordait d'affection dans le combiné. « Quelque chose d'élégant, de sexy… » Tout en parlant, elle eut une brusque inspiration : « Et tu sais, Sakis, ajouta-t-elle avec précaution, je me demandais si ce ne serait pas mieux de payer en liquide, pour avoir un bon prix. Je peux retirer de l'argent à la réception de l'hôtel, n'est-ce pas ? Sur ton compte ?

— Jusqu'à une certaine somme. Dix mille livres, je crois.

— Oh, c'est bien plus qu'il ne me faut ! » Sa voix pétillait d'amusement. « Je veux juste m'acheter une tenue. Cinq cents livres maximum.

— Et après ça, tu rentreras directement à l'hôtel ?

— Bien sûr, chéri.

— Il n'y a pas de bien sûr. Cette fois, Fleur, tu ne peux pas arriver en retard. Tu comprends ? Tu-ne-peux-pas-arriver-en-retard ! » Les mots étaient aboyés à la façon d'un ordre militaire, et Fleur tressaillit, contrariée. « Tout est arrangé. Leonidas passera te prendre à trois heures. L'hélicoptère décollera à quatre heures. Nos invités seront là à sept heures. Tu dois être prête pour les recevoir. Je ne veux pas que tu sois en retard comme la dernière fois. C'était… C'était grossier. Tu m'écoutes ? Fleur ?

— Bien sûr que je t'écoute ! rétorqua Fleur. Mais on frappe à la porte. Je vais juste voir qui c'est… » Elle attendit deux ou trois secondes avant de raccrocher vivement le récepteur. Quelques instants plus tard, elle décrocha de nouveau.

« Allô ? Pouvez-vous m'envoyer quelqu'un pour les bagages, s'il vous plaît ? »

Dans le hall de l'hôtel, tout était calme et silencieux. La dame de chez Take Hat vit Fleur passer devant la boutique et la salua d'un petit signe de la main, que la jeune femme ignora.

« Je souhaiterais régler la note, dit-elle en parvenant au comptoir de la réception. Et retirer de l'argent. Le compte est au nom de Sakis Papandreous.

— Très bien. » La douce et blonde réceptionniste tapota brièvement sur son clavier d'ordinateur avant de relever les yeux vers Fleur en souriant. « Combien désirez-vous retirer ? »

Fleur lui adressa un regard rayonnant. « Dix mille livres. Et pourriez-vous me faire appeler deux taxis ? »

La femme la dévisagea avec étonnement. « Deux ?

— Un pour moi, et un pour mes bagages. Mes bagages vont à Chelsea. » Fleur baissa les yeux derrière sa voilette. « Et moi, je vais à un service funèbre.

— Oh, je suis désolée ! s'exclama la réceptionniste en tendant à Fleur une facture de plusieurs pages. Quelqu'un de proche ?

— Pas encore », répondit Fleur en signant la note sans prendre la peine de vérifier. Elle regarda le caissier compter un gros paquet de billets avant de les glisser dans deux enveloppes à en-tête de l'hôtel, qu'elle prit et déposa délicatement au fond de son sac à main. « Mais on ne sait jamais. »

Richard Favour était assis au premier rang de l'église St. Anselm. Les yeux clos, il écoutait le brouhaha de la foule qui, peu à peu, emplissait l'édifice : des murmures étouffés, des traînements de pieds, le claquement des talons sur le sol carrelé, et l'orgue qui jouait en sourdine « Jesu, Joy of Man's Desiring ».

Il avait toujours détesté « Jesu, Joy of Man's Desiring » ; c'était l'organiste qui, trois semaines auparavant, avait fini par suggérer ce psaume lors de leur entrevue en voyant que Richard était incapable de citer un seul morceau d'orgue qu'Emily appréciait en particulier. Il y avait eu un silence quelque peu gêné pendant que Richard, en vain, se creusait la cervelle ; après quoi l'organiste avait murmuré avec tact : « "Jesu, Joy of Man's Desiring" est très demandé… » Et Richard, soulagé, s'était empressé d'accepter.

À présent, il déplorait son choix. Il aurait sans doute pu trouver quelque chose de plus personnel que cet air banal et pompeux. Emily était une vraie mélomane, qui fréquentait les concerts et les récitals autant que sa santé le lui permettait. Ne s'était-elle donc à aucun moment tournée vers lui, le regard brillant, pour lui dire : « J'adore ce morceau, pas toi ? »… Il plissa les yeux et s'efforça de se souvenir. Mais la seule image qui s'imposa à son esprit fut celle d'Emily alitée, frêle et résignée, le regard terne, le teint blafard. Un sentiment de regret mêlé de culpabilité le traversa. Pourquoi n'avait-il pas une seule fois demandé à sa femme quel était son morceau de musique préféré ? En trente-trois ans de mariage, il ne lui avait pas posé la question. Et, maintenant, il était trop tard. Jamais il ne connaîtrait la réponse.

Il se frotta le front d'un geste las et baissa les yeux vers l'ordre de cérémonie posé sur ses genoux. Les mots lui sautèrent au visage : « Service funèbre et action de grâces pour la vie d'Emily Millicent Favour. » De simples lettres noires sur un bristol blanc. Il avait résisté à toutes les tentatives de l'imprimeur pour lui imposer des ajouts coûteux tels que bordures argentées ou angelots en relief. Sur ce point, en tout cas, il était sûr qu'Emily l'aurait approuvé. Du moins l'espérait-il…

Il avait fallu à Richard plusieurs années de mariage avec Emily pour se rendre compte qu'il la connaissait bien mal, et plusieurs autres encore pour comprendre qu'il ne la connaîtrait pas davantage. Au début, sa sérénité distante avait fait partie de son charme, tout comme son joli visage pâle et sa silhouette enfantine qu'elle dissimulait tout autant que ses pensées profondes. Plus elle restait secrète, plus Richard était attiré par elle ; il avait attendu le jour de leur mariage avec une impatience qui frisait le désespoir. Enfin, pensait-il, Emily et lui allaient pouvoir se livrer entièrement l'un à l'autre. Ce n'était pas seulement son corps qu'il avait envie d'explorer, mais également son âme, sa personnalité ; découvrir ses peurs et ses rêves les plus intimes, devenir son compagnon de cœur pour la vie.

Ils s'étaient mariés un jour de grand vent, dans un petit village du Kent. Tout du long, Emily avait gardé un air impassible et posé ; Richard s'était imaginé qu'elle était en réalité plus douée que lui pour cacher l'appréhension nerveuse qui devait brûler en elle autant qu'en lui... une appréhension de plus en plus forte à mesure que la journée s'écoulait et qu'ils approchaient du moment où leur vie commune allait démarrer.

À présent, les yeux clos, il se rappelait ces premières secondes enivrantes, quand la porte s'était refermée derrière le porteur et qu'il s'était retrouvé seul avec sa femme dans leur suite d'hôtel à Eastbourne. Il l'avait regardée enlever son chapeau avec les gestes doux et précis qu'elle avait toujours, espérant à moitié qu'elle jette tout par terre et se précipite dans ses bras, et souhaitant à la fois que cette délicieuse attente incertaine ne s'arrête jamais. Il lui avait semblé qu'Emily le provoquait avec ses manières calmes et nonchalantes, comme si elle savait exactement ce qu'il avait en tête.

Et puis, enfin, elle s'était retournée, et leurs regards s'étaient croisés. Il avait pris une longue inspiration, ne sachant trop par où commencer, lequel de ses désirs refoulés libérer en premier. Alors, elle l'avait fixé de ses yeux bleus à l'expression lointaine et lui avait demandé : « À quelle heure dîne-t-on ? »

Même là, il avait cru qu'elle le taquinait encore. Il avait pensé qu'elle prolongeait délibérément cet instant d'anticipation, qu'elle retenait ses émotions jusqu'à ce qu'elles deviennent incontrôlables et qu'elles explosent à l'unisson des siennes. C'est pourquoi, avec patience, fasciné par son apparent sang-froid, il avait attendu. L'explosion ; la rupture de la digue ; les larmes et la reddition.

Mais rien de cela ne s'était produit. Jamais l'amour d'Emily ne s'était manifesté par autre chose qu'un lent goutte-à-goutte d'affection et de tendresse ; elle répondait à chacune de ses caresses, chacune de ses confidences avec le même intérêt timoré. Lorsqu'il avait essayé de provoquer une réaction plus vive en elle, il n'avait rencontré qu'incompréhension puis, comme il se faisait plus insistant, une résistance presque apeurée.

Il avait fini par abandonner. Et, petit à petit, à son propre insu, son amour avait changé de nature. Avec les années, ses émotions avaient cessé de consumer la surface de son âme telle une coulée de lave chaude et humide, pour se rétracter et se solidifier en quelque chose de dur, sec et raisonnable. Richard lui-même était devenu dur, sec et raisonnable. Il avait appris à garder ses émotions pour lui, à rassembler ses idées sans passion et à exprimer seulement la moitié de ce qu'il ressentait réellement. Il avait appris à sourire quand il avait envie de rayonner de joie, à faire claquer sa langue quand il voulait hurler de douleur, à réprimer autant que possible ses pensées stupides.

Et, maintenant, tandis qu'il attendait le début du service funèbre, il bénissait Emily pour lui avoir appris la retenue. Car, s'il n'avait pas été capable de se contenir, les larmes tièdes qui bouillonnaient au fond de ses yeux seraient déjà en train de ruisseler le long de ses joues sans qu'il puisse les retenir, les mains qui tenaient calmement l'ordre de cérémonie se seraient plaquées contre son visage tordu par la souffrance, et il aurait été emporté par une vague de chagrin insurmontable.

L'église était déjà quasi comble quand Fleur y pénétra. Elle s'attarda un moment dans le fond, inspectant les visages et les tenues des gens qui étaient devant elle ; épiant leurs conversations ; évaluant la qualité des compositions florales ; passant en revue les bancs pour vérifier qu'elle ne connaissait personne.

Mais tout ce monde n'était qu'une foule anonyme. Des hommes en costumes tristes, des femmes coiffées de chapeaux austères. Un léger doute traversa l'esprit de Fleur : était-il possible que Johnny se soit trompé ? Y avait-il réellement de l'argent caché dans cette terne assemblée ?

« Voulez-vous un ordre de cérémonie ? » La jeune femme releva les yeux et vit un homme qui se dirigeait vers elle à grandes enjambées. « Ça va bientôt commencer, ajouta-t-il en fronçant les sourcils.

— Bien sûr, acquiesça Fleur en lui tendant une main pâle et parfumée. Fleur Daxeny. Enchantée… Excusez-moi, j'ai oublié votre prénom…

— Lambert.

— Lambert. Bien entendu. Je me souviens, à présent. » Elle fit une pause et le regarda droit dans les yeux. « Vous êtes le petit malin, c'est ça ?

— Oui, je suppose qu'on peut dire ça », répondit Lambert avec un haussement d'épaules.

Malin ou sexy, songea Fleur. Tous les hommes aspirent à être l'un ou l'autre… ou parfois les deux. Elle observa Lambert de nouveau. Il avait des traits épais et bouffis, de sorte que, même au repos, il paraissait faire la moue. Mieux valait donc s'en tenir à malin.

« Je ferais mieux d'aller m'asseoir, déclara-t-elle. Je vous verrai plus tard.

— Il y a de la place au fond », suggéra Lambert. Mais Fleur, qui s'éloignait déjà, semblait ne pas l'avoir entendu. Étudiant l'ordre de cérémonie d'un air absorbé et solennel, elle se fraya un chemin jusqu'à l'avant de l'église.

« Excusez-moi, dit-elle en s'arrêtant au niveau du troisième rang. Y a-t-il de la place ? C'est un peu bondé dans le fond. »

Elle resta impassible tandis que les dix personnes déjà installées sur le banc se tassaient pour lui faire une place ; puis, d'un mouvement élégant, elle s'assit à son tour. Elle garda la tête penchée un moment avant de la relever, avec une expression austère et affligée.

« Pauvre Emily, murmura-t-elle. Chère et tendre Emily. »

« C'était qui ? demanda à voix basse Philippa Chester à son mari comme il retournait s'asseoir à côté d'elle.

— Je ne sais pas, dit Lambert. Une amie de ta mère, je suppose. Elle avait l'air de tout savoir sur moi.

— Je ne crois pas me souvenir d'elle, s'étonna Philippa. Comment s'appelle-t-elle ?

— Fleur. Fleur quelque chose.

— Fleur ? Jamais entendu parler.

— Peut-être qu'elles étaient à l'école ensemble, ou quelque chose de ce genre.

— Ah oui ! s'exclama Philippa. Ça doit être ça. Comme l'autre, là. Joan. Tu te souviens ? Celle qui est venue nous rendre visite un beau matin.

— Je ne vois pas, rétorqua Lambert.

— Mais si. Joan. C'est elle qui a offert à maman cet horrible saladier en verre. » Philippa jeta un coup d'œil à Fleur. « Sauf que celle-là a l'air un peu jeune. J'aime bien son chapeau. J'aimerais pouvoir porter des petits chapeaux comme ça. Mais j'ai une trop grosse tête. Ou alors ça vient de mes cheveux. »

Elle se tut. Lambert scrutait en marmonnant la feuille de papier qu'il tenait dans la main. Philippa balaya l'assemblée du regard. Tous ces gens. Tous là pour maman. Ça lui donnait presque envie de pleurer.

« Ça va, mon chapeau ? s'inquiéta-t-elle soudain.

— Très bien, l'assura son mari sans même relever la tête.

— Il m'a coûté une fortune. Je n'en croyais pas mes oreilles quand la vendeuse m'a indiqué son prix. Mais ce matin, quand je l'ai mis, je me suis dit que…

— Philippa ! siffla Lambert. Tu ne peux pas te taire deux secondes ? Il faut que je relise mon discours.

— Ah oui, c'est vrai. Bien sûr, ton discours. »

La jeune femme baissa les yeux, soumise. Une fois de plus, elle sentit un léger pincement au cœur. Personne ne lui avait demandé de préparer un discours, à elle. Lambert en prononçait un, ainsi que son petit frère, Antony. Mais elle, tout ce qu'elle avait à faire, c'était de se tenir bien sage avec son chapeau sur la tête. Et, même ça, elle n'y arrivait pas très bien.

« Quand je serai morte, lança-t-elle tout à coup, je veux que tout le monde fasse un discours à mon service funèbre : toi, Antony, Gillian, et tous nos enfants…

— Si on en a, précisa Lambert, toujours sans la regarder.

— Si on en a », répéta Philippa d'un ton morose. Elle parcourut des yeux la marée de chapeaux noirs. « Peut-être que je mourrai avant même qu'on ait des enfants, pas vrai ? Je veux dire, on ne peut pas savoir quand on va mourir. Je pourrais mourir demain. » Elle s'interrompit, paralysée par l'image de son corps dans un cercueil, le visage blême, cireux et romantique, entourée d'une foule endeuillée. Ses yeux s'emplirent de larmes. « Je pourrais mourir demain. Et ce serait…

— Tais-toi », ordonna Lambert en posant sa feuille de papier. Il étendit une main vers le sol et pinça affectueusement le mollet charnu de sa femme. « Tu dis des bêtises, chuchota-t-il. N'est-ce pas ? »

Philippa ne répondit pas. Les doigts de Lambert se resserrèrent peu à peu sur sa chair, jusqu'à la pincer si fort qu'elle laissa échapper un petit cri étouffé.

« Je dis des bêtises, répéta-t-elle d'une voix basse et précipitée.

— C'est bien, approuva Lambert en lâchant son mollet. Maintenant, tiens-toi droite et reprends-toi.

— Excuse-moi, souffla Philippa. C'est juste que tout ça est un peu… impressionnant. Il y a tellement de monde. Je ne savais pas que maman avait autant d'amis.

— Ta mère était une dame très appréciée, affirma Lambert. Tout le monde l'aimait. »

Et moi, personne ne m'aime, se retint de dire Philippa. Elle rectifia la position de son chapeau sur sa tête et tira quelques mèches de cheveux de sous l'austère bord noir, de sorte qu'au moment de se lever pour le premier chant elle avait encore plus piètre allure qu'avant.

2

« Le jour que Tu as donné, Seigneur, a pris fin… »
Fleur chantait et se forçait à regarder son livre de cantiques, feignant d'y déchiffrer les paroles au fur et à mesure. Comme si elle ne les connaissait pas par cœur ; comme si elle ne les avait pas déjà chantées lors de tant d'obsèques et de services funèbres qu'elle en perdait le compte. Pourquoi diable les gens choisissaient-ils toujours les mêmes chants ? Ne se rendaient-ils pas compte à quel point c'était ennuyeux pour les habitués ?

La première fois que Fleur s'était invitée à des funérailles, c'était par accident. Un matin morose où elle errait dans une petite rue de Kensington en se demandant si elle allait réussir à décrocher un emploi dans une prestigieuse galerie d'art, elle était tombée sur une assemblée élégante massée sur le trottoir devant une église catholique modeste mais distinguée. Par simple curiosité, elle avait ralenti le pas en arrivant à leur hauteur, puis avait fini par s'arrêter. Elle était restée immobile, sans se mêler au groupe mais sans s'en tenir vraiment à l'écart non plus, et elle avait tendu l'oreille pour capter autant de conversations que possible. Et, petit à petit, comme elle entendait parler de cotations boursières, de diamants de famille, d'îles en Écosse, elle avait compris que ces gens avaient de l'argent. Beaucoup d'argent.

Aussi, quand la bruine fine s'était tout à coup transformée en une pluie battante, et que vingt-cinq parapluies s'étaient déployés à l'unisson telle une volée de corbeaux, il avait alors paru naturel à Fleur de choisir un vieil homme à la mine bienveillante et de lui jeter un regard suggestif avant de se glisser, avec un sourire reconnaissant, sous l'abri qu'il lui offrait. Comme il n'était pas aisé de parler, dans le brouhaha de la pluie et des conversations, sans compter les voitures qui passaient avec de grands bruits de succion, ils s'étaient contentés de se regarder en souriant et en hochant la tête. Et, le temps que le chœur ait terminé de répéter et que s'ouvrent les portes de l'église, ils étaient déjà comme deux vieux amis. Il s'était écarté pour la laisser entrer en premier, lui avait tendu un ordre de cérémonie et ils s'étaient installés côte à côte dans le fond.

« Je ne connaissais pas bien Benjy, lui avait confié le vieil homme en s'asseyant. Mais c'était un ami très proche de ma regrettée épouse.

— C'était un ami de mon père, avait répondu Fleur en jetant un rapide coup d'œil à l'ordre de cérémonie pour aussitôt retenir par cœur le nom de "Benjamin St. John Gregory". Je ne le connaissais pas du tout. Mais c'est gentil de venir présenter ses hommages.

— Je suis bien d'accord, avait approuvé le vieil homme en lui tendant la main avec un grand sourire. Permettez-moi de me présenter : Maurice Snowfield. »

Maurice Snowfield avait duré trois mois. Il s'était révélé moins riche que Fleur ne l'avait espéré, et son attitude doucereuse et distraite avait failli la rendre folle. Mais quand elle quitta sa maison dans le Wilt-shire, elle lui avait soutiré suffisamment d'argent pour pouvoir payer à l'avance deux semestres d'école à sa fille Zara et renouveler sa garde-robe de tenues noires.

« … jusqu'à ce que toutes Tes créatures soient sous Ton emprise. » Un bruissement courut dans l'église tandis que chacun refermait son livre de prières, se ras-seyait et consultait l'ordre de cérémonie. Fleur en pro-fita pour ouvrir son sac et vérifier une fois de plus le mot que Johnny lui avait envoyé, agrafé à une coupure de journal extraite de la rubrique Carnet mondain. C'était un avis pour le service funèbre d'Emily Favour, en l'église St. Anselm, le 20 avril. « Un bon parti, avait griffonné Johnny. Richard Favour très riche, très tran-quille. »

Fleur lança un regard vers le premier rang. Elle reconnut l'homme au visage bouffi, qui venait de ter-miner son discours, et, à côté de lui, une blonde timide affublée d'un affreux chapeau. Ensuite, il y avait un adolescent, et une vieille dame avec un chapeau encore plus affreux… Les yeux de Fleur passèrent rapidement en revue tous ces gens avant de s'arrêter. À l'autre extrémité du banc se tenait un homme effacé et grison-nant. Il était penché en avant, le dos voûté, la tête appuyée contre le panneau de bois devant lui.

Elle l'observa avec attention pendant quelques secondes. Non, il ne faisait pas semblant… il avait réellement aimé sa femme. Elle lui manquait. Et, à ce que son attitude laissait deviner, il ne devait pas beau-coup en parler au reste de la famille.

Voilà qui rendait les choses bien plus aisées. Les hommes accablés de chagrin, ceux qui n'imaginaient pas pouvoir retomber amoureux un jour, qui faisaient le vœu de demeurer à jamais fidèles à leur défunte épouse, étaient les proies les plus faciles. Par expérience, Fleur savait que, lorsqu'ils finissaient par s'enticher d'elle, ils étaient convaincus que c'était de l'amour.

On avait demandé à Richard s'il voulait faire l'éloge funèbre lui-même. « Vous devez avoir l'habitude des discours, avait dit le pasteur. Pour vos affaires. Eh bien, ce n'est pas très différent... juste une description du caractère de votre femme, peut-être une ou deux anecdotes, une allusion aux œuvres de charité qu'elle subventionnait, tout ce qui peut servir à dresser le portrait de la vraie Emily. » Puis, voyant le visage livide de Richard, il s'était rétracté en douceur : « Vous n'êtes pas obligé, bien sûr. Peut-être que vous trouvez ça trop pénible. »

Richard avait acquiescé.

« Oui, je crois, avait-il murmuré.

— C'est tout à fait compréhensible, avait aussitôt remarqué le pasteur. Vous n'êtes pas le seul. »

Pourtant, il était seul, avait pensé Richard. Seul dans sa souffrance ; seul à savoir que sa femme était morte et qu'il la connaissait si mal. La solitude qu'il avait ressentie tout au long de leur mariage paraissait désormais prendre des proportions insurmontables, distillée dans une amertume proche de la colère. La vraie Emily ! avait-il envie de hurler. Qu'ai-je jamais su de la vraie Emily ?

Aussi la tâche de l'éloge funèbre avait-elle fini par incomber à leur vieil ami Alec Kershaw. Richard se redressa sur son siège tandis qu'Alec s'approchait du lutrin, tapotait les petites fiches blanches posées devant lui et relevait les yeux pour observer l'assemblée de derrière ses demi-lunes sans monture.

27

« Emily Favour était une femme courageuse, charmante et généreuse, commença-t-il d'une voix solennelle et forcée. Son sens du devoir n'avait d'égal que sa compassion et sa dévotion à aider les autres. »

Alec marqua une pause et jeta un coup d'œil à Richard. En voyant l'expression d'Alec, Richard se sentit parcouru par un éclair de lucidité. Alec non plus n'avait pas vraiment connu Emily. Ces mots étaient vides, purement conventionnels, prononcés pour une telle occasion plutôt que pour dire la vérité.

Une inquiétude ridicule, proche de la panique, s'empara de Richard. Une fois que cet éloge serait achevé, que le service funèbre serait terminé et que la foule aurait quitté l'église, ce serait trop tard : ces mots resteraient pour tout le monde le portrait officiel du personnage d'Emily Favour. Fin de l'histoire, chapitre clos, rien de plus à en dire. Pourrait-il le supporter ? Pourrait-il supporter de vivre avec comme dernière image de sa femme rien de plus qu'un ramassis de clichés bien-pensants ?

« Ses actions de charité étaient exceptionnelles, en particulier son travail auprès du Rainbow Fund et de l'hospice St. Bride. Je crois que beaucoup d'entre nous se souviendront de la première vente aux enchères de Noël au club de golf de Greyworth, un événement qui, depuis, est devenu une date incontournable dans nos agendas. »

Fleur réprima un bâillement. Cet homme n'en finirait-il donc jamais ?

« Et, bien sûr, la mention du club de golf de Greyworth nous conduit à un autre aspect capital de la vie d'Emily Favour. Ce que certains pourraient décrire comme un hobby… un jeu. Mais nous savons tous ici qu'il s'agit de quelque chose de bien plus sérieux. »

Plusieurs membres de l'assemblée émirent un petit rire entendu, et Fleur releva les yeux. De quoi diable parlait-il ?

« En épousant Richard, Emily avait le choix entre rester seule à la maison pendant que son mari allait au club, ou bien devenir une partenaire de golf. Elle opta pour la seconde solution. Et, malgré ses problèmes de santé constants, elle parvint à développer un jeu d'une qualité enviable, ainsi que tous ceux d'entre nous qui ont assisté à sa victoire dans le championnat dames peuvent en témoigner. »

Après le service, Richard se fraya un chemin jusqu'à la porte, comme l'avait suggéré le pasteur, afin de recevoir les amis et la famille. « Les gens apprécient de pouvoir présenter leurs condoléances individuellement », avait-il expliqué. À présent, Richard se demandait si tel était vraiment le cas. La plupart des gens passaient devant lui à la hâte en lui jetant quelques mots de sympathie confus, comme des sortilèges magiques. Quelques-uns s'arrêtaient, le regardaient dans les yeux, lui serraient la main, parfois même l'embrassaient. Mais, curieusement, c'étaient surtout ceux qu'il connaissait à peine, les représentants des cabinets d'avocats et des banques privées, les épouses de ses partenaires financiers…

« Tous au Lanesborough, lançait Lambert d'un air important de l'autre côté de la porte. Rafraîchissements au Lanesborough. »

Une élégante rousse s'arrêta devant Richard et lui tendit une main pâle. Quoique fatigué de serrer des mains, Richard la prit.

« Le fait est, dit la femme comme si elle poursuivait une conversation qu'ils avaient commencée plus tôt, que la solitude ne durera pas éternellement. » Richard tressaillit et sentit son attention se ranimer brusquement.

« Vous disiez ? » demanda-t-il. Mais, déjà, la femme était partie. Richard se tourna vers son fils de quinze ans, Antony, qui se tenait à côté de lui.

« Qui c'était ? » s'enquit-il. Antony haussa les épaules.

« Ch'sais pas. Lambert et Philippa parlaient d'elle tout à l'heure. Je crois qu'elle a dû rencontrer maman à l'école.

— Comment a-t-elle su… ? » commença Richard avant de s'interrompre. Comment a-t-elle su que je me sentais seul ? avait-il voulu dire. Mais, à la place, il regarda son fils en souriant. « Tu as très bien lu », lui dit-il.

Une fois de plus, Antony haussa les épaules. « Ouais… » Avec le même geste inconscient qu'il répétait toutes les trois minutes, il porta une main à son visage et se frotta le front… et, l'espace de quelques instants, la tache de naissance rouge foncé qui s'étirait comme un petit lézard en travers de son œil fut dissimulée. Toutes les trois minutes de sa vie éveillée, sans même s'en rendre compte, Antony cachait sa tache de naissance derrière sa main. D'après ce que Richard savait, personne ne l'avait jamais taquiné au sujet de cette tache ; à la maison, en tout cas, tout le monde avait toujours fait comme si elle n'existait pas. Et pourtant la main d'Antony jaillissait vers son visage avec une régularité désespérante, s'attardant parfois un peu plus longtemps, mettant le petit lézard rouge à l'abri des regards comme l'aurait fait un ange gardien.

« Bon, fit Richard.

— Ouais, répondit Antony.

— On devrait peut-être y aller. »

— Ouais. »

Et ce fut tout. La conversation était terminée. Depuis quand avait-il cessé de parler à son fils ? se demanda Richard. Comment les monologues remplis d'adoration qu'il adressait jadis sans la moindre gêne à son bébé avaient-ils pu se transformer au fil des ans en échanges dépourvus de sens ?

« D'accord, dit-il. Bon, eh bien ! allons-y, alors. »

La salle Belgravia du Lanesborough était déjà bondée lorsque Fleur y pénétra. Elle accepta le verre de cocktail mimosa que lui tendait un serveur australien au teint hâlé et se dirigea droit vers Richard Favour. Puis, au dernier moment, elle changea imperceptiblement de direction, comme si elle allait passer sans le voir.

« Excusez-moi. » Fleur entendit la voix de Richard dans son dos et sentit un éclair de triomphe la parcourir. Parfois, elle devait arpenter la pièce pendant une demi-heure avant que l'objet de son attention ne lui adresse la parole.

Elle se retourna avec vivacité sans paraître pressée pour autant, et offrit à Richard Favour son plus beau sourire. Feindre la distance pour conquérir un veuf était, elle avait fini par le comprendre, une totale perte de temps. Certains ne trouvaient pas la force de s'accrocher ; d'autres manquaient de confiance en eux ; d'autres encore commençaient à avoir des soupçons en pleine phase de séduction. Mieux valait plonger aussitôt dans leur vie, devenir un fait accompli le plus vite possible.

« Re-bonjour », répondit Fleur. Elle but une gorgée de cocktail en attendant qu'il parle le premier. Si jamais un membre de la famille les observait du coin de l'œil, il verrait que c'était lui qui l'avait abordée, et non le contraire.

« Je voulais vous remercier, dit Richard. Pour vos mots réconfortants. J'ai eu l'impression que vous parliez... comme si vous connaissiez bien le sujet. »

Fleur baissa les yeux avec pudeur, le temps de décider quelle histoire choisir. Elle finit par relever la tête avec un sourire courageux.

« Hélas, oui. Je suis passée par là moi-même. Il y a un moment, maintenant.

— Et vous vous en êtes sortie.

— Je m'en suis sortie, répéta Fleur, mais ça n'a pas été facile. Rien que de savoir à qui se confier... Souvent, les autres membres de la famille sont presque trop proches.

— Ou pas assez..., compléta Richard, pensant avec tristesse à Antony.

— Exactement. Pas assez proches pour savoir vraiment ce que vous traversez ; pas assez proches pour... pour partager votre peine. » Elle but une autre gorgée et considéra Richard. Il avait tout à coup l'air désespéré. Zut, pensa-t-elle. Aurais-je été trop loin ?

« Richard ? » Fleur dressa la tête. Le petit joufflu fonçait droit sur eux. « Derek Cowley vient d'arriver. Vous vous souvenez... le directeur informatique de chez Graylows.

— Je l'ai vu à l'église, répondit Richard. Qui diable l'a invité ici ?

— C'est moi, répondit Lambert. C'est un contact utile.

— Je vois... » Le visage de Richard se durcit.

« J'ai eu une petite discussion avec lui, poursuivit Lambert, imperturbable. Mais il veut aussi vous parler.

Ça vous ennuie de lui dire un mot ? Je n'ai pas encore mentionné le contrat... » Il s'interrompit, comme s'il remarquait enfin la présence de Fleur. D'accord, pensa Fleur en plissant les yeux. Les femmes comptent pour du beurre.

« Tiens ! lança Lambert. Excusez-moi, j'ai oublié votre nom.

— Fleur, répondit la jeune femme. Fleur Daxeny.

— Ah oui, c'est vrai. Et vous êtes... quoi ? Une amie d'enfance d'Emily ?

— Oh, non. » Fleur lui sourit timidement.

« Je me disais bien que vous étiez un peu jeune pour ça, reprit Lambert. Comment avez-vous connu Emily, alors ?

— Eh bien, c'est une longue histoire », commença Fleur avant de porter une nouvelle fois son verre à ses lèvres. Elle avait constaté avec étonnement qu'une question embarrassante pouvait bien souvent être éludée en faisant une pause pour boire une gorgée de vin ou grignoter un amuse-gueule. La plupart du temps, pendant l'intervalle de silence, quelqu'un qui passait par là remarquait un blanc dans la conversation et en profitait pour se joindre au groupe... ce qui envoyait sa réponse aux oubliettes de façon bien commode.

Mais, ce jour-là, personne ne vint les interrompre, et Lambert l'observait toujours avec une curiosité non dissimulée.

« C'est une longue histoire, répéta Fleur en posant son regard sur Richard. Je n'ai rencontré votre femme qu'à deux reprises. Mais, chaque fois, elle m'a fait une forte impression.

— Où vous êtes-vous rencontrées ? insista Lambert.

— À un déjeuner, expliqua Fleur. Un grand repas de charité. Nous étions à la même table. Je me plaignais de la nourriture, et Emily m'a dit qu'elle me donnait raison mais qu'elle n'était pas du genre à se plaindre. Et puis on s'est mises à discuter.

— De quoi avez-vous parlé ? s'enquit Richard.

— De tout, répondit Fleur en remarquant l'avidité dans les yeux de Richard. Je lui ai confié un tas de choses sur moi, poursuivit-elle avec lenteur en baissant la voix, de sorte à obliger inconsciemment Richard à se pencher vers elle. Et elle s'est confiée à son tour. Nous avons parlé de nos vies… de nos familles… des choix que nous avions faits…

— Qu'est-ce qu'elle a dit ? » La question de Richard lui avait échappé avant qu'il ait pu s'en rendre compte.

Fleur haussa légèrement les épaules. « C'était il y a longtemps. Je ne suis pas certaine de m'en souvenir exactement. » Elle sourit. « Ce n'était pas grand-chose, vous savez. Je suis sûre qu'Emily m'avait oubliée depuis longtemps quand elle est morte. Mais moi… je ne l'ai jamais oubliée. Et quand j'ai vu l'avis de décès dans le journal, je n'ai pas pu m'empêcher de venir à la cérémonie. » La jeune femme baissa les yeux. « C'était sans doute un peu présomptueux de ma part. J'espère que vous ne m'en voulez pas.

— Mais pas du tout, assura Richard. Tous les amis d'Emily sont les bienvenus.

— C'est drôle qu'elle n'ait jamais parlé de vous, commenta Lambert en l'observant d'un œil critique.

— Le contraire m'aurait étonnée, répondit Fleur en souriant. Ce n'était vraiment pas important. Une ou deux longues conversations, il y a des années de cela.

— J'aurais bien voulu… J'aimerais bien savoir ce qu'elle vous a raconté, osa Richard avec un petit rire gêné. Mais si vous ne vous en souvenez pas…

— Je me souviens de quelques bribes. » Fleur lui adressa un sourire enjôleur. « Des fragments. Certaines choses étaient assez surprenantes. Et d'autres assez… personnelles. » Elle s'interrompit et glissa un regard en biais vers Lambert.

« Lambert, allez donc discuter avec Derek Cowley, enchaîna aussitôt Richard. J'irai peut-être lui dire un mot plus tard. Mais, pour l'instant, j'aimerais… j'aimerais bavarder un peu plus longuement avec Mlle Daxeny. »

Un quart d'heure plus tard, Fleur sortait du Lanesborough et montait dans un taxi avec le numéro de téléphone de Richard Favour en poche et dans son agenda un rendez-vous pour déjeuner avec lui le lendemain.

Tout s'était révélé si facile ! Le pauvre homme semblait désespérément impatient d'entendre ce qu'elle avait à lui dire sur sa femme… mais trop bien élevé pour l'interrompre comme elle digressait, apparemment de façon involontaire, sur d'autres sujets. Elle l'avait abreuvé de remarques anodines avant de jeter un coup d'œil à sa montre et de s'exclamer qu'elle devait partir en vitesse. Le visage de Richard s'était alors décomposé, et, pendant quelques secondes, il avait paru résigné à ce que leur conversation en restât là. Mais, tandis que Fleur faisait déjà en pensée une croix sur lui, il avait sorti son agenda et, d'une voix un peu tremblante, avait demandé à la jeune femme si elle accepterait de déjeuner avec lui dans les jours prochains. Fleur avait bien senti qu'inviter une parfaite inconnue à déjeuner n'était pas dans les habitudes de Richard Favour. Ce qui lui convenait tout à fait.

Pendant le trajet en taxi jusqu'à la petite rue de Chelsea où Johnny et Felix habitaient, Fleur avait eu le temps de griffonner sur un bout de papier tout ce qu'elle pouvait se rappeler au sujet d'Emily Favour : « mauvaise santé », souligna-t-elle une fois ; « golf », souligna-t-elle deux fois. Dommage qu'elle ignore à quoi ressemblait cette femme. Une photo d'elle n'aurait pas été inutile. Mais elle n'avait pas l'intention de s'éterniser sur le sujet Emily Favour. Par expérience, elle savait qu'il valait mieux éviter de parler des épouses disparues.

Comme elle descendait du taxi, elle aperçut Johnny qui surveillait attentivement le déchargement d'un camion depuis le trottoir devant la maison. C'était un quinquagénaire pimpant, les cheveux châtains et le bronzage indélébile. Fleur le connaissait depuis vingt ans ; il était la seule personne à qui elle n'avait jamais menti.

« Johnny ! cria-t-elle. Chéri, est-ce que tu as bien récupéré mes bagages ? » Il se retourna en entendant son nom, irrité d'être interrompu. Mais, sitôt qu'il reconnut Fleur, son visage se détendit.

« Bonjour, ma belle ! s'exclama-t-il. Viens voir ça.

— Qu'est-ce que c'est ?

— C'est notre nouvelle fontaine de table. Felix l'a achetée aux enchères hier. Une sacrée occase, d'après moi. Attention ! lança-t-il soudain. Ne la cognez pas !

— Felix est là ?

— Oui, oui, entre... Je vous ai dit de faire attention, idiot ! »

Dans l'escalier qui menait au premier étage, elle reconnut un morceau de Wagner, lourd et indigeste, en provenance de l'appartement de Johnny. Et, comme elle franchissait la porte, la musique sembla doubler de volume.

« Felix ! » hurla-t-elle. Mais il ne l'entendit pas. Elle se dirigea vers le salon, où elle le découvrit debout devant le miroir, petit homme corpulent d'une cinquantaine d'années, accompagnant de sa voix suraiguë le solo de Brunehilde.

La première fois que Fleur avait entendu la voix haut perchée de Felix, elle avait pensé qu'il devait avoir un sérieux problème. Mais elle avait vite appris que, au contraire, il gagnait sa vie grâce à cette particularité étrange, en chantant dans des églises et des cathédrales. Johnny et elle allaient parfois l'écouter chanter l'office du soir à la cathédrale St. Paul ou à l'abbaye de Westminster, et ils le voyaient alors défiler solennellement avant de s'incliner dans ses grands volants blancs. Plus rarement, ils assistaient à une représentation du *Messie* de Haendel ou de la *Passion selon saint Matthieu* de Bach où, pour l'occasion, il revêtait une queue-de-pie.

Fleur n'appréciait guère la voix de Felix, et elle estimait par ailleurs très ennuyeuse la *Passion selon saint Matthieu*. Elle s'asseyait pourtant toujours au premier rang, applaudissait de toutes ses forces et ne manquait jamais de se joindre à Johnny pour lancer des bravos. Car Fleur devait beaucoup à Felix. Les services funèbres, elle pouvait en trouver les annonces dans le journal… mais c'était Felix qui la renseignait sur les enterrements. Même quand ce n'était pas lui qui chantait, il connaissait toujours quelqu'un. Et c'était dans les petits enterrements, plus intimes, que Fleur avait fait jusque-là ses meilleurs coups.

En l'apercevant dans le miroir, Felix sursauta légèrement et s'arrêta de chanter.

« Pas vraiment mon registre ! cria-t-il par-dessus la musique. Un peu trop bas pour moi. C'était comment, ton service funèbre ?

— Très bien », répondit Fleur en hurlant. Elle s'avança jusqu'au lecteur de CD et baissa le volume. « Très bien, répéta-t-elle. Assez prometteur. Je déjeune avec M. Favour demain.

— Ah, bien joué ! s'exclama Felix. J'allais te parler d'un enterrement que je fais demain. Pas mal ; ils ont demandé "Hear my Prayer". Mais si tu es déjà prise…

— Dis-moi toujours. La famille Favour ne me convainc pas entièrement. Je ne suis pas certaine qu'il y ait tellement d'argent.

— Ah bon ?

— Chapeaux affreux.

— Hmm… Les chapeaux ne veulent pas tout dire.

— Non, bien sûr.

— Que dit Johnny sur eux ?

— Que dit Johnny sur quoi ? » La voix fluette de Johnny leur parvint depuis la porte. « Attention, maladroit ! Voilà, là. Oui. Sur la table. »

Un homme en salopette pénétra dans la pièce et déposa un énorme paquet sur la table, enveloppé de papier kraft.

« Voyons voir ! s'exclama Johnny en commençant à arracher le papier.

— Un candélabre, commenta Fleur. Très joli.

— C'est une fontaine de table, rectifia Johnny. Elle est belle, hein ?

— Quel petit malin j'ai été de dégoter une telle merveille, se félicita Felix.

— Je parie que ça vous a coûté une fortune, dit Fleur sur un ton de reproche. Alors que vous auriez pu faire don de cet argent à une bonne cause.

— Une bonne cause comme la tienne, par exemple ? Eh bien, non, pas question. » Johnny sortit son mouchoir et se mit à astiquer l'objet. « Si tu avais tellement besoin d'argent, pourquoi as-tu abandonné ce charmant Sakis ?

— Il n'était pas charmant du tout. C'était une brute autoritaire. Il passait son temps à me donner des ordres, à me crier dessus...

— ... et à t'offrir des tailleurs de chez Givenchy.

— Je sais, reconnut Fleur avec regret. Mais je n'aurais pas pu le supporter une minute de plus. Et, de toute façon, ajouta-t-elle en haussant les épaules, il refusait de me donner une Gold Card. Je ne voyais pas l'intérêt de continuer.

— Que certains de ces types finissent par te donner une carte de crédit dépassera toujours mon entendement, dit Felix.

— Évidemment, rétorqua Fleur. Tu ne peux pas comprendre ces choses-là.

— Très juste, approuva Felix avec humour.

— Mais tu as quand même bien profité de lui, non ? demanda Johnny.

— Pour des petites choses. Il m'a donné un peu d'argent. Mais pas assez, soupira Fleur avant de s'allumer une cigarette. Quelle foutue perte de temps !

— Merci, ça fera une livre dans la boîte à jurons », répliqua aussitôt Felix. Fleur roula des yeux et chercha son porte-monnaie dans son sac.

« Tu as la monnaie sur cinquante ? demanda-t-elle en relevant la tête.

— Sûrement, répondit Felix. Laisse-moi regarder dans la boîte.

— En fait, Fleur, fit remarquer Johnny sans cesser d'astiquer la fontaine de table, si tu fais le total de toutes tes petites choses, on arrive sans doute à ce que la plupart des gens considèrent comme une fortune.

— Ce n'est pas vrai, s'indigna la jeune femme.

— Combien as-tu mis de côté jusqu'ici ?

— Pas assez.

— Et c'est combien, pas assez ?

— Oh, Johnny, épargne-moi ton interrogatoire ! protesta Fleur d'un ton agacé. C'est ta faute. Tu m'avais dit que Sakis serait un jeu d'enfant.

— Je ne t'ai jamais rien dit de la sorte. Tout ce que j'ai dit c'est que, selon mes sources, il était multimillionnaire et vulnérable sur le plan affectif. Ce qui s'est révélé parfaitement exact.

— Il sera encore plus vulnérable ce soir, quand il s'apercevra que tu t'es sauvée, ajouta Felix en déposant le billet de cinquante livres dans une grande boîte en fer décorée de petits anges roses.

— Tu ne vas tout de même pas t'apitoyer sur son sort ! s'offusqua Fleur.

— Certainement pas ! Tout homme que tu réussis à berner mérite son sort. »

Fleur soupira. « En tout cas, j'ai passé un très bon moment sur son yacht. » Elle souffla une bouffée de fumée. « C'est vraiment dommage.

— Vraiment dommage, répéta Johnny en se reculant pour admirer la fontaine de table. Et maintenant, il faut qu'on te trouve quelqu'un d'autre, je suppose ?

— Ne t'attends pas à un autre riche Grec, avertit Felix, parce qu'on ne me demande pas souvent de chanter à des boums orthodoxes.

— Tu es allée au service funèbre d'Emily Favour ?

— Oui, répondit Fleur en écrasant sa cigarette. Mais ça ne m'a pas impressionnée. Tu es sûr qu'il y a de l'argent quelque part ?

— Oh oui, affirma Johnny en relevant les yeux. En tout cas, il devrait y en avoir. Mon copain de chez Rouchets m'a dit que la fortune personnelle de Richard Favour se comptait en millions. Et puis, il y a l'entreprise familiale. L'un dans l'autre, il devrait y avoir un paquet d'argent.

— Bien, bien. Je déjeune avec lui demain. J'essaierai d'en savoir un peu plus. » Fleur se dirigea d'un pas nonchalant vers la cheminée et passa en revue les austères invitations adressées à Johnny et Felix.

« Tu devrais peut-être viser un peu moins haut, suggéra Felix. Te contenter d'un bon vieux millionnaire de temps à autre.

— Arrête. Pour un million, tu n'as plus rien de nos jours. Rien. Tu le sais aussi bien que moi. Et j'ai besoin de sécurité. »

Ses yeux tombèrent sur un cadre en argent abritant la photographie d'une petite fille dont les cheveux blonds ébouriffés brillaient dans le soleil. « Zara a besoin de sécurité, ajouta-t-elle.

— La chère petite, dit Johnny. Ça fait longtemps qu'on n'a pas eu de ses nouvelles. Comment va-t-elle ?

— Bien, répondit vaguement Fleur. Elle est à l'école.

— Oh, ça me rappelle… », commença Johnny. Il jeta un coup d'œil à Felix. « Tu lui as dit ?

— Quoi ? Oh, ça ? Non.

— Qu'est-ce qu'il y a ? s'enquit Fleur avec méfiance.

— Quelqu'un nous a téléphoné la semaine dernière.

— Qui ?

— Hal Winters. » Il y eut un bref silence.

« Qu'est-ce qu'il voulait ? finit par demander Fleur.

— Toi. Il voulait te joindre.

— Et vous lui avez dit...

— Rien. On a répondu qu'on ne savait pas où tu étais.

— Parfait. » Fleur poussa un long soupir. Elle croisa le regard de Johnny et détourna immédiatement la tête.

« Fleur, reprit Johnny avec sérieux, tu ne crois pas que tu devrais l'appeler ?

— Non.

— Eh bien ! moi, je crois que si.

— Eh bien ! pas moi. Johnny, je t'ai déjà expliqué. Je ne veux pas parler de lui.

— Mais...

— Tu ne comprends pas ? s'écria Fleur avec colère. Je ne veux pas en parler ! »

Et, avant qu'il ait pu ajouter quoi que ce soit, elle ramassa son sac et sortit précipitamment de la pièce.

3

Lambert raccrocha le téléphone, qu'il scruta pendant quelques secondes avant de se retourner vers Philippa.

« Ton père est un crétin ! s'exclama-t-il. Un sacré crétin !

— Qu'est-ce qu'il a fait ? demanda Philippa, nerveuse.

— Il s'est fourré dans une histoire avec une foutue bonne femme, voilà ce qu'il a fait. Enfin quand même, à son âge !

— Et si rapidement après la mort de maman, ajouta Philippa.

— Exactement, reprit Lambert. Exactement. » Il enveloppa Philippa d'un regard approbateur, et elle sentit une rougeur de plaisir l'envahir. Ce n'était pas si souvent que Lambert approuvait ses propos.

« C'était lui qui téléphonait, pour dire qu'il venait déjeuner avec cette femme. Il avait l'air… » Le visage de Lambert se tordit dans un effort de réflexion, et Philippa détourna le regard avant d'avoir eu le temps d'articuler l'idée qu'elle était mariée à un homme très laid. « Il avait l'air ivre, conclut Lambert.

— Si tôt le matin ?

43

— Mais non, pas ivre d'alcool, rétorqua Lambert avec impatience. Ivre de… » Il s'interrompit et, durant un instant, Philippa et lui se regardèrent droit dans les yeux.

« … de bonheur, suggéra Philippa.

— Oui, oui, reconnut Lambert à contrecœur. Je suppose que ça doit être ça. »

Philippa se pencha en avant vers le miroir et commença à appliquer d'une main tremblante de l'eyeliner liquide sur sa paupière.

« Qui est-ce ? demanda-t-elle. Comment s'appelle-t-elle ?

— Fleur.

— Fleur ? Celle du service funèbre ? Celle avec le joli chapeau ?

— Bon sang, Philippa ! Tu crois vraiment que je lui ai posé des questions sur son chapeau ? Allez, maintenant, dépêche-toi. » Et il quitta la pièce sans attendre sa réponse.

Philippa observa son image en silence ; ses yeux bleu délavé, ses cheveux châtain terne et ses joues légèrement empourprées. Un torrent de mots imaginaires se bousculait dans son esprit ; les mots que Lambert aurait pu dire s'il avait été quelqu'un d'autre. Il aurait pu dire : « Oui, chérie, je crois bien que c'est elle », ou bien : « Philippa, mon amour, je n'avais d'yeux que pour toi au service funèbre », ou encore : « Celle avec le joli chapeau ? Mais c'est toi qui avais le plus beau chapeau. » Alors elle aurait répondu, sur le ton confiant et taquin qu'elle n'arrivait jamais à adopter dans la vraie vie : « Enfin, chéri. Je suis sûre que même toi tu as remarqué ce chapeau ! » Et alors il aurait dit : « Oh, ce chapeau-là ! » et ils auraient tous

44

les deux éclaté de rire. Et puis… Et puis il l'aurait embrassée sur le front et…

« Philippa ! » La voix de Lambert résonnait dans l'appartement. « Philippa, tu es prête ? »

La jeune femme sursauta. « Dans cinq minutes ! répondit-elle en percevant dans son timbre ce léger tremblement qu'elle méprisait tant.

— Active-toi ! »

Philippa se mit à fouiller maladroitement dans sa trousse à maquillage pour trouver la bonne teinte de rouge à lèvres. Si Lambert avait été quelqu'un d'autre, peut-être qu'il aurait répondu : « Prends ton temps », ou : « Ça ne presse pas, chérie », ou peut-être qu'il serait revenu dans la chambre, qu'il lui aurait souri en jouant avec ses cheveux, et elle aurait ri en disant : « Arrête, tu me retardes ! » et il aurait ajouté : « C'est plus fort que moi, tu es trop belle ! » et ensuite il l'aurait embrassée sur le bout des doigts… et ensuite…

Dans le coin de la pièce, le téléphone se mit à sonner dans un murmure électronique feutré. Perdue dans ses rêves, Philippa ne l'entendit pas.

Dans le bureau, Lambert décrocha le combiné.

« Lambert Chester.

— Bonjour, monsieur Chester. Ici Erica Fortescue, de la First Bank. Je me demandais si vous auriez le temps de bavarder un moment.

— Je suis sur le point de sortir. C'est important ?

— C'est au sujet de votre découvert, monsieur Chester.

— Oh. » Lambert jeta un coup d'œil prudent vers la porte du bureau et, pour plus de sécurité, la poussa du bout du pied. « Qu'est-ce qui ne va pas ?

— Il semblerait que vous ayez excédé votre limite. De manière assez conséquente.

45

— Sottises ! » Lambert se pencha en arrière, mit un doigt dans sa bouche et entreprit de se curer les dents.

« Le solde de ce compte présente actuellement un découvert de plus de trois cent mille livres. Alors que la limite autorisée était de deux cent cinquante.

— Vous trouverez certainement, rétorqua Lambert, que cette limite a encore été augmentée le mois dernier. À trois cent cinquante mille.

— Cela a-t-il été confirmé par écrit ?

— Larry Collins s'en est occupé pour moi.

— Larry Collins ne travaille plus ici. » La voix d'Erica Fortescue était calme et posée au bout du fil.

Merde, pensa Lambert. Larry s'est fait virer. Quel abruti !

« Eh bien, il a dû le confirmer par écrit avant de partir », répliqua Lambert avec précipitation. Il serait toujours temps de rédiger une lettre en vitesse.

« Nous n'avons rien dans nos dossiers.

— Il aura sans doute oublié. » Lambert fit une pause, et son visage se contracta en un rictus méprisant. « Peut-être a-t-il aussi oublié de vous dire que d'ici deux ans je vais entrer en possession de plus d'argent qu'aucun d'entre vous n'en a jamais vu. » Ça devrait te calmer, se dit-il, espèce de garce bureaucratique.

« Vous voulez parler du fonds en fidéicommis de votre femme ? Oui, il m'en a touché mot. Est-ce que ça a été confirmé ?

— Bien entendu. Tout est réglé.

— Je vois.

— Et vous vous inquiétez toujours pour mon ridicule petit découvert ?

— Oui, monsieur Chester, je m'inquiète. En général, nous n'acceptons pas les capitaux des époux comme nantissement d'un compte personnel. » Lambert regarda le combiné avec colère. Pour qui se prenait-elle, cette conne ? « Et encore une chose…

— Quoi ? » Il commençait à perdre son sang-froid.

« J'ai été surprise de constater qu'il n'est fait aucune mention de ce fonds en fidéicommis dans le dossier de votre femme. Seulement dans votre dossier à vous. Y a-t-il une raison à cela ?

— Parfaitement, répliqua sèchement Lambert, baissant sa garde. Si ce n'est pas mentionné dans le dossier de ma femme, c'est parce qu'elle n'est pas au courant. »

Tous les dossiers étaient vides. Fleur les passait en revue avec stupéfaction, les ouvrant les uns après les autres à la recherche de documents égarés, de relevés de comptes, de n'importe quoi. Soudain, percevant un bruit, elle referma vivement les tiroirs du meuble en métal et se précipita à la fenêtre. Lorsque Richard pénétra dans la pièce, elle était penchée au-dehors, respirant avec délice les émanations londoniennes.

« Quelle vue extraordinaire ! s'exclama-t-elle. J'adore Regent's Park. Vous allez souvent au zoo ?

— Jamais, répondit Richard en riant. Pas depuis qu'Antony a passé l'âge.

— Il faut qu'on y aille ensemble, déclara Fleur. Pendant que vous êtes encore à Londres.

— Pourquoi pas cet après-midi ?

— Cet après-midi, nous allons à Hyde Park, annonça Fleur avec autorité. J'ai tout arrangé.

— Si vous le dites, acquiesça Richard en souriant. Mais maintenant on ferait mieux de se dépêcher si on ne veut pas arriver en retard, pour notre déjeuner avec Philippa et Lambert.

— D'accord. » Fleur adressa à Richard un sourire charmant et se laissa conduire vers la sortie. Sur le pas de la porte, elle embrassa du regard la pièce, se demandant si elle avait oublié quelque chose. Mais le seul meuble susceptible de contenir des documents d'affaires était cette commode en métal. Pas de bureau, pas de secrétaire. Tous les papiers de Richard devaient être rangés ailleurs. À son bureau, ou dans sa maison du Surrey.

Sur le chemin du restaurant, Fleur laissa négligemment sa main glisser dans celle de Richard et, alors que leurs doigts s'entrelaçaient, elle vit une légère rougeur apparaître sur son cou. Il avait vraiment tout du gentleman anglais collet monté, pensa-t-elle en réprimant un fou rire. Au bout de quatre semaines, il n'était pas allé plus loin que quelques baisers, du bout des lèvres, avec une gaucherie qui dénotait un manque d'expérience flagrant. Pas comme cette brute de Sakis, qui l'avait entraînée dans une chambre d'hôtel juste après leur premier déjeuner. La jeune femme se raidit au souvenir des grosses cuisses velues de Sakis, de ses ordres aboyés. C'était bien mieux ainsi. Et, à sa grande surprise, elle constatait qu'il n'était pas désagréable d'être traitée comme une collégienne effarouchée. Elle marchait au côté de Richard en arborant un sourire radieux, avec l'impression de détenir quelque chose de précieux, fière d'elle, comme si elle devait réellement protéger sa virginité ; comme si elle se réservait pour ce moment particulier.

Quant à savoir si elle parviendrait à tenir aussi longtemps, c'était un autre problème. Quatre semaines de déjeuners, dîners, séances de cinéma et galeries d'art…

et toujours pas la moindre preuve que Richard Favour avait beaucoup d'argent. Certes, il possédait quelques beaux costumes ; un appartement à Londres ; une maison dans le Surrey ; une réputation d'homme riche. Mais cela ne voulait rien dire. Les propriétés pouvaient très bien être hypothéquées. Il était peut-être au bord de la banqueroute. Peut-être même qu'il comptait lui demander de l'argent à elle. Ça lui était déjà arrivé une fois et, depuis lors, Fleur se méfiait toujours. Si elle ne trouvait pas de preuves concrètes de la réalité d'une fortune, c'est qu'elle perdait son temps. Elle aurait déjà dû laisser tomber depuis longtemps, passer à l'enterrement suivant, au pigeon suivant. Mais…

Fleur interrompit le cours de ses pensées et s'accrocha un peu plus fermement au bras de Richard. Si elle était honnête avec elle-même, il lui fallait bien admettre que sa belle assurance avait quelque peu flanché depuis qu'elle avait quitté Sakis. Au cours des dernières semaines, elle avait assisté à trois enterrements et cinq services funèbres, mais jusque-là Richard Favour était sa seule proie prometteuse. Et, pendant ce temps, Johnny et Felix, si adorables fussent-ils, avaient commencé à montrer des signes d'impatience à la vue de ses bagages éparpillés dans la chambre d'amis. Jamais elle ne passait autant de temps entre deux hommes (« au repos », comme disait Felix) ; d'habitude, à peine sortie du lit de l'un, elle enchaînait aussitôt sur un autre.

Si seulement elle parvenait à accélérer le processus avec Richard Favour : s'assurer une place dans son lit, se faire ouvrir la porte de chez lui. Alors, elle pourrait procéder à une estimation précise de ses finances tout en réglant la question du logement. Sinon – si la situation ne se débloquait pas rapidement –, elle serait obligée de franchir un pas qu'elle s'était juré de ne jamais franchir : elle devrait prendre un appartement à son nom. Peut-être même chercher un emploi. Fleur frissonna, et sa mâchoire se crispa de détermination. Il suffisait d'attirer Richard jusqu'au lit. Après quoi, tout redeviendrait simple.

Comme ils s'engageaient dans Great Portland Street, Richard sentit Fleur lui donner un léger coup de coude.

« Regardez ! dit-elle à voix basse. Regardez ça ! »

Richard tourna la tête. De l'autre côté de la rue, deux nonnes se tenaient sur le trottoir et paraissaient engagées dans une violente dispute.

« C'est la première fois que je vois des nonnes se disputer, fit observer Fleur en riant.

— Je crois que moi aussi.

— Je vais leur parler, lança Fleur brusquement. Attendez-moi là. »

Stupéfait, Richard regarda la jeune femme traverser la chaussée à grands pas. Durant quelques instants, elle resta sur le trottoir d'en face, silhouette éclatante dans son manteau rouge, en grande conversation avec les deux religieuses tout de noir vêtues. Elles avaient l'air d'acquiescer en souriant. Puis Fleur revint vers lui et les deux bonnes sœurs s'en allèrent dans une apparente harmonie retrouvée.

« Que s'est-il passé ? demanda Richard. Que diable leur avez-vous raconté ?

— Je leur ai dit que la discorde chagrinait la Vierge Marie. » Fleur eut un grand sourire en voyant l'expression incrédule de Richard. « Non, en réalité je leur ai indiqué le chemin jusqu'au métro. »

Richard éclata de rire.

« Vous êtes une femme exceptionnelle ! commenta-t-il.

— Je sais », admit Fleur avec suffisance. Elle glissa de nouveau son bras sous celui de Richard, et ils se remirent en route.

Richard regardait les faibles éclats du soleil printanier rebondir sur les pavés, et il sentait une joyeuse euphorie l'envahir. Cela faisait à peine quatre semaines qu'il connaissait cette femme, et il ne pouvait déjà plus imaginer sa vie sans elle. Lorsqu'il était près d'elle, les événements ternes de la vie de tous les jours semblaient se transformer en une succession de moments glorieux à savourer un par un ; quand il n'était pas avec elle, il ne pensait qu'à la retrouver. Fleur avait l'air de prendre la vie comme un jeu ; non pas ce labyrinthe de règles et de conventions rigides auxquelles Emily avait toujours inlassablement adhéré, mais un jeu de hasard, où celui qui ose gagne à tous les coups. Il se surprenait à attendre avec une excitation enfantine ce qu'elle allait bien pouvoir dire, quel plan elle lui réservait pour la suite. Il avait, au cours des quatre dernières semaines, plus arpenté Londres que jamais auparavant ; plus ri que jamais auparavant ; et cela faisait bien longtemps qu'il n'avait pas dépensé autant d'argent.

Bien souvent, son esprit retournait auprès d'Emily, et il se sentait affreusement coupable : coupable de passer autant de temps avec Fleur, de s'amuser autant, de l'avoir embrassée. Coupable aussi que sa motivation première pour fréquenter Fleur – en apprendre le plus possible sur la personnalité secrète de sa femme – fût désormais passée au second plan, derrière la simple envie d'être avec elle. Parfois, en rêve, il voyait le visage d'Emily, pâle et réprobateur ; il se réveillait alors en pleine nuit, tourmenté de chagrin et suant de honte. Mais, au matin, l'image d'Emily s'était toujours estompée, et il ne pouvait plus penser qu'à Fleur.

« Elle est sublime ! s'exclama Lambert d'un ton indigné.

— Je te l'avais dit, rétorqua Philippa. Tu ne l'avais pas remarquée au service funèbre ? »

Lambert haussa les épaules.

« Oui, j'ai dû penser qu'elle était séduisante. Mais… regarde-la, bon sang ! » Regarde-la à côté de ton père, avait-il envie de dire.

Ils se turent pendant que Fleur enlevait son manteau rouge. En dessous, elle portait une robe noire moulante ; elle se trémoussa légèrement et lissa les plis sur ses hanches. Lambert sentit une soudaine montée de désir mêlé de rage. Que faisait une femme pareille avec Richard, tandis que lui se coltinait Philippa ?

« Ils arrivent, annonça Philippa. Bonjour, papa !

— Bonjour, ma chérie, répondit Richard en l'embrassant. Bonjour, Lambert.

— Bonjour, Richard.

— Je vous présente Fleur. » Il ne put contenir le petit sourire de fierté qui illumina son visage.

« Je suis ravie de faire votre connaissance », dit Fleur en souriant chaleureusement à l'adresse de Philippa et en lui tendant une main que celle-ci, après une seconde d'hésitation, finit par saisir. « Et Lambert, bien sûr, que j'ai déjà rencontré.

— Très brièvement », ajouta Lambert d'un ton froid. Fleur le considéra, étonnée, avant de sourire de nouveau à Philippa. Légèrement déconcertée, Philippa lui sourit en retour.

« Désolé pour ce petit retard, reprit Richard en dépliant sa serviette. Nous, hmm… nous avons eu un léger contretemps à cause de deux bonnes sœurs. Des bonnes sœurs pas très catholiques. » Il regarda Fleur et, sans prévenir, ils se mirent tous les deux à rire aux éclats.

Mal à l'aise, Philippa se tourna vers Lambert, qui haussa les sourcils.

« Excusez-moi, dit Richard entre deux glousse-ments. Ce serait trop long à raconter. Mais c'était follement drôle.

— Je n'en doute pas, répliqua Lambert. Vous avez commandé à boire ?

— Je vais prendre un manhattan, annonça Richard.

— Un quoi ? demanda Philippa en le dévisageant avec des yeux ronds.

— Un manhattan, répéta Richard. Ne me dis pas que tu ne sais pas ce que c'est !

— Richard n'avait jamais bu de manhattan jusqu'à la semaine dernière, expliqua Fleur. Moi, j'adore les cocktails, pas vous ?

— Je ne sais pas, répondit Philippa. J'imagine que oui. »

Elle prit une gorgée de son eau gazeuse en essayant de se rappeler la dernière fois qu'elle avait bu un cock-tail. Alors, à son grand étonnement, elle remarqua la main de son père qui se glissait sous la table pour saisir celle de Fleur. Elle lança un regard en biais à Lambert ; abasourdi, il avait les yeux rivés dans la même direc-tion.

« Moi aussi je vais en prendre un, lança joyeusement Fleur.

— Je crois que je ferais mieux de prendre un gin », murmura Philippa. Elle se sentait quelque peu défaillir.

Était-ce vraiment son père ? Cet homme qui donnait la main à une femme ? Elle n'arrivait pas à y croire. Pas une seule fois, elle ne l'avait vu donner la main à sa mère. Et il était là, devant elle, tout sourires, comme si Emily n'avait jamais existé. Il ne se comportait pas comme son père, songea-t-elle. Il se comportait comme... comme un homme normal.

Lambert était celui dont il fallait se méfier, pensa Fleur. C'était lui qui l'observait en permanence d'un air suspicieux, qui la harcelait de questions au sujet de son passé et qui la testait sans arrêt pour savoir à quel point elle avait connu Emily. Elle pouvait presque voir le mot « vautour » se former dans son esprit. Ce qui était une bonne chose si cela signifiait qu'il y avait de l'argent à gagner... mais pas s'il découvrait son manège. Elle allait devoir lui passer de la pommade.

Aussi, après que les desserts furent servis, se tourna-t-elle vers lui en adoptant une attitude respectueuse et un air presque intimidé.

« Richard m'a dit que vous étiez l'expert informatique de sa société.

— C'est exact, répondit Lambert, d'un air ennuyé.

— Fantastique. Je n'y connais rien en informatique.

— C'est le cas de la plupart des gens.

— Lambert conçoit des logiciels pour la compagnie, précisa Richard. Et il les vend ensuite à d'autres sociétés. C'est une activité secondaire qui nous rapporte pas mal d'argent.

— Est-ce que vous allez devenir un second Bill Gates ?

— À vrai dire, mon approche est complètement différente de celle de Gates », rétorqua Lambert avec froideur. Fleur le regarda pour voir s'il plaisantait, mais ses yeux étaient durs et ne révélaient pas la moindre trace d'humour. Bon sang, songea-t-elle en s'efforçant de ne pas rire. Ne jamais sous-estimer la vanité d'un homme.

« Mais vous pourriez quand même gagner des milliards ? »

Lambert haussa les épaules. « L'argent ne m'intéresse pas.

— Lambert ne s'occupe pas de l'argent, intervint Philippa avec un petit rire incertain. C'est moi qui tiens la comptabilité.

— Une tâche qui convient parfaitement à l'esprit féminin, commenta Lambert.

— Attendez une seconde, Lambert ! protesta Richard. Je ne pense pas que ce soit très juste.

— Ce n'est peut-être pas juste, précisa Lambert en plongeant sa cuillère dans une mousse au chocolat, mais c'est la vérité. Les hommes créent, les femmes gèrent.

— Les femmes créent des bébés, avança Fleur.

— Les femmes produisent des bébés, rectifia Lambert. Les hommes les créent. La femme n'est que le partenaire passif. D'ailleurs, qui détermine le sexe d'un enfant ? L'homme ou la femme ?

— La clinique, répliqua Fleur, ce qui parut déplaire à Lambert.

— Vous n'avez pas l'air de comprendre où je veux en venir, continua-t-il. Tout simplement... » Mais avant qu'il n'ait pu terminer sa phrase, il fut interrompu par une voix féminine stridente.

« Ça alors, quelle surprise ! Toute la famille Favour ou presque ! » Fleur releva la tête. Une blonde vêtue d'une veste vert émeraude s'était approchée de leur table. Ses yeux glissèrent vivement de Richard à Fleur, puis à Lambert, puis à Philippa, et de nouveau à Fleur. Fleur lui rendit tranquillement son regard. Pourquoi ces femmes se sentaient-elles toujours obligées de porter autant de maquillage ? se demanda-t-elle. Ses paupières étaient tartinées de fard bleu roi, ses cils se dressaient en avant comme des fers de lance, et elle avait une petite tache de rouge à lèvres sur une dent.

« Eleanor ! s'écria Richard. Ça me fait plaisir de te voir. Geoffrey est avec toi ?

— Non, répondit Eleanor. Je déjeune avec une amie ; ensuite on va à la Scotch House. » Elle fit passer d'une épaule à l'autre la bandoulière en chaînette dorée de son sac à main. « À ce propos, Geoffrey remarquait justement l'autre jour que ça fait un bout de temps qu'il ne t'a pas vu au club. » Elle avait un ton interrogateur ; une fois de plus, son regard se posa sur Fleur.

« Laissez-moi faire les présentations, dit Richard. Une amie, Fleur Daxeny. Fleur, je vous présente Eleanor Forrester. Son mari est le capitaine du club de golf de Greyworth.

— Enchantée », murmura Fleur, se levant légèrement de sa chaise pour tendre une main. La poigne d'Eleanor Forrester était ferme et solide ; presque masculine, si ce n'était le vernis à ongles rouge. Encore une golfeuse.

« Vous êtes une vieille amie de Richard ? demanda Eleanor.

— Pas vraiment, répondit Fleur. Je l'ai rencontré pour la première fois il y a un mois.

— Je vois », dit Eleanor. Ses cils hérissés battirent deux ou trois fois. « Je vois, répéta-t-elle. Bien, je dois y aller. Est-ce que l'un d'entre vous compte participer au tournoi de printemps ?

— Pour ma part, c'est certain, assura Lambert.

— Oh, je pense que moi aussi, ajouta Richard. Mais qui sait ?

— Oui, qui sait ? » répéta Eleanor. Elle se tourna vers Fleur une dernière fois, les lèvres pincées. « Ravie de vous avoir connue, Fleur. Très intéressant, vraiment. »

Ils la regardèrent s'éloigner en silence, d'un pas vif, sa chevelure blonde rebondissant avec raideur sur le col de sa veste.

« Et voilà ! s'exclama Lambert sitôt qu'elle fut hors de portée de voix. Tout le club sera au courant dès demain.

— Eleanor était une très bonne amie de maman, expliqua Philippa à Fleur comme pour s'excuser. Elle a sans doute pensé… » Elle s'interrompit, gênée.

« Vous savez, vous allez devoir faire attention, dit Lambert à Richard. Quand vous retournerez à Greyworth, vous vous rendrez compte que tout le monde jase à votre sujet.

— Comme c'est agréable, répondit Richard en souriant à Fleur, d'être au centre de l'attention.

— Ça vous fait peut-être rire maintenant, poursuivit Lambert, mais si j'étais vous…

— Oui, Lambert ? Que feriez-vous ? »

La voix de Richard s'était brusquement durcie, et Philippa adressa à Lambert un regard d'avertissement. Mais Lambert s'enfonça.

« Eh bien, je ferais un peu plus attention, Richard. Franchement, vous ne voulez pas que les gens interprètent mal la situation ? Vous ne voulez pas que les gens colportent des ragots derrière votre dos ?

— Et pourquoi colporteraient-ils des ragots derrière mon dos ?

— Eh bien, enfin, je veux dire… c'est évident, non ? Écoutez, Fleur, je ne veux pas vous vexer, mais vous comprenez, n'est-ce pas ? Emily avait beaucoup d'amis. Et quand ils entendent parler de vous…

— Non seulement ils vont entendre parler de Fleur, coupa Richard d'une voix forte, mais ils vont même faire sa connaissance, car elle va venir s'installer à Greyworth aussi vite que possible. Et si ça vous pose un problème, Lambert, je vous suggère de vous tenir à l'écart.

— Je voulais juste…

— Je sais où vous vouliez en venir, dit Richard. Je ne le sais que trop bien. Et j'ai bien peur que vous ne soyez descendu d'un coup dans mon estime. Venez, Fleur, nous partons. »

Une fois sur le trottoir, Richard prit Fleur par le bras.

« Je suis vraiment désolé pour tout ça, déclara-t-il. Lambert peut être particulièrement désagréable, parfois.

— Ça ne fait rien », répondit la jeune femme posément. Mon Dieu, pensa-t-elle, j'ai déjà eu affaire à pire. Il y a eu la fille qui a essayé de me tirer les cheveux, le voisin qui m'a traitée de salope…

« Et vous allez quand même m'accompagner à Greyworth ? Je suis désolé, j'aurais dû vous demander votre avis d'abord. » Richard la regarda avec angoisse. « Mais je suis sûr que vous vous plairez, là-bas. On pourra faire de grandes promenades, et vous rencontrerez le reste de la famille…

— Et j'apprendrai à jouer au golf ?

— Si vous voulez, dit-il en souriant. Ce n'est pas obligatoire. » Il fit une pause, gêné, avant de reprendre : « Et, bien sûr, vous… vous aurez votre propre chambre. Je ne veux pas vous… vous…

— Ah bon ? demanda Fleur d'une voix suave. Moi, je veux bien. » Elle se dressa sur la pointe des pieds et embrassa Richard avec tendresse sur les lèvres. Au bout d'un moment, elle introduisit tout doucement sa langue dans sa bouche. Aussitôt, elle sentit le corps de Richard se raidir. D'indignation ? De désir ? Elle passa avec nonchalance une main le long de son dos en attendant de le savoir.

Richard se tenait parfaitement immobile, avec la bouche de Fleur pressée contre la sienne, tandis que ses dernières paroles résonnaient encore dans sa tête. Malgré ses tentatives, il ne parvenait pas à rassembler ses pensées. Il se trouvait tout à coup engourdi, presque paralysé d'excitation. Après quelques instants, Fleur déplaça ses lèvres vers le coin de sa bouche, et il eut l'impression que sa peau allait exploser sous cette délicieuse sensation. Voilà comment cela aurait dû se passer avec Emily, songeait-il confusément, luttant pour ne pas chavirer d'ivresse. Voilà l'effet qu'aurait dû lui procurer son épouse adorée. Mais jamais Emily ne l'avait stimulé comme cette femme… cette femme ensorceleuse qu'il ne connaissait que depuis un mois. Jamais auparavant il n'avait ressenti un tel désir. Jamais auparavant il n'avait eu envie de… de baiser une femme comme ça.

« Prenons un taxi, dit-il d'une voix rauque en se reculant légèrement. Retournons à l'appartement. » Il supportait à peine de parler. Chaque mot semblait souiller le moment, entacher la conviction qu'il avait d'être sur le point de vivre une expérience parfaite.

Mais il fallait bien que l'un des deux brisât le silence. Que l'un des deux fît un premier geste pour les arracher à cette rue.

« Et Hyde Park, alors ? »

Pour Richard, c'était une véritable torture.

« Une autre fois, parvint-il à articuler. Viens. Viens ! »

Il héla un taxi, la fit grimper dedans en hâte, marmonna une adresse au chauffeur et se retourna vers Fleur. Lorsque ses yeux se posèrent sur elle, son cœur faillit s'arrêter de battre. Comme elle s'était renversée en arrière sur la banquette en cuir de la voiture, sa robe était mystérieusement remontée jusqu'à découvrir le bord de son bas de soie noir.

« Oh, Seigneur », bredouilla-t-il, les yeux rivés sur la fine dentelle noire. Emily ne portait jamais de bas de soie noirs.

Un élan de terreur le traversa alors. Qu'était-il sur le point de faire ? Que lui arrivait-il ? Des images d'Emily se mirent à défiler dans son esprit. Son adorable sourire ; la douceur de ses cheveux lorsqu'il les prenait entre les doigts ; ses jambes graciles ; ses jolies petites fesses. Des moments douillets, faciles ; des nuits de tendresse.

« Richard », dit Fleur d'une voix trouble, en promenant avec délicatesse un doigt le long de sa cuisse. Richard tressaillit d'effroi. Tout d'un coup, il était terrorisé. Ce qui lui avait paru si évident un peu plus tôt sur le trottoir semblait à présent étouffé par des souvenirs qui refusaient de lâcher prise ; par une culpabilité grandissante, qui le prenait à la gorge et l'empêchait presque de respirer. Il éprouvait soudain une irrépressible envie de pleurer. Non, il ne pouvait pas faire ça.

Il ne le ferait pas. Et pourtant, son désir pour Fleur tourbillonnait encore douloureusement dans son corps.

« Richard ? répéta Fleur.

— Je suis toujours marié, se surprit-il à dire. Je ne peux pas faire ça. Je suis toujours marié à Emily. » Il la regarda, s'attendant à quelque répit dans son supplice ; à un signe de reconnaissance intérieur qu'il faisait ce qu'il avait à faire. Il n'en fut rien. Il se sentait submergé d'émotions contradictoires, de désirs physiques, d'angoisses psychologiques. Aucune direction ne lui paraissait être la bonne.

« Vous n'êtes plus réellement marié à Emily, suggéra Fleur d'une voix douce. N'est-ce pas ? » Elle tendit la main et se mit à lui caresser la joue, mais il eut un brusque mouvement de recul.

« Non, je ne peux pas ! » Son visage était blême de désespoir. Il se pencha en avant, les lèvres tremblantes et les yeux brillants. « Vous ne pouvez pas comprendre. Emily était ma femme. Emily est la seule... » Sa voix se brisa et il détourna le regard.

Fleur réfléchit un bref instant avant de réajuster sa robe d'un geste vif. Lorsque Richard eut enfin recouvré son sang-froid et qu'il se tourna de nouveau vers elle, les bas de soie avaient disparu sous un océan convenable de laine noire. Il la dévisagea en silence.

« Je dois beaucoup vous décevoir, finit-il par dire. Je comprendrais très bien si vous décidiez... » Il haussa les épaules.

« Décidiez de quoi ?

— ... que vous ne voulez plus me voir.

— Richard, ne soyez pas idiot ! » La voix de Fleur était tendre, affectueuse, et aussi un rien enjouée. « Vous ne croyez tout de même pas que je n'ai que ça en tête quand je suis avec vous ! » Elle risqua un léger sourire auquel Richard, après quelques secondes, répondit en souriant à son tour. « Nous passons de tellement beaux moments ensemble, poursuivit-elle. Je ne voudrais surtout pas que l'un d'entre nous se sente obligé de quoi que ce soit… »

Tandis qu'elle parlait, elle aperçut le visage du chauffeur dans le rétroviseur. Il les observait avec un étonnement non dissimulé, et la jeune femme fut prise d'une brusque envie de rire. Mais elle se tourna vers Richard et reprit, d'une voix plus posée :

« J'aimerais beaucoup venir passer quelque temps à Greyworth, et je serais très heureuse d'avoir ma propre chambre. Ensuite, si les choses évoluent… on verra. »

Richard la contempla pendant quelques instants, puis lui saisit brusquement la main.

« Vous êtes une femme merveilleuse, dit-il d'une voix émue. Je me sens… » Il lui serra la main plus fort. « Je me sens soudain très proche de vous. » Fleur soutint son regard en silence pendant un moment, avant de baisser les yeux avec pudeur.

Sacrée Emily, pensa-t-elle. Toujours à me mettre des bâtons dans les roues. Mais elle ne dit rien, et laissa la main de Richard agrippée à la sienne durant tout le trajet jusqu'à Regent's Park.

4

Deux semaines plus tard, dans la cuisine des Érables, Antony Favour regardait sa tante Gillian faire de la crème Chantilly. Elle la battait à la main, avec une expression lugubre, et une bouche qui semblait se crisper un peu plus à chaque coup de fouet. Antony savait pertinemment qu'à l'intérieur d'un des placards de la cuisine se cachait un fouet électrique ; il s'en était lui-même servi pour faire des pancakes. Mais Gillian montait toujours la chantilly à la main. D'ailleurs, elle faisait presque tout à la main. Gillian vivait à la maison depuis avant la naissance d'Antony et, d'aussi loin qu'il s'en souvenait, c'était toujours elle qui faisait la cuisine, donnait les instructions à la femme de ménage, errait dans la maison après le départ de celle-ci, les sourcils froncés, pour repasser un coup de chiffon sur des surfaces qui avaient l'air parfaitement propres. Sa mère, en revanche, n'avait jamais rien fait de tout ça. La plupart du temps, elle était trop malade pour cuisiner, et le reste du temps elle était bien trop occupée à jouer au golf.

L'image de sa mère s'imprima dans l'esprit d'Antony : petite, mince, avec des cheveux blonds presque argentés et un pantalon écossais impeccable. Il se rappelait ses yeux gris bleuté ; ses coûteuses lunettes sans monture ; sa vague odeur fleurie. Sa mère avait toujours l'air propre et ordonnée ; bleu et argent. Antony jeta un coup d'œil discret à Gillian. Ses cheveux gris et ternes pendaient mollement, séparés par une raie au milieu ; elle avait les joues empourprées et les épaules voûtées dans son cardigan mauve. Gillian avait les mêmes yeux gris-bleu que sa mère mais, à part ça, on avait du mal à croire qu'elles étaient sœurs.

Il observa de nouveau l'expression tendue du visage de sa tante. Depuis que son père avait téléphoné pour leur annoncer qu'il avait invité cette femme à passer quelques jours chez eux, Gillian arpentait la maison en long et en large, avec une mine encore plus sévère qu'à l'accoutumée. Elle n'avait rien dit, pourtant… mais il est vrai que Gillian ne disait jamais grand-chose. Elle n'avait jamais d'opinion ; elle ne disait jamais quand elle était fâchée. C'était aux autres de s'en rendre compte tout seuls. Et, à cet instant précis, elle avait l'air sérieusement fâchée.

Antony lui-même ne savait pas bien quelle attitude adopter par rapport à la situation. Allongé dans son lit, la veille au soir, il avait pensé à sa mère, à son père, et à cette nouvelle femme, en attendant d'avoir une réaction viscérale ; une montée d'émotion qui lui indiquerait la bonne direction. Mais non, rien. Il n'avait rien ressenti de particulier, et se contentait d'admettre les faits : son père voyait une autre femme. De temps en temps, cette idée le surprenait pendant qu'il était occupé à quelque chose, et il éprouvait alors un tel choc qu'il devait redresser la tête, respirer profondément et cligner des yeux plusieurs fois pour refouler ses larmes. Mais, à d'autres moments, cela lui semblait tout à fait naturel ; comme quelque chose auquel il se serait tenu prêt.

Il s'était habitué à dire aux gens que sa mère était morte ; leur dire que son père avait une fiancée n'était peut-être que l'étape suivante. Parfois, il avait presque envie d'en rire.

Gillian avait fini de battre la chantilly. Elle secoua le fouet avant de le poser dans l'évier sans même prendre la peine de le lécher. Après quoi, elle poussa un profond soupir en se passant une main sur le front.

« Tu fais une tarte meringuée ? demanda Antony.

— Oui. Aux kiwis. » Elle haussa les épaules. « Je ne sais pas si c'est ce que ton père veut, mais ça fera l'affaire.

— Je suis sûr que ce sera super ! s'exclama Antony. Tout le monde adore la tarte aux kiwis.

— En tout cas, il faudra bien que ça fasse l'affaire », répéta Gillian. D'un air las, elle balaya des yeux la cuisine, et Antony suivit son regard. Il adorait cette cuisine ; c'était sa pièce préférée. Quelque cinq ans auparavant, ses parents l'avaient fait refaire comme une immense cuisine de ferme, avec des carreaux en terre cuite partout, une cheminée au centre et une grande table en bois assortie de chaises ultraconfortables. Ils avaient acheté des milliers de marmites, de casseroles et d'autres choses encore, dans des catalogues très chers, suspendu des gousses d'ail aux murs et fait venir une dame qui avait disposé des bouquets de fleurs séchées dans tous les coins.

Antony aurait pu passer ses journées dans la cuisine. D'ailleurs, depuis qu'ils avaient installé une télé au mur, il ne s'en privait pas. Mais Gillian avait l'air de détester cette pièce. Elle la détestait déjà avant : « Avec tout ce blanc, on se croirait dans un hôpital », disait-elle. Et elle la détestait toujours, même si c'était elle qui avait choisi les carreaux et qui avait montré au décorateur la place de chaque élément. C'était quelque chose qu'Antony n'arrivait pas à comprendre.

« Je peux t'aider ? proposa-t-il. Je ne peux pas éplucher les pommes de terre, ou un truc du genre ?

— Je ne fais pas de pommes de terre, répondit Gillian avec humeur, comme s'il aurait dû le savoir par lui-même. Je fais du riz sauvage. » Elle fronça les sourcils. « J'espère que ce n'est pas trop difficile à cuisiner.

— Je suis sûr que ce sera délicieux, affirma Antony. Pourquoi tu ne te sers pas de l'autocuiseur ? »

Les parents d'Antony avaient offert un autocuiseur à Gillian trois Noëls auparavant. L'année suivante, ils lui avaient acheté une centrifugeuse électrique. Ensuite, il y avait eu un hachoir à herbes automatique, une machine à couper le pain et une sorbetière. À la connaissance d'Antony, elle n'avait jamais utilisé aucun de ces appareils.

« Je vais me débrouiller, répondit Gillian. Pourquoi tu ne vas pas jouer dehors ? Ou réviser tes leçons ?

— Sincèrement, ça ne me dérange pas de t'aider.

— Ça ira plus vite si je le fais moi-même. » Gillian poussa de nouveau un soupir et attrapa son livre de recettes. Après l'avoir observée en silence pendant quelques instants, Antony s'en alla en haussant les épaules.

C'était une belle journée, et il était plutôt content de sortir au soleil. Il s'aventura jusqu'au bout de l'allée des Érables, puis sur la route qui menait au club. Toutes les routes du domaine de Greyworth étaient privées, et il fallait un laissez-passer pour entrer. Aussi n'y avait-il que très peu de voitures ; uniquement celles des gens qui possédaient une maison sur le domaine ou qui étaient membres du club de golf.

Peut-être avait-il le temps pour un rapide neuf trous avant que son père n'arrive, songeait Antony en marchant. Il était censé réviser ses examens cette semaine ; c'était la raison pour laquelle il était à la maison. Une longue semaine studieuse l'attendait. Mais Antony n'avait pas besoin de travailler : il savait déjà tout ce qu'on allait lui demander. Au lieu de ça, il prévoyait de passer ses journées à traînasser, jouer au golf, peut-être un peu au tennis. Tout dépendait de qui était là. Son meilleur ami, Will, était lui aussi en pension, mais l'école de Will n'était pas en vacances au même moment que la sienne. « Sacré veinard, lui avait écrit Will. Après ça, ne te plains pas si t'as de mauvaises notes. » Antony était bien forcé de reconnaître qu'il avait effectivement une sacrée veine, même si son père semblait partager cet avis. « À quoi ça sert de payer ce prix-là, s'était-il indigné, si c'est pour qu'ils te renvoient à la maison ? » Antony n'en avait pas la moindre idée. D'ailleurs, ça lui était égal. Ce n'était pas son problème.

De part et d'autre de la route qui descendait au club s'étendaient des pelouses arborées, interrompues à intervalles réguliers par les portails des résidences. Antony examinait rapidement chaque maison devant laquelle il passait, devinant qui était là selon qu'il y avait ou non des voitures dans l'allée. Il remarqua la nouvelle Jeep blanche des Forrester et s'arrêta un instant devant la grille. Pas mal, songea-t-il.

« Hey, Antony ! Elle te plaît, ma Jeep ? » Antony sursauta avant de relever les yeux. Assis sur l'herbe, environ cinquante mètres plus loin au bord de la route, il reconnut Xanthe Forrester et Mex Taylor. Les jambes entrelacées dans un fouillis de toile de jean, ils étaient tous les deux en train de fumer une cigarette. Antony réprima son envie de se retourner en faisant semblant de ne pas avoir entendu. Xanthe avait à peu près le même âge que lui ; il la connaissait depuis l'enfance. Elle avait toujours été une petite garce ; maintenant, elle n'était plus qu'une garce tout court. Elle réussissait toujours à le faire se sentir idiot, maladroit et moche. Mex Taylor était nouveau à Greyworth. Tout ce qu'Antony savait de lui, c'était qu'il était en terminale à Eton, qu'il jouait avec un handicap de sept, et que toutes les filles le trouvaient super. Ce qui suffisait largement à Antony.

Il s'avança vers eux avec lenteur, s'efforçant de ne pas accélérer le pas, de contrôler sa respiration, d'avoir quelque chose d'intelligent à dire. Puis, alors qu'il était tout près, Xanthe écrasa soudain sa cigarette et se mit à embrasser Mex, l'agrippant par les cheveux et se tordant dans tous les sens comme si elle était dans un film. Exaspéré, Antony se dit que tout ça c'était juste de la frime. Elle s'imaginait peut-être qu'il était jaloux. Elle s'imaginait peut-être qu'il n'avait jamais embrassé personne. Si seulement elle savait ! Au pensionnat, on les emmenait à des boums presque tous les week-ends, et Antony revenait toujours avec quelques suçons dans le cou et un numéro de téléphone en poche. Mais ça, c'était à l'école, où il n'y avait pas de passé commun, où les gens le prenaient pour ce qu'il était. Tandis que Xanthe Forrester, Fifi Tilling – toute cette bande – le voyaient encore comme le petit Antony Favour, un peu coincé, juste bon pour une partie de golf, sans plus.

Tout à coup, Xanthe laissa tomber Mex.

« Mon téléphone ! Il vibre ! » Elle jeta un regard cruel à Mex, puis à Antony, avant d'extraire son téléphone portable du petit étui en cuir rouge sur sa hanche. Antony regarda Mex d'un air gêné et, malgré lui, il sentit sa main s'élancer vers son œil et couvrir sa tache de naissance d'un geste protecteur.

« Allô ? Fifi ! Ouais, je suis avec Mex ! s'exclama Xanthe d'un ton triomphal.

— Tu veux une clope ? » proposa négligemment Mex à Antony. Antony réfléchit un instant. S'il acceptait, il serait obligé de rester pour leur parler, et quelqu'un pourrait le surprendre et tout rapporter à son père, ce qui ferait sans doute une histoire. Mais s'il refusait, ils penseraient qu'il était un ringard.

« OK », répondit-il.

Xanthe jacassait toujours au téléphone mais, lorsque Antony alluma sa cigarette, elle interrompit sa conversation et lança en ricanant : « Antony ! Tu fumes, maintenant ! C'est pas un peu trop déluré pour toi ? » Mex le regarda d'un air amusé et Antony rougit.

« C'est trop cool ! s'écria Xanthe en éteignant son téléphone. Les parents de Fifi ne sont pas là jusqu'à vendredi. On va tous chez elle, ce soir, ajouta-t-elle à l'intention de Mex. Toi, moi, Fifi et Tania. Tania a du matos.

— Super, commenta Mex. Et lui ? » demanda-t-il en désignant du menton Antony. Xanthe fit une grimace discrète à Mex avant de se tourner vers Antony.

« Tu veux venir, Antony ? On va regarder *37° 2 le matin*.

— Je ne crois pas que je puisse, répondit Antony. Mon père… » Il s'arrêta au milieu de sa phrase. Il n'allait pas dire à Xanthe que son père avait une copine. « Mon père rentre à la maison, dit-il lâchement.

— Ton père rentre à la maison ? répéta Xanthe, incrédule. Tu ne peux pas sortir parce que ton père rentre à la maison ?

— Moi, je trouve ça plutôt cool, intervint gentiment Mex. J'aimerais bien être aussi proche de mon père. »

Il adressa un petit sourire narquois à Xanthe. « Dommage que je puisse pas le blairer. »

Xanthe éclata de rire.

« Moi aussi, j'aimerais bien être plus proche de mon père, dit-elle. Comme ça, il m'aurait peut-être acheté une Jag au lieu d'une Jeep. » Elle alluma une autre cigarette.

« Comment ça se fait que t'as une Jeep ? demanda Antony. Tu ne peux même pas conduire, t'as que quinze ans.

— Je peux conduire sur des routes privées, rétorqua Xanthe. C'est Mex qui m'apprend. Pas vrai, Mex ? » Elle s'allongea sur l'herbe et se passa les doigts dans les boucles blondes de ses cheveux. « Et c'est pas le seul truc qu'il m'apprend, si tu vois ce que je veux dire... » Elle souffla un rond de fumée dans l'air. « D'ailleurs, tu vois sûrement pas, ajouta-t-elle avec un clin d'œil à l'intention de Mex. Je ne voudrais pas choquer Antony. Il embrasse encore avec la bouche fermée. »

Antony jeta à Xanthe un regard furieux, tout en se creusant la tête pour trouver une réponse maligne. Mais la coordination entre son cerveau et ses lèvres semblait avoir disparu.

« Ton père..., reprit Xanthe d'un air songeur. Ton père. Qu'est-ce que j'ai entendu sur lui, l'autre jour ? » Elle se rassit brusquement. « Ah oui ! Il a une poule, c'est ça ?

— Non, c'est pas vrai !

— Si ! Mon père et ma mère en parlaient. Une fille de Londres. Superjolie, il paraît. Ma mère les a surpris en train de déjeuner ensemble.

— C'est juste une amie », protesta Antony, désespéré. Sa belle nonchalance s'était complètement évaporée. Soudain, il détestait son père ; il détestait même sa mère d'être morte. Pourquoi est-ce que tout ne pouvait pas redevenir comme avant ?

« J'ai su, pour ta mère, dit Mex. Dur. »

Tu ne sais rien du tout ! avait envie de crier Antony. Mais il se contenta d'écraser sa cigarette avec maladresse du bout du pied, et de dire : « Je dois y aller.

— Dommage, répliqua Xanthe. Tu me faisais vraiment de l'effet, avec ton pantalon sexy. Tu l'as trouvé où ? À l'Armée du Salut ?

— À la prochaine, lança Mex. Amuse-toi bien avec ton père. »

Tandis qu'Antony commençait à s'éloigner, il entendit des rires étouffés, mais il ne se retourna pas avant d'avoir atteint le virage. Il s'autorisa alors un rapide coup d'œil par-dessus son épaule : Xanthe et Mex étaient de nouveau en train de s'embrasser.

Il passa le tournant en vitesse et s'assit sur un petit muret de pierre. Dans son esprit se bousculaient toutes les phrases que les adultes lui avaient répétées au fil des ans : Les gens qui se moquent de toi ne sont que des immatures... Ne fais pas attention, ils finiront par se lasser... S'ils attachent plus d'importance à ton apparence physique qu'à ta personnalité, c'est qu'ils ne méritent pas d'être tes amis, de toute façon.

Que devait-il donc faire ? Ignorer tout le monde sauf Will ? Se retrouver sans aucun ami ? D'après lui, il avait le choix entre deux possibilités : soit il restait tout seul, soit il essayait de s'entendre avec les autres. Il soupira. Bien sûr, pour les adultes, ç'avait toujours l'air très simple. Ils ne savaient pas ce que c'était. À quand remontait la dernière fois que quelqu'un avait fait une crasse à son père ? Cela ne s'était sûrement jamais produit. Les adultes ne se faisaient pas de sales coups entre eux. C'était comme ça. En fait, pensa Antony d'un air morose, les adultes feraient mieux de cesser de se plaindre. Parce que c'est vraiment fastoche, pour eux.

Gillian s'assit devant la grande table en bois dans la cuisine des Érables, les yeux rivés sur un petit monticule de haricots verts. Elle était épuisée, presque trop épuisée pour soulever un couteau. Depuis la mort d'Emily, une terrible apathie s'était emparée d'elle, qui l'inquiétait et la perturbait à la fois. Elle ne connaissait pas d'autre façon d'y faire face que de se jeter à corps perdu dans les tâches ménagères qui meublaient ses journées. Mais plus elle travaillait, moins elle semblait avoir d'énergie. Et dès qu'elle s'asseyait pour faire une pause, elle avait l'impression qu'elle ne pourrait plus jamais se relever.

Elle s'appuya sur les coudes, avec une sensation de léthargie mêlée de pesanteur. Elle sentait son poids s'enfoncer dans la chaise, elle sentait chaque gramme de son corps massif et sans charme. Sa poitrine opulente écrasée par un soutien-gorge à armature, ses jambes épaisses dissimulées sous sa jupe. Son cardigan était chaud et lourd ; même ses cheveux paraissaient pesants, ce jour-là.

Durant plusieurs minutes, elle resta à regarder la table, suivant du bout des doigts les veines du bois, tentant en vain de se perdre dans les volutes et les méandres, de se persuader que tout était normal. Mais, au moment où son index atteignait un nœud sombre, elle s'arrêta. Il était inutile qu'elle se mente à elle-même : ce n'était pas seulement qu'elle se sentait lourde ; ce n'était pas seulement qu'elle était apathique. Elle avait peur.

Le coup de fil de Richard avait été bref. Aucune explication, outre le fait qu'il ramenait une femme à la maison et qu'elle s'appelait Fleur. Gillian observa le bout épais et rugueux de son doigt, puis se mordit la lèvre. Elle aurait dû se douter que ça finirait par arriver ; tôt ou tard, Richard finirait par trouver une... une compagne. Pourtant, elle avait cru que tout reprendrait son cours normal : Richard, Antony et elle. Pas tellement différent d'avant, du vivant d'Emily... de toutes les fois où ils dînaient tous les trois, pendant qu'Emily était alitée dans sa chambre.

Quelle idiote elle faisait ! C'était évident que ça ne pouvait pas durer éternellement. D'abord, Antony grandissait. Il quitterait bientôt le lycée pour rejoindre l'université. Et elle s'imaginait continuer à vivre aux Érables, après ça ? Juste Richard et elle ? Elle n'avait pas la moindre idée de ce que Richard pensait d'elle. La voyait-il autrement que comme la sœur d'Emily ? La considérait-il comme une amie ? Comme faisant partie de la famille ? Ou souhaitait-il qu'elle parte, maintenant qu'Emily était morte ? Elle n'en savait rien. Au cours de toutes ces années où elle avait vécu là, elle avait peu discuté en particulier avec Richard. La communication entre eux, pour autant qu'on puisse appeler ça comme ça, passait toujours par Emily. Et maintenant qu'elle n'était plus là, ils ne communiquaient plus du tout. Pendant les quelques semaines qui avaient suivi son décès, ils n'avaient jamais abordé de sujet plus important que les arrangements pour les repas. Gillian n'avait pas évoqué sa position ; Richard non plus.

Mais, à présent, rien n'était plus pareil. À présent, il y avait cette femme appelée Fleur. Une femme dont elle ignorait tout.

« Tu verras, je suis sûr que tu l'aimeras », avait ajouté Richard juste avant de raccrocher. Mais ça, Gillian en doutait. Bien sûr, il avait employé le verbe aimer dans le sens moderne, léger du terme. Elle avait entendu les femmes au bar du club l'utiliser à tort et à travers : qu'est-ce que j'aime ta robe !… Tu n'aimes pas ce parfum ? Aimer, aimer, aimer. Comme si ça ne voulait rien dire ; comme si ce n'était pas un mot sacré, précieux, à utiliser avec modération. Gillian aimait les êtres humains, pas les sacs à main. Elle savait avec une certitude féroce qui elle aimait, qui elle avait aimé, qui elle aimerait toujours. Mais, dans sa vie adulte, elle n'avait jamais prononcé le mot tout haut.

Dehors, un nuage se déplaça, et un rayon de soleil atterrit sur la table.

« C'est une belle journée », murmura Gillian, en écoutant sa voix tomber dans le silence de mort qui régnait dans la cuisine. Elle se parlait de plus en plus souvent à elle-même, ces temps-ci. Parfois, quand Richard était à Londres et Antony à l'école, elle passait plusieurs jours d'affilée seule à la maison. Des journées vides, solitaires. Elle n'avait pas d'amis à Greyworth ; quand le reste de la famille n'était pas là, le téléphone ne sonnait plus pour personne. La plupart des amis d'Emily avaient fini par avoir l'impression que Gillian était plus une employée de maison qu'un membre de la famille… Une impression qu'Emily n'avait jamais pris la peine de rectifier.

Emily. Les pensées de Gillian se figèrent un instant. Sa petite sœur Emily, morte. Elle ferma les yeux et appuya sa tête entre ses mains. Dans quelle espèce de monde vivait-on, pour que les cadets disparaissent avant les aînés ? Pour que la vie d'une femme fragile comme Emily fût mise en danger par des fausses couches à répétition alors que le corps robuste de sa sœur n'avait jamais connu la moindre épreuve ? Gillian s'était occupée d'Emily après chaque fausse couche, après la naissance de Philippa et – bien plus tard – celle d'Antony. Elle avait vu le corps de sa sœur s'étioler petit à petit ; elle l'avait vu se détériorer sous ses yeux. Et maintenant, elle se retrouvait seule, dans une famille qui n'était pas vraiment la sienne, à attendre l'arrivée de celle qui allait remplacer sa sœur.

Peut-être était-il temps de partir et de commencer une nouvelle vie. Avec l'héritage généreux d'Emily, elle était désormais indépendante du point de vue financier. Elle pouvait aller n'importe où, faire ce qu'elle voulait. Une série d'images défila dans sa tête, comme les photos sur un dépliant pour un plan de retraite. Elle pouvait s'acheter une maison au bord de la mer, se mettre au jardinage, voyager…

Un souvenir lui revint soudain à l'esprit… le souvenir d'une proposition qu'on lui avait faite des années auparavant, et qui l'avait tellement enthousiasmée qu'elle avait aussitôt accouru pour en parler à Emily : un voyage autour du monde, avec Verity Standish.

« Tu te souviens de Verity ? avait-elle lancé à sa sœur qui se tenait dans le salon, près de la cheminée. Elle s'en va ! Elle part pour Le Caire en octobre, et ensuite elle verra. Elle veut que je l'accompagne ! Tu ne trouves pas ça excitant ? »

Elle avait attendu qu'Emily lui sourît, qu'elle lui posât des questions, qu'elle accueillît la joie de Gillian avec autant d'émotion que Gillian avait accueilli ses nombreux succès à elle au fil des ans. Mais Emily s'était retournée et, avant même que Gillian n'ait eu le temps de reprendre son souffle, elle avait dit : « Je suis enceinte. De quatre mois. »

Gillian avait retenu sa respiration et regardé sa sœur avec des larmes de bonheur dans les yeux. Elle avait cru – comme tout le monde – qu'Emily n'aurait jamais d'autre enfant. Chacune de ses grossesses après la naissance de Philippa s'était soldée par une fausse couche avant la douzième semaine ; il était peu probable qu'elle réussisse jamais à porter un autre bébé à terme.

Gillian s'était précipitée vers sa sœur et lui avait saisi les mains dans un élan de joie.

« Quatre mois ! Oh, Emily ! » Mais les yeux d'Emily avaient pris la couleur du reproche.

« Ce qui veut dire que la naissance est prévue pour décembre. »

C'est alors que Gillian avait compris où elle voulait en venir. Et, pour la première fois de sa vie, elle avait essayé de résister à la domination de sa sœur.

« Ça ne te dérange pas que je parte quand même en voyage ? avait-elle dit d'un ton joyeux, parfaitement naturel. Richard sera d'un grand soutien, j'en suis sûre. Et, de toute façon, je serai de retour en janvier. Je pourrai le relayer. » Mais elle commençait déjà à faiblir. « C'est juste que… c'est une occasion tellement…

— Eh bien pars, si tu veux ! s'était exclamée Emily d'une voix crispée. Je peux très bien engager une infirmière. Et une nourrice pour Philippa. Ça ira très bien. » Elle avait adressé un sourire forcé à Gillian, qui l'observait avec appréhension. Elle connaissait par cœur le petit jeu d'Emily ; et elle savait qu'elle était toujours trop lente pour anticiper le coup suivant.

« Et je garderai sans doute la nourrice après ton retour. » La voix glacée d'Emily avait traversé la pièce pour venir se loger comme un éclat d'obus dans la poitrine de Gillian. « Elle pourra prendre ta chambre. Ça ne t'ennuie pas, n'est-ce pas ? Parce que, toi, tu seras sûrement installée ailleurs d'ici là. »

Elle aurait dû partir quand même. Elle aurait dû prendre Emily au mot et partir avec Verity. Elle aurait pu voyager pendant quelques mois, puis elle serait revenue et elle aurait repris sa place dans la famille. Emily n'aurait pas refusé son aide. Elle était sûre de cela, à présent. Elle aurait dû partir. Les mots résonnaient amèrement dans sa tête, alors que quinze années de regrets lui montaient au cerveau comme du sang empoisonné.

Mais elle n'était pas partie. Elle avait cédé, à son habitude, et elle était restée pour la naissance d'Antony. Et c'était après sa naissance qu'elle s'était rendu compte qu'elle ne pourrait plus jamais partir ; qu'elle ne pourrait plus jamais quitter la maison de son propre gré. Parce que Emily n'aimait pas le petit Antony. Mais Gillian, elle, aimait cet enfant plus que tout au monde.

« Parlez-moi de Gillian, demanda Fleur, tout en se carrant dans son siège.

— Gillian ? » répéta Richard distraitement. Il mit son clignotant. « Allez, laisse-moi passer, abruti.

— Oui, Gillian, reprit Fleur, tandis que la voiture changeait de file. Depuis quand habite-t-elle avec vous ?

— Oh, ça fait des années. Depuis… Je ne sais pas. Depuis la naissance de Philippa, peut-être.

— Et vous vous entendez bien avec elle ?

— Oui, oui. »

Fleur observa Richard du coin de l'œil. Il avait une expression lointaine et désinvolte. Voilà pour Gillian.

« Et Antony ? dit-elle. Je ne l'ai pas encore rencontré non plus.

— Il vous plaira, répondit Richard avec une soudaine lueur d'enthousiasme. C'est un bon petit gars. Il joue handicap douze, ce qui est plutôt pas mal pour son âge.

— Formidable », acquiesça Fleur poliment. Plus elle passait de temps avec Richard, plus il devenait clair qu'elle allait devoir se mettre à ce sport épouvantable. Elle essaya de s'imaginer avec des chaussures de golf, avec les pompons et les pointes, et l'idée la fit frémir.

« C'est joli, par ici, lança-t-elle en promenant son regard sur le paysage alentour. Je ne savais pas qu'il y avait des moutons dans le Surrey.

— De curieux moutons, commenta Richard. De curieuses vaches, aussi. » Il fit une pause, et ses lèvres se contractèrent en un rictus amusé. Fleur attendit.

Le rictus voulait dire qu'il était sur le point de faire une blague. « Vous allez rencontrer quelques-unes des meilleures vaches du Surrey, au club de golf », lâcha-t-il enfin avec un ricanement. Fleur rit en chœur, divertie par lui plus que par son humour. Était-ce réellement le même homme austère et coincé qu'elle avait rencontré six semaines plus tôt ? Elle avait peine à le croire. Richard semblait vouloir se jeter dans le bonheur avec une détermination presque obstinée. Désormais, c'était lui qui l'appelait en lui proposant les choses les plus farfelues, lui qui faisait des blagues, lui qui prévoyait les sorties et les distractions.

Il espérait sans doute compenser ainsi le manque d'intimité dans leur relation ; un manque, du moins en avait-il l'air persuadé, dont elle souffrait autant que lui.

Elle lui avait pourtant assuré à une ou deux reprises que ça n'avait pas d'importance... mais sans trop de conviction, pour ne pas le vexer. Aussi, afin de soulager leur frustration commune, avait-il entrepris de meubler leurs nuits par des substituts. Puisqu'il ne pouvait pas la divertir au lit, il pouvait l'amener au théâtre, dans des bars à cocktail et des discothèques. Tous les matins, il lui téléphonait sur le coup de dix heures avec un programme pour le soir. Et, à sa grande surprise, Fleur s'était mise à attendre ses appels avec impatience.

« Sheringham St. Martin ! s'écria-t-elle soudain en apercevant une pancarte par la vitre.

— Oui, c'est un très joli village, dit Richard.

— C'est là que Xavier Formby a ouvert son nouveau restaurant. J'ai lu un article dessus. La "Pumpkin House". Ça a l'air extraordinaire. Il faudra qu'on y aille un jour.

— Allons-y tout de suite, rétorqua aussitôt Richard. On peut dîner là-bas. C'est parfait ! Je vais leur passer un coup de fil, pour voir s'ils ont une table. »

Sans hésiter, il décrocha son téléphone de voiture et composa le numéro des renseignements. Fleur l'observait avec attention. Fallait-il lui rappeler que cette mystérieuse Gillian avait sûrement déjà prévu un repas pour eux ? Richard n'avait pas l'air de s'en soucier. À vrai dire, il ne semblait même pas se souvenir de son existence. Dans certaines familles, il pouvait se révéler utile de s'attirer la bienveillance de la gent féminine. Mais était-ce la peine, cette fois ? Elle ferait aussi bien d'entrer dans le jeu de Richard. Après tout, c'est lui qui avait l'argent. Et s'il avait envie de dîner au restaurant, ce n'était pas à elle de l'en dissuader.

« C'est bon ? disait Richard au téléphone. Bien, nous arrivons tout de suite. » Fleur le regarda avec un visage rayonnant.

« Vous êtes drôlement efficace.

— *Carpe diem*, répondit Richard. Cueille le jour. » Il lui sourit. « Vous savez, quand j'étais enfant, je ne comprenais pas cette expression. Ça ne voulait rien dire, à mes yeux.

— Et maintenant, ça veut dire quelque chose ?

— Oh oui, murmura Richard. Plus que jamais. »

À sept heures, Antony achevait juste de mettre la table quand le téléphone sonna. Pendant que Gillian allait répondre, il recula de quelques pas pour admirer son œuvre. Il avait disposé des lis dans un vase, des serviettes en dentelle blanche, des bougies qui n'attendaient plus que d'être allumées, et de la cuisine s'échappait une délicieuse odeur d'agneau rôti. Juste le temps de boire un gin, pensa Antony. Il regarda sa montre. Son père n'allait plus tarder, maintenant.

Gillian apparut soudain à la porte de la salle à manger, dans la robe bleue qu'elle revêtait toujours aux occasions spéciales. Elle avait le visage sombre, mais cela ne signifiait pas forcément grand-chose.

« C'était ton père, annonça-t-elle. Il arrivera tard.

— Ah. Tard comment ? demanda Antony tout en redressant un couteau.

— Vers dix heures, il a dit. Il dîne dehors avec cette dame. » Antony releva la tête d'un coup sec.

« Dîner dehors ? Mais non, ils ne peuvent pas faire ça !

— Ils sont déjà au restaurant.

— Mais tu as fait à manger ! Tu lui as dit ? Tu lui as dit qu'il y avait un agneau rôti dans le four ? » Gillian haussa les épaules. Elle arborait cette expression résignée, lasse, qu'Antony détestait par-dessus tout.

« Ton père a le droit de dîner dehors s'il le veut, répondit-elle.

— Tu aurais dû dire quelque chose ! protesta Antony, indigné.

— Ce n'est pas à moi de dire à ton père ce qu'il doit faire.

— Mais s'il avait su, je suis sûr... » Antony s'interrompit et regarda Gillian avec dépit. Pourquoi diable n'avait-elle rien dit à son père ? Lorsqu'il rentrerait et qu'il verrait ce qu'il avait fait, il se sentirait terriblement coupable.

« De toute façon, c'est trop tard maintenant. Il n'a pas précisé dans quel restaurant il était. »

Elle avait l'air presque contente, songea Antony, comme si elle éprouvait de la satisfaction à voir tous ses efforts ruinés.

« Qu'est-ce qu'on va faire, alors ? Tout manger à nous deux ? » Il était peut-être agressif, mais tant pis.

« J'imagine que oui. » Gillian baissa les yeux vers sa robe. « Je vais me changer, dit-elle.

— Pourquoi tu ne restes pas comme ça ? suggéra Antony, dans un effort désespéré pour sauver la situation. Ça te va bien.

— Je vais la froisser. Ce n'est pas la peine de la salir pour rien. »

Elle fit demi-tour et se dirigea vers l'escalier.

Oh, et puis merde, pensa Antony. Si tu ne veux pas faire d'efforts, moi non plus. Il se rappela sa rencontre du matin avec Xanthe Forrester et Mex Taylor. Après tout, ils l'avaient invité pour le soir, non ? Peut-être qu'ils n'étaient pas si monstrueux, finalement.

« Dans ce cas, je vais peut-être sortir, dit-il. Puisqu'on ne fait pas de grand dîner ni rien...

— Très bien », rétorqua Gillian sans même se retourner.

Antony marcha jusqu'au téléphone et composa le numéro de Fifi Tilling.

« Allô ? » La voix de Fifi pétillait d'excitation, et il y avait de la musique en fond sonore.

« Salut, c'est Antony. Antony Favour.

— Ah. Salut, Antony. Hé, les gars, cria-t-elle, c'est Antony au téléphone. » Il crut entendre des rires étouffés derrière elle.

« Je ne pensais pas être libre ce soir, expliqua-t-il, gêné, mais finalement si. Je pourrais peut-être passer... Xanthe m'a dit que vous alliez faire un truc ensemble.

— Ouais. » Elle fit une pause. « En fait, on est sur le point d'aller en boîte.

— Cool. Je suis partant. » Avait-il un ton détendu et sympa, ou nerveux et désespéré ? Il n'aurait su le dire...

« Le problème, c'est que la voiture est pleine.

— Ah, d'accord. » Antony regarda le combiné, hésitant. Essayait-elle de lui faire comprendre...

« Désolée. » Oui, bien sûr.

« Pas de problème. » Il s'efforçait de paraître détaché. Amusé, même. « Peut-être une autre fois.

— Ouais, sûr. » La voix de Fifi semblait lointaine. Elle ne l'écoutait sans doute même pas.

« Bon, ben salut, alors, lança Antony.

— Salut, Antony. À la prochaine. »

Antony raccrocha le téléphone, tandis qu'une vague d'humiliation montait en lui. Ils auraient très bien pu lui faire de la place s'ils avaient voulu. Il regarda ses mains et se rendit compte qu'elles tremblaient. Bien qu'il fût seul dans la pièce, il se sentit rougir de honte.

Tout ça, c'était la faute de son père ! S'il était arrivé à l'heure, il n'aurait pas donné ce coup de fil. Antony se laissa aller contre le dossier de sa chaise. Il trouvait cette idée rassurante. Oui, c'était la faute de son père. Un ressentiment vivifiant s'empara de lui peu à peu. Et c'était aussi la faute de Gillian. Qu'est-ce qu'elle avait toujours, aussi ? Pourquoi n'avait-elle pas insisté auprès de son père pour qu'il rentre dîner à la maison ?

Il demeura assis pendant plusieurs minutes, à tortiller une serviette entre ses doigts tout en regardant la table qu'il avait dressée et en se répétant qu'il était vraiment super énervé contre eux deux. Tous ces efforts pour rien ! Oh, et puis ça pouvait bien rester comme ça. Il n'allait quand même pas tout ranger maintenant.

Il se dit que Gillian pourrait avoir l'idée de l'appeler pour lui demander de le faire et, avant de lui en laisser le temps, il se mit à errer dans la cuisine. L'agneau finissait de rôtir dans le four, et la tarte trônait sur la table, recouverte de crème Chantilly et décorée de rondelles de kiwi. Antony la contempla longuement. Puisqu'ils ne dîneraient pas en bonne et due forme, il n'y avait pas de mal à en manger une part... Il tira une chaise de sous la table, ramassa la télécommande et la pointa vers l'écran. Comme la cuisine s'emplissait du vacarme d'un jeu télévisé, il s'arma d'une cuillère, la plongea dans la meringue brillante et commença à mastiquer.

5

La table du petit déjeuner avait été dressée dans la véranda.

« Quelle pièce charmante », commenta Fleur poliment, scrutant le visage de Gillian pour chercher à établir le contact. Mais Gillian avait les yeux rivés sur son assiette. Pas une seule fois elle n'avait croisé le regard de Fleur depuis son arrivée la veille au soir.

« Oui, on l'aime bien, reconnut Richard avec entrain. Surtout au printemps. Parce que, en été, il y fait trop chaud. »

Il y eut un long silence. Antony reposa sa tasse, et tout le monde sembla se concentrer pour écouter le petit tintement de la porcelaine contre la soucoupe.

« Nous avons fait construire la véranda il y a environ… environ dix ans, reprit Richard. C'est bien ça, Gillian ?

— Je crois. Quelqu'un reveut du thé ?

— Je veux bien, répondit Fleur.

— Je vais refaire une théière, alors », annonça Gillian en disparaissant dans la cuisine.

Fleur mordit un coin de sa tartine. Les choses se déroulaient plutôt bien jusque-là, malgré le rôti d'agneau et la tarte aux kiwis sacrifiés de la veille. À peine avaient-ils franchi la porte qu'Antony s'était précipité à leur rencontre pour les informer que Gillian avait passé la journée à cuisiner. Richard avait paru horrifié, tandis que Fleur prenait un air désolé des plus convaincants. Fort heureusement, nul ne semblait lui en vouloir à elle. Et, encore mieux, il était clair à présent que personne ne mentionnerait plus l'incident.

« Et voilà ! lança Gillian en revenant avec la théière.

— Fantastique », répondit Fleur en souriant à Gillian, dont le visage resta impassible. La tâche serait aisée, si ce qu'elle avait à affronter se limitait à des silences gênés et quelques regards de travers. Les regards ne la dérangeaient pas le moins du monde ; pas plus que les haussements de sourcils ou les sous-entendus malveillants. Au contraire, elle se régalait de provoquer de telles réactions chez les membres guindés de la très convenable bourgeoisie britannique, au sein de laquelle elle recrutait la majorité de ses victimes. Ils avaient l'air de ne jamais s'adresser la parole ; surtout, ils ne voulaient pas faire de vagues ; on aurait presque dit qu'ils préféraient perdre toute leur fortune plutôt que de subir la honte d'une confrontation directe. Ce qui signifiait, pour les gens comme elle, que la voie était libre.

Fleur examina Gillian avec curiosité. Elle portait des vêtements particulièrement hideux pour quelqu'un censé vivre dans l'opulence : un pantalon vert foncé sans forme et une chemise brodée en coton bleu à manches courtes. Comme Gillian se penchait vers elle avec la théière, Fleur observa ses bras : deux gros blocs de chair blanche et opaque, quasi maladive.

Antony était habillé avec un peu plus de goût : un jean classique et une chemise rouge assez jolie. Dommage qu'il y ait eu cette tache de naissance. N'y avait-il pas moyen de la traiter ? Peut-être pas, car elle s'étendait pile en travers de son œil. Si Antony avait été une fille, bien sûr, il aurait pu la dissimuler grâce au maquillage... Mais, à part ça, c'était un beau garçon. Il tenait de son père.

Le regard de Fleur flotta paresseusement jusqu'à Richard. Adossé à sa chaise, il contemplait en toute quiétude le jardin qui s'étalait devant eux, la mine visiblement ravie, comme un premier jour de vacances. Se sentant observé, il releva les yeux et sourit à la jeune femme, qui lui sourit en retour. Il était facile de sourire à Richard ; c'était un brave homme, gentil et plein d'égards, et beaucoup moins ennuyeux qu'elle ne l'avait craint au début. Ils s'étaient bien amusés, ensemble, ces dernières semaines.

Mais c'était de l'argent qu'il lui fallait, pas des distractions. Elle ne s'était pas donné autant de mal pour finir avec une belle voiture et des grandes vacances à Majorque. Fleur soupira en son for intérieur avant de reprendre une gorgée de thé. Parfois, tous ces efforts pour courir après l'argent la fatiguaient terriblement ; parfois, elle se disait que Majorque ne serait peut-être pas si mal, après tout. Mais il s'agissait de moments de faiblesse. Elle n'était pas parvenue jusque-là pour abandonner si près du but. Elle atteindrait son objectif ; c'était presque un devoir. Car, tous domaines confondus, c'était la seule ambition qu'elle avait dans la vie.

Elle regarda Richard d'un air enjoué.

« C'est la plus grande maison de Greyworth ?

— Je ne crois pas, répondit celui-ci. Une des plus grandes, sans doute.

— Les Tilling ont huit chambres, précisa Antony. Et une salle de billard.

— Et voilà, commenta Richard avec un large sourire. Vous pouvez faire confiance à Antony pour être au courant de ces choses-là. »

Antony ne releva pas. La présence de Fleur le mettait mal à l'aise. Il avait peine à croire que cette femme sortait réellement avec son père. Elle était sublime. Sublime ! Et elle rendait son père différent. Quand ils étaient arrivés ensemble, la veille au soir, tout pimpants et bien habillés, on aurait dit qu'ils venaient d'une autre famille. Richard ne ressemblait pas à son père. Et Fleur ne ressemblait pas du tout à une maman. Mais ce n'était pas une minette pour autant. Ni une allumeuse. Elle était simplement… belle.

En se penchant pour attraper sa tasse, Richard surprit le regard admiratif de son fils. Il ne put s'empêcher de ressentir un élan de fierté. Eh oui, mon garçon, avait-il envie de lui dire. La vie n'est pas encore finie pour moi. Mais, aussitôt, des pensées coupables assaillirent son esprit : des images d'Emily assise exactement à la même place que Fleur ; des souvenirs de petits déjeuners en famille où son rire argentin s'élevait au-dessus des conversations. Il les étouffait chaque fois qu'ils refaisaient surface, refusant de laisser la nostalgie triompher de lui. La vie était faite pour être vécue ; il fallait saisir le bonheur au vol, et Fleur était une femme extraordinaire. Dans le soleil radieux du matin, rien ne paraissait plus compliqué que ça.

Après le petit déjeuner, Richard disparut afin de se préparer pour le golf. Comme il l'avait expliqué à Fleur, c'était le jour de la coupe Banting. N'importe quel autre dimanche, il aurait renoncé au golf pour lui faire visiter la propriété. Mais la coupe Banting…

« Ne vous inquiétez pas, avait répliqué Fleur. Je vais me débrouiller.

— On peut se retrouver plus tard pour boire un verre, avait proposé Richard. Gillian vous emmènera au club. » Il s'était tu pendant quelques secondes avant d'ajouter en plissant le front : « Ça vous ennuie ?

— Bien sûr que non ! Je peux très bien rester toute seule.

— Oh, mais vous ne serez pas toute seule, avait rectifié Richard. Gillian va s'occuper de vous. »

À présent, Fleur étudiait Gillian pensivement. Elle sortait les assiettes propres du lave-vaisselle et les empilait sur le plan de travail. Chaque fois qu'elle se baissait, elle laissait échapper un petit soupir ; chaque fois qu'elle se redressait, on aurait dit que l'effort allait l'achever.

« Elles sont jolies, ces assiettes, lança Fleur en se levant. Simples, mais jolies. C'est vous qui les avez choisies ?

— Quoi ? Ça ? » répondit Gillian, étonnée. Elle contempla l'assiette qu'elle tenait dans la main comme si elle lui vouait une haine ancestrale. « Non, non. C'est Emily qui les a choisies. La femme de Richard. » Elle marqua une pause, et sa voix se fit plus dure. « C'était ma sœur.

— Je vois… »

Eh bien, pensa Fleur, il n'avait pas fallu attendre longtemps pour aborder le sujet. L'épouse défunte, irréprochable. Peut-être avait-elle sous-estimé Gillian. Peut-être les attaques allaient-elles commencer maintenant. Les lèvres pincées, les murmures de menace. Vous n'êtes pas la bienvenue dans ma cuisine. Elle se tint immobile, soutenant le regard de Gillian en attendant la suite. Mais le visage de celle-ci demeura impassible ; blanc et flasque comme un soufflé avachi.

« Vous jouez au golf ? finit par demander Fleur.

— Un peu.

— Moi, pas du tout. Il va falloir que je m'y mette. »

Gillian ne se donna pas la peine de répondre. Elle avait entrepris de ranger les assiettes dans le buffet. Des assiettes en faïence peintes à la main, chacune décorée d'un animal différent. Puisqu'elles étaient exposées dans la vitrine, autant les mettre dans le bon sens, pensa Fleur. Mais Gillian n'avait pas l'air d'y prêter attention. Chaque assiette rejoignit bruyamment sa place dans le buffet, jusqu'à ce toute l'étagère du haut et la moitié de celle du milieu soient recouvertes d'animaux la tête en bas ou de côté. Puis, tout à coup, Gillian se retrouva à court d'animaux et se mit à remplir le reste des étagères avec des assiettes en porcelaine à motifs bleu et blanc. Non ! eut envie de crier Fleur. Vous ne voyez pas que c'est affreux ? Il aurait suffi de deux minutes pour arranger le tout de façon élégante.

« Magnifique ! s'exclama-t-elle lorsque Gillian eut terminé. J'adore les cuisines des maisons de campagne.

— C'est difficile à entretenir, commenta Gillian d'une voix morne. Avec tout ce carrelage… Vous épluchez des légumes, et les bouts vont se coincer entre les carreaux. »

Fleur laissa son regard errer autour d'elle, se demandant ce qu'elle pourrait bien trouver à dire sur le sujet de l'épluchage des légumes. La pièce lui rappelait désagréablement la cuisine d'un comte écossais où elle avait grelotté pendant toute une saison de chasse pour finir par découvrir non seulement que son hôte était endetté jusqu'au cou, mais qu'en plus il l'avait trompée depuis le début. Sacrés aristos, pensa-t-elle, agacée. Quelle perte de temps !

« Excusez-moi, dit Gillian. J'ai besoin de prendre quelque chose dans ce placard. » Elle se pencha et en sortit une râpe à fromage.

« Laissez-moi vous aider, proposa Fleur. Je suis sûre que je peux faire quelque chose.

— C'est plus simple si je le fais moi-même. » Gillian avait les épaules rentrées, et ses yeux évitaient avec obstination le regard de Fleur.

« D'accord, conclut Fleur d'un ton détaché. Dans ce cas, je vais peut-être monter faire deux ou trois bricoles. À quelle heure doit-on être au club ?

— Midi », répondit Gillian sans relever la tête.

Ce qui me laisse un bon bout de temps, songea Fleur tout en gravissant les marches. Avec Richard et Antony sortis, et Gillian occupée à faire la cuisine, c'était le moment idéal pour chercher ce dont elle avait besoin. Elle remonta le couloir sans se presser, évaluant en pensée chaque élément de la décoration : le papier peint était lugubre mais de qualité ; les tableaux tristounets et médiocres. Apparemment, toutes les belles toiles avaient été regroupées au rez-de-chaussée, dans le salon, où les visiteurs avaient le loisir de les admirer. Emily Favour était sans doute le genre de femme à porter des robes hors de prix sur des sous-vêtements bon marché.

Fleur passa devant la porte de sa chambre et descendit une volée de marches. Ce qu'il y avait de bien, quand on était nouveau dans une maison, c'est qu'on pouvait toujours prétendre s'être perdu. Surtout que la visite guidée de la veille avait été pour le moins succincte. « Et là, c'est mon bureau », avait indiqué Richard en faisant un vague geste en direction des marches. Fleur n'avait pas cillé, mais elle avait feint de réprimer un bâillement avant de dire : « Ce vin m'a complètement assommée ! »

À présent, elle se dirigeait vers le bureau avec détermination. Elle allait enfin pouvoir s'attaquer aux choses sérieuses. Derrière cette porte, elle découvrirait la véritable étendue de la fortune de Richard – si ça valait la peine de se donner du mal pour lui, et combien elle pourrait en tirer. Elle saurait aussi s'il fallait attendre un moment précis de l'année, s'il y avait des facteurs particuliers à prendre en compte. Probablement pas. La plupart des gens avaient des situations financières assez similaires. C'étaient seulement les hommes qui différaient.

La perspective d'un nouveau projet l'emplissait toujours d'une certaine excitation, et elle sentit son cœur battre plus vite tandis que sa main appuyait sur la poignée. Mais la porte ne bougea pas d'un millimètre. Elle essaya de nouveau… en vain. Le bureau était fermé à clé.

Pendant quelques instants, elle resta immobile, les yeux rivés sur le grand panneau de bois blanc, outrée. Qui diable verrouillait la porte de son bureau dans sa propre maison ? Elle vérifia la poignée une dernière fois. Rien à faire. Elle hésita à donner un petit coup d'épaule, mais se reprit à temps. Inutile de s'attarder là et de risquer de se faire voir. Aussi fit-elle demi-tour pour remonter les marches, traverser le couloir en sens inverse et se retirer dans sa chambre. Assise sur son lit, elle observait son reflet dans la glace, irritée. Qu'allait-elle bien pouvoir faire, maintenant ? Cette porte se dressait en travers de son chemin et l'empêchait d'accéder aux informations dont elle avait besoin. Comment faire autrement ?

« Bon sang de bonsoir, dit-elle tout haut. Bonsoir de bon sang. Bon sang de bonsoir. » Le son de sa propre voix finit par la réconforter. Après tout, ce n'était pas si grave. Elle trouverait bien une solution. Richard ne devait pas fermer son bureau à clé vingt-quatre heures sur vingt-quatre. Et, si c'était le cas, il lui suffirait de se la procurer. En attendant… Fleur se passa distraitement une main dans les cheveux. En attendant, elle pouvait toujours prendre un bain et se laver la tête.

À onze heures et demie, Gillian monta l'escalier en traînant les pieds. Après une seconde de réflexion, Fleur sortit sur le palier en robe de chambre. Gillian pouvait au moins servir de distraction…

« Comment dois-je m'habiller pour aller au club ? demanda Fleur en tâchant d'attirer le regard de Gillian. Dites-moi ce que je dois mettre.

— Il n'y a pas vraiment de règles, répondit Gillian en haussant les épaules. Plutôt habillé, j'imagine.

— C'est trop vague ! Venez m'aider à choisir. Allez ! » Fleur retourna dans sa chambre et, après une courte hésitation, Gillian lui emboîta le pas.

« Mes tenues chic sont toutes noires, déplora Fleur. Est-ce que les gens portent du noir, au club ?

— Pas vraiment.

— C'est bien ce que je pensais, murmura Fleur avec un petit soupir désolé. Je ne tiens pas spécialement à me faire remarquer. Est-ce que je peux voir ce que vous allez mettre ?

— Rien de spécial, rétorqua Gillian d'une voix sèche, presque agacée. Juste une robe bleue.

— Bleue ! Attendez… » Fleur se mit à fouiller dans un de ses sacs. « Vous voulez que je vous prête ça ?

proposa-t-elle en sortant une longue écharpe de soie bleue qu'elle lui drapa autour des épaules. C'est un idiot qui me l'a offerte. Est-ce que je suis le genre de femme à porter du bleu ? » Elle roula les yeux et poursuivit en baissant la voix : « Il croyait aussi que je faisais du quarante-quatre et que j'aimais les sous-vêtements en dentelle rouge. Mais qu'est-ce que vous voulez... »

Gillian rougit. Une sensation inhabituelle était en train de naître au fond de sa gorge ; on aurait dit qu'elle était sur le point de rire.

« Mais vous, ça devrait vous aller à merveille, reprit Fleur. C'est exactement la même couleur que vos yeux. Qu'est-ce que j'aimerais avoir les yeux bleus ! »

Sous le regard de Fleur, Gillian commençait à avoir des bouffées de chaleur. « Merci », dit-elle abruptement. Elle contempla l'écharpe un instant. « Je vais l'essayer. Mais je ne suis pas sûre que ça ira avec la robe.

— Vous voulez que je vienne vous aider ? Je sais comment arranger ces choses-là.

— Non ! » s'exclama Gillian avec violence. Fleur l'étouffait. Elle avait besoin de s'éloigner. « Je vais d'abord aller me changer. Et après on verra. » Et elle sortit de la pièce avec précipitation.

Une fois à l'abri dans sa chambre, Gillian s'immobilisa. Elle attrapa l'extrémité de l'écharpe et s'en caressa le visage. Le tissu était doux, ça sentait bon. Comme Fleur. Douce, belle et brillante.

Gillian s'installa devant sa coiffeuse. La voix de Fleur résonnait encore à ses oreilles, et une bulle de rire traînait toujours au fond de sa gorge. Elle était joyeuse, essoufflée. C'est ça, le charme, pensa-t-elle soudain. Le vrai charme, ce n'étaient pas les exubérances ni les transports des femmes guindées du club de golf. On disait d'Emily qu'elle était charmante, mais elle avait des éclats de glace dans les yeux, et son rire métallique ne contenait pas la moindre note d'humour. Fleur, elle, avait de la chaleur dans les yeux et, quand elle riait, elle contaminait tout le monde autour d'elle. C'était ça, le vrai charme. Bien sûr, Fleur ne pensait pas réellement ce qu'elle disait. Elle ne souhaitait pas réellement avoir les yeux bleus ; elle n'avait pas non plus besoin des conseils de Gillian. Pas plus qu'elle ne voulait passer inaperçue au club de golf. Mais, l'espace de quelques secondes, elle avait fait sentir à Gillian qu'elle pouvait être intéressante, utile, et qu'elle voulait la mettre dans la confidence. Or jamais auparavant Gillian n'avait été mise dans la confidence.

Le club de Greyworth avait été construit dans le style colonial américain, avec une large véranda en bois qui surplombait le terrain de golf.

« C'est le bar ? » demanda Fleur en arrivant. Elle parcourut du regard les tables et les chaises ; les verres de gin ; les visages enjoués et rougis.

« Le bar est à l'intérieur. Mais, en été, tout le monde s'assied dehors. C'est très dur de trouver une table. » Gillian scruta la terrasse en plissant les yeux. « Je crois qu'elles sont toutes prises, soupira-t-elle. Que désirez-vous boire ?

— Un manhattan », répondit Fleur. Gillian la regarda, l'air incertain.

« Qu'est-ce que c'est ?

— Ils comprendront.

— Bon... d'accord.

— Une seconde », reprit Fleur. Elle tendit une main vers Gillian et tira sur les bords de l'écharpe bleue. « Il faut l'étaler davantage. Comme ça. Ne la laissez pas faire de plis. D'accord ? »

Gillian eut un léger haussement d'épaules. « C'est tellement compliqué.

— C'est ça qui est drôle, répliqua Fleur. C'est comme les trous dans les collants. On est obligée de vérifier toutes les cinq minutes. »

Le visage de Gillian s'assombrit encore plus.

« Bon, je vais chercher les boissons, annonça-t-elle. Je suis sûre qu'il doit y avoir la queue.

— Vous voulez que je vienne avec vous ? proposa Fleur.

— Non, non. Vous feriez mieux de rester là et d'attendre qu'une table se libère. »

Elle se dirigea vers les portes en verre qui ouvraient sur le bar. En parvenant à leur hauteur, elle ralentit de façon imperceptible, porta discrètement la main à son cou et remit son écharpe en place. Fleur esquissa un sourire. Puis, sans se presser, elle se retourna et balaya du regard la véranda. Elle sentait qu'elle commençait à éveiller l'attention. Des hommes au visage empourpré se penchaient pour chuchoter à l'oreille de leurs amis ; des femmes intriguées se faisaient des signes de la tête.

Fleur compara rapidement les différentes tables de la terrasse. Certaines donnaient sur le golf, d'autres non ; certaines avaient des parasols, d'autres pas. La meilleure était celle du coin, décida-t-elle. Large et ronde, juste occupée par deux hommes. Sans hésiter, Fleur s'en approcha et sourit au plus gros des deux. Il portait un gilet jaune vif et en était à la moitié de sa chope de bière.

« Bonjour, lança-t-elle. Vous êtes tout seuls ? » Le visage du petit gros prit une légère coloration rosée, et il s'éclaircit la voix.

« Nos épouses vont nous rejoindre.

— Oh, mon Dieu ! » Fleur se mit alors à compter les chaises. « Vous croyez qu'il y aurait quand même de la place pour mon amie et moi ? Elle est allée nous chercher à boire. »

Les deux hommes échangèrent un regard.

« En fait, poursuivit Fleur, c'est parce que j'aimerais bien avoir la vue sur le golf. » Elle se rapprocha un peu plus de la table. « Il est beau, non ?

— Un des meilleurs de la région, confirma le plus maigre d'un ton bourru.

— Regardez-moi ces arbres ! » s'exclama Fleur en tendant la main. Les deux hommes suivirent son geste des yeux. Le temps qu'ils se retournent, elle était assise sur une des chaises libres. « Vous avez joué, aujourd'hui ? demanda-t-elle.

— Écoutez, commença un des deux hommes, un peu gêné. Je ne voudrais pas vous…

— Vous avez participé à la coupe Banting ? Qu'est-ce que c'est, exactement ?

— Vous êtes un nouveau membre ? Parce que si vous…

— Je ne suis pas membre du tout, rétorqua Fleur.

— Vous n'êtes pas membre ? Vous avez une invitation ?

— Je ne sais pas…, répondit Fleur, d'un air vague.

— Voilà ! C'est typique, dit le maigre à l'intention du gros. Il n'y a aucune sécurité ! » Il se retourna vers Fleur. « Écoutez, mademoiselle. Je me vois dans l'obligation de vous demander…

— Mademoiselle ? répéta Fleur, pétillante. Vous êtes gentil ! »

Il se leva dans un brusque élan de colère.

« Êtes-vous au courant que ceci est un club privé, et que l'accès en est réservé aux membres ? Donc, je crois que le mieux à faire pour votre amie et vous, c'est de…

— Oh, voilà Gillian, coupa Fleur. Venez, Gillian. Ces messieurs nous laissent gentiment partager leur table.

— Bonjour, George, lança Gillian. Il y a un problème ? »

Il y eut un moment de silence, pendant lequel Fleur détourna la tête, feignant l'indifférence. Une conversation confuse et embarrassée éclata derrière son dos. Ils n'avaient pas compris que Fleur était une amie de Gillian ! Ils avaient cru que… Non, bien sûr, ils n'avaient pas cru… Mais bon, enfin… le monde est petit, n'est-ce pas ? Comme le monde était petit ! Et voilà les boissons qui arrivaient.

« Le manhattan, c'est pour moi, indiqua Fleur en se retournant. Excusez-moi, je ne me suis pas présentée. Je m'appelle Fleur Daxeny.

— Alistair Lennox.

— George Tilling.

— J'ai retrouvé mon invitation, dit Fleur. Vous voulez la voir ? » Les deux hommes se raclèrent la gorge avec embarras.

« Les amis de Gillian…, avança l'un des deux.

— En fait, je suis plutôt une amie de Richard, rectifia Fleur.

— Une vieille amie ?

— Non, une nouvelle amie. »

Il y eut une pause, et un éclair traversa les yeux de George Tilling. Voilà, maintenant tu te souviens, pensa Fleur. Je suis le nouveau scoop dont ta femme essayait de te parler pendant que tu lisais le journal. Maintenant, tu regrettes de ne pas l'avoir écoutée avec plus d'attention, hein ? Et elle lui adressa un petit sourire.

« Tu te rends compte que tu fais l'objet de tous les ragots ? » demanda Alec, alors qu'ils atteignaient le dix-septième trou. Richard sortit son putter en souriant.

« Il paraît, oui. » Il leva les yeux vers son vieil ami, qui semblait réellement inquiet. « Ce que tu ne comprends pas, ajouta-t-il, c'est que je trouve ça plutôt agréable.

— Je ne plaisante pas », reprit Alec. Son accent écossais était un peu plus prononcé que d'habitude, comme toujours lorsqu'il était anxieux. « Ils disent… » Il ne termina pas sa phrase.

« Que disent-ils ? » Richard leva la main. « Attends. Laisse-moi jouer d'abord. »

Il fit entrer la balle dans le trou sans hésitation.

« Joli coup, commenta Alec sur un ton mécanique. Tu joues bien, aujourd'hui.

— Et… que disent-ils ? Vas-y, Alec, raconte-moi ce que tu as sur le cœur. » Alec s'immobilisa quelques secondes, et une expression douloureuse passa comme une ombre sur son visage.

« Ils disent que, si tu persistes avec cette femme, tu ne seras peut-être pas nommé capitaine, finalement. » Les lèvres de Richard se serrèrent.

« Je vois…, souffla-t-il. Et est-ce qu'un seul d'entre eux a déjà rencontré "cette femme", comme tu l'appelles de façon si charmante ?

— Je crois qu'Eleanor a dit…

— Eleanor a rencontré Fleur une seule fois, très brièvement, dans un restaurant à Londres. Elle n'a absolument aucun droit…

98

— Ce n'est pas une question de droit, et tu le sais très bien. Si les gens du club la prennent en grippe…

— Pourquoi la prendraient-ils en grippe ?

— Eh bien… elle est assez différente d'Emily, non ? »

Richard connaissait Alec depuis l'âge de sept ans, et jamais de sa vie il n'avait eu envie de le frapper. Mais, à cet instant, il ressentit un brusque accès de rage contre lui ; et contre tous les autres. Les poings serrés et la mâchoire tendue, il le regarda rater son coup en silence.

Alors que la balle finissait par rouler péniblement jusqu'au trou, Alec releva les yeux et croisa le regard de Richard.

« Écoute, dit-il comme pour s'excuser. Peut-être que tu te fiches de ce que pense le club. Mais… il n'y a pas que le club. Je m'inquiète pour toi, Richard. Tu dois reconnaître que Fleur semble avoir accaparé toute ta vie. » Il replaça le drapeau, et ils se dirigèrent lentement vers le dernier trou.

« Tu t'inquiètes pour moi ? s'étonna Richard. Et pourquoi, je te prie ? Parce que je risque de trop m'amuser ? Parce que je suis peut-être plus heureux maintenant que je ne l'ai jamais été ?

— Richard…

— Eh bien, quoi ?

— Je suis inquiet à l'idée que tu puisses souffrir, sans doute. » Alec détourna la tête avec pudeur.

« Mon Dieu ! s'exclama Richard. On devient francs l'un avec l'autre, maintenant ?

— Tu sais très bien ce que je veux dire.

— Tout ce que je sais, c'est que je suis heureux. Fleur est heureuse, et tous les autres feraient mieux de se mêler de leurs affaires.

— Mais tu viens de plonger dans…

— Oui, j'ai plongé. Et tu sais quoi ? J'ai découvert que plonger était la meilleure façon de vivre sa vie. »

Ils avaient atteint le départ du dix-huitième trou. Richard sortit sa balle et regarda son ami droit dans les yeux.

« Est-ce que tu as déjà plongé pour quelque chose dans ta vie ? » Alec ne répondit rien. « C'est bien ce que je pensais. Eh bien, peut-être que tu devrais essayer. »

Richard posa sa balle sur le tee et, la mâchoire crispée, il répéta plusieurs fois son swing. Le dix-huitième trou était long et difficile ; il fallait éviter une petite mare sur la droite. Richard et Alec s'étaient toujours accordés sur le fait qu'il était plus prudent de contourner la mare plutôt que de risquer de perdre une balle dans l'eau. Mais ce jour-là, sans regarder Alec, Richard envoya la balle franchement vers la droite, en direction de la mare. Ils observèrent sa trajectoire en silence tandis que la petite boule blanche s'élevait au-dessus de l'eau et retombait sans dommage sur le fairway.

« Je crois... Je crois que tu as réussi, murmura Alec d'une voix faible.

— Oui », répondit Richard. Il n'avait pas l'air étonné. « J'ai réussi. Je suis sûr que tu peux y arriver aussi.

— Je ne crois pas que je vais prendre ce risque.

— Oui, dit Richard. C'est peut-être ça, la différence entre nous deux. »

6

Au grand étonnement de Fleur, quatre semaines s'étaient déjà écoulées depuis son arrivée. Le soleil de juillet pénétrait à flots chaque matin par les vitres de la véranda. Antony était rentré pour les vacances, les avant-bras de Richard commençaient à brunir. Au club, tout le monde ne parlait plus que de billets d'avion, de villas à la mer et du gardiennage des maisons.

Fleur était désormais une figure familière à Greyworth. Souvent, en début de journée, quand Richard était parti travailler, Gillian et elle descendaient tranquillement à pied jusqu'au club de gym – où Richard avait offert à Fleur un abonnement pour la saison. Elles faisaient quelques longueurs dans la piscine, s'asseyaient un moment dans le Jacuzzi, buvaient un verre de jus de mangue frais et rentraient tout doucement. C'était une petite routine agréable, que même Gillian semblait maintenant apprécier, malgré sa réticence initiale. La première fois, il avait été presque impossible de la convaincre, et Fleur y était parvenue en faisant appel à son sens du devoir en tant qu'hôtesse. La majeure partie de la vie de Gillian paraissait régie par le sens du devoir… un concept, en revanche, totalement étranger à Fleur.

Elle but une gorgée de café et ferma les yeux, savourant la caresse du soleil sur sa peau. Le petit déjeuner était fini ; elle était restée seule dans la véranda. Richard avait rendez-vous avec son avocat ; il devait revenir plus tard pour une partie de golf avec Lambert et une de ses relations professionnelles. Antony était sorti lui aussi, occupé, sans doute, à des choses de son âge. Quant à Gillian, elle était à l'étage, pour « superviser » le travail de la femme de ménage. Superviser… encore un concept étranger à Fleur. Ou bien on faisait quelque chose soi-même, ou bien on déléguait à quelqu'un d'autre et on ne s'en occupait plus. Mais il est vrai qu'elle avait toujours été plutôt paresseuse. Et elle le devenait de plus en plus. Trop, peut-être.

Soudain, une vague de remords s'empara d'elle. Cela faisait presque un mois qu'elle habitait chez Richard Favour. Un mois ! Et qu'avait-elle accompli pendant ce laps de temps ? Rien. Après sa première tentative devant la porte du bureau, elle avait mis le sujet de côté, et elle s'était elle-même laissée sombrer dans une existence facile et ensoleillée, où les jours se succédaient sans heurt jusqu'à ce que tout à coup elle se retrouve plus vieille de quatre semaines. Plus vieille, et pas plus riche d'un sou. Elle ne s'était même pas approchée du bureau depuis. Avec un peu de chance, il était grand ouvert et rempli de lingots d'or.

« Un penny pour savoir à quoi vous pensez, lança Gillian en pénétrant dans la véranda.

— Ça vaut plus qu'un penny, rétorqua Fleur d'un ton joyeux. Beaucoup plus. »

Elle observa d'un air perplexe la tenue vestimentaire de Gillian : elle portait une robe mandarine avec un affreux décolleté à froufrous et, par-dessus, l'écharpe bleue que Fleur lui avait offerte. Pas un jour ne s'écoulait désormais sans que Gillian n'arbore cette écharpe, toujours exactement de la manière que Fleur lui avait indiquée, et ce, quelle que soit sa toilette. Fleur aurait pu se sentir flattée, mais elle commençait au contraire à s'en irriter. La seule solution était-elle de fournir à cette femme des écharpes de toutes les couleurs ?

« Il faut partir bientôt, dit Gillian. Je ne sais pas vraiment ce qui se fait. Peut-être que tout le monde arrive en retard… C'est à la mode. » Elle eut un petit rire forcé.

« Arriver en retard est complètement passé de mode, répondit Fleur d'un air détaché. Enfin… peut-être pas dans le Surrey. »

Cet après-midi, songea-t-elle… Cet après-midi, elle ferait une nouvelle tentative. Peut-être pendant que Richard serait au golf. Elle pouvait facilement retenir Gillian à la cuisine en lui suggérant de faire un gâteau. Et elle devait pouvoir trouver une bonne raison pour emprunter les clés de Richard. Elle aurait terminé avant que personne ne se rende compte de rien.

« Je ne sais pas qui il y aura, poursuivait Gillian. Je n'ai encore jamais été à ce genre d'événement. »

Elle avait l'air particulièrement loquace, ce jour-là. Fleur leva la tête et croisa le regard implorant de Gillian. Mon Dieu, pensa Fleur, elle est nerveuse. C'est moi l'imposteur et c'est elle qui est nerveuse.

Elles devaient se rendre chez Eleanor Forrester, pour prendre un brunch et admirer la gamme de bijoux qu'Eleanor déployait toute son énergie à essayer de vendre chaque fois qu'elle en avait l'occasion. Il semblait que Gillian n'était jamais allée aux brunchs d'Eleanor. Et, en lisant entre les lignes, Fleur croyait comprendre qu'en fait elle n'y avait jamais été conviée.

La première réaction de Fleur, lorsque Eleanor lui en avait parlé, avait été de refuser l'invitation. Mais quand elle avait vu le sourire radieux de Richard, elle s'était souvenue de son grand principe directeur : si un homme sourit, fais la même chose ; s'il sourit de nouveau, recommence.

« Bien sûr, avait-elle alors rétorqué en observant du coin de l'œil l'attitude guindée de Gillian. Nous aimerions beaucoup venir. N'est-ce pas, Gillian ? » Après quoi, elle s'était fait une joie de contempler l'expression gênée de Gillian et la mine déconfite d'Eleanor Forrester.

Gillian se balançait à présent d'un pied sur l'autre en triturant nerveusement le bout de l'écharpe entre ses doigts. Par pitié pour cette pauvre écharpe, Fleur décida de se lever.

« Très bien, dit-elle. Allons jeter un coup d'œil aux babioles de cette dame. »

Le jardin d'Eleanor était grand, en pente, agrémenté de tonnelles et de bancs en fer forgé. Deux tables avaient été dressées sur des tréteaux au milieu de la pelouse ; l'une couverte de nourriture, l'autre de bijoux.

« Prenez donc un cocktail ! s'exclama Eleanor en les voyant arriver. Je n'ai pas besoin de vous demander si vous conduisez, n'est-ce pas ? Vous avez entendu l'histoire de ce pauvre James Morrell ? ajouta-t-elle à mi-voix. Privé de permis pendant un an. Sa femme est furieuse. Allez, trouvez-vous une chaise. Les filles sont presque toutes là. »

Les « filles » avaient entre trente-cinq et soixante-cinq ans. Elles étaient toutes bronzées, joyeuses et en pleine forme. Beaucoup d'entre elles portaient des vêtements de couleurs vives avec ce qui ressemblait à des motifs brodés à la main : de petites joueuses de tennis fleurissaient sur les poitrines ; des ribambelles de golfeuses s'étalaient le long des manches, frappant sans relâche de minuscules balles en perles blanches.

« C'est rigolo, non ? commenta une des femmes en surprenant le regard de Fleur. C'est Foxy qui les vend. Des tee-shirts, des pantalons… tout ce qu'on peut imaginer. Foxy Harris. Je suis sûre qu'elle vous en parlera quand elle sera là.

— Oui, j'en suis sûre, murmura Fleur.

— Emily avait toute une collection de vêtements de Foxy, ajouta une autre femme, habillée en rose des pieds à la tête. Ça lui allait à merveille. »

Fleur ne releva pas.

« Vous étiez proche d'Emily, Fleur ? s'enquit la dame en rose.

— Pas vraiment.

— Oui, c'est bien ce que je me disais. Je crois que je suis celle qui la connaissait le mieux. J'imagine qu'elle a dû mentionner mon nom : Tricia Tilling. »

Fleur fit un vague geste de la main.

« Elle nous manque tellement…, poursuivit Tricia avant de s'interrompre, comme perdue dans ses souvenirs. Et, bien sûr, Richard lui était complètement dévoué. Je me disais toujours que je n'avais jamais vu un couple aussi amoureux que Richard et Emily Favour. »

Fleur sentait Gillian s'agiter avec nervosité derrière elle.

« Ils étaient faits l'un pour l'autre, continuait Tricia. Comme… le gin et le tonic.

— Quelle métaphore magnifique », approuva Fleur.

Tricia la toisa de haut en bas.

« Oh, quelle jolie montre ! s'écria-t-elle soudain. C'est Richard qui vous l'a offerte ? » Elle laissa échapper un petit rire. « George me fait toujours des petits cadeaux comme ça.

— Vraiment ? » demanda Fleur tout en caressant sa montre d'un air absent. Du coin de l'œil, elle pouvait voir la mine satisfaite de Tricia.

« Vous savez, reprit Tricia, passant du coq à l'âne, le pauvre Graham Loosemore s'est mis dans de beaux draps. Vous vous souvenez de Graham ? » Il y eut un murmure d'assentiment. « Eh bien, il est parti en vacances aux Philippines... et il a épousé une indigène ! Dix-huit ans tout juste. Ils habitent ensemble à Dorking ! » La nouvelle fut accueillie par un brouhaha général. « Elle en a après son argent, bien entendu. Elle va lui faire un enfant afin de pouvoir réclamer une pension, et ensuite elle disparaîtra. Elle obtiendra, c'est probable... la moitié de la maison ? Ce qui fait deux cent mille livres ! Tout ça pour une erreur stupide. Quel idiot !

— Il n'est peut-être pas si idiot que ça, suggéra Fleur négligemment, en faisant un clin d'œil à Gillian.

— Quoi ? s'offusqua Tricia.

— Combien seriez-vous prête à payer pour un jeune et beau Philippin qui vous ferait l'amour toutes les nuits ? lança-t-elle avec un grand sourire. Moi, je paierais cher. »

Tricia regarda Fleur avec des yeux ronds. « Où voulez-vous en venir ? murmura-t-elle, d'un ton qui frisait l'indignation.

— Je dis juste que... cette fille les vaut peut-être.

— Les vaut ?

106

— Peut-être qu'elle vaut deux cent mille livres. Pour lui, en tout cas. »

Tricia scruta le visage de Fleur comme pour y démasquer une supercherie.

« Tous ces riches veufs devraient faire plus attention, finit-elle par déclarer. Ils sont extrêmement vulnérables.

— C'est la même chose pour les riches veuves, renchérit Fleur avec désinvolture. Moi, je me rends compte que je dois sans arrêt être sur mes gardes. » Tricia se raidit brusquement. Mais, avant qu'elle n'ait eu le temps de dire le moindre mot, la voix d'Eleanor Forrester interrompit leur conversation.

« Encore un petit cocktail et ensuite je commencerai la présentation. Je vous ai dit, pour le pauvre James Morrell ? ajouta-t-elle en distribuant des verres. Privé de permis pendant un an ! Et il était à peine au-dessus de la limitation. C'est vrai, qui d'entre nous n'a jamais dépassé d'un pouce ?

— Moi, rétorqua Fleur en posant son verre sur la pelouse sans y avoir touché. Je ne conduis pas. »

Une clameur s'éleva autour d'elle. Comment Fleur pouvait-elle ne pas conduire ? Comment se débrouillait-elle sans voiture ? Et pour déposer les enfants à l'école ? Et le shopping ?

La voix de Tricia Tilling s'imposa par-dessus les autres.

« J'imagine que vous avez un chauffeur, n'est-ce pas, Fleur ? demanda-t-elle d'un ton agressif.

— Parfois », répondit Fleur.

Tout à coup, sans le vouloir, elle se rappela le jour où elle était assise derrière le chauffeur de son père, à Dubaï. Comme elle se penchait par la fenêtre dans les rues brûlantes et poussiéreuses, il lui avait dit en arabe de se tenir tranquille. Ils passaient devant le souk aux bijoux. Pour quoi faire ? Elle ne s'en souvenait plus.

« Bon, vous êtes prêtes ? » La voix d'Eleanor tira Fleur de sa rêverie. « Je vais commencer par les broches. Vous ne les trouvez pas adorables ? »

Une tortue en or dans une main et une araignée en strass dans l'autre, elle attaqua son exposé. Fleur la regardait poliment. Mais les mots glissaient sur elle. Des souvenirs assaillaient son esprit : elle était assise à côté de Nura el-Hassan et elles rigolaient toutes les deux. Nura portait une robe de soie claire ; elle tenait un collier de perles entre ses petites mains brunes. C'était un cadeau, un cadeau qu'elle avait eu pour son neuvième anniversaire. Elle le passa autour du cou de Fleur en riant. Fleur ne fit aucun commentaire à voix haute. Si elle avait exprimé avec clarté son admiration, Nura aurait été obligée, selon la coutume, d'offrir le collier à Fleur. Aussi Fleur avait-elle simplement souri à Nura, puis aux perles, pour lui faire comprendre qu'elle les trouvait très belles. Fleur connaissait la culture de Nura mieux que la sienne. Elle n'avait jamais rien connu d'autre.

Fleur était née à Dubaï, d'une mère qui s'était enfuie en Afrique du Sud six mois plus tard avec son amant, et d'un père assez âgé, pour qui élever un enfant se résumait à lui envoyer de l'argent tous les mois. Dans le monde mouvant et instable des expatriés de Dubaï, elle avait appris à perdre ses amis aussi facilement qu'elle s'en faisait de nouveaux ; à accueillir un contingent d'élèves différent à chaque rentrée scolaire à la British School et à leur dire au revoir à la fin de l'année ; à se servir des gens pendant la brève période où elle disposait d'eux – et à les abandonner avant d'être abandonnée la première. Durant tout ce temps, seule Nura était restée fidèle. La plupart des familles musulmanes refusaient de laisser les petits chrétiens jouer avec leurs enfants. Mais la mère de Nura avait beaucoup d'affection pour la jolie Fleur, avec ses cheveux roux et sa frimousse insolente ; et elle plaignait cet homme d'affaires qui devait élever sa fille seul tout en satisfaisant aux exigences d'un poste à haute responsabilité.

Et puis, alors que Fleur n'était âgée que de seize ans, son père avait eu un grave problème au foie. Il était mort en laissant à sa fille étonnamment peu d'argent : pas assez pour qu'elle puisse continuer à vivre dans leur luxueux appartement ; pas assez pour qu'elle poursuive sa scolarité à la British School. La famille el-Hassan avait gentiment accueilli la jeune fille chez elle en attendant qu'il fût décidé de son sort. Pendant plusieurs mois, elle avait dormi dans la chambre attenante à celle de Nura. Elles étaient devenues plus proches que jamais ; elles passaient leurs nuits à discuter et à comparer leurs vies respectives. À seize ans, Nura était considérée comme bonne à marier ; ses parents s'occupaient de lui chercher un parti. Fleur, quant à elle, était à la fois horrifiée et fascinée par cette idée.

« Comment peux-tu accepter une chose pareille ? s'offusquait-elle. Épouser un type qui te mènera à la baguette ! » Nura se contentait toujours de hausser les épaules en souriant. C'était une jeune fille extrêmement jolie ; elle avait la peau douce, les yeux pétillants et des formes arrondies qui frisaient déjà l'embonpoint.

« S'il est trop autoritaire, je ne l'épouserai pas, répondit-elle une fois.

— Tes parents ne t'obligeront pas ?

109

— Bien sûr que non. Ils me laisseront d'abord le rencontrer, et ensuite on en discutera. »

Fleur l'avait dévisagée longuement. Elle éprouvait soudain de la jalousie. La vie de Nura était planifiée avec soin, tandis que la sienne chancelait sous ses yeux de façon incertaine, comme une toile d'araignée déchirée.

« Peut-être que je pourrais me marier, moi aussi », avait-elle dit le lendemain à la maman de Nura. Elle avait eu un petit rire forcé, comme si elle plaisantait, mais elle scrutait avec attention la réaction de Fatima.

« Je suis sûre que tu vas te marier, avait répondu Fatima. Tu rencontreras un bel Anglais.

— Peut-être que je pourrais me marier avec un Arabe ? »

Fatima avait éclaté de rire.

« Et tu te convertirais à l'islam ?

— Ben oui, avait rétorqué Fleur d'un air désemparé. S'il le faut. »

Fatima avait relevé la tête. « Tu es sérieuse ?

— Tu pourrais me trouver quelqu'un, avait suggéré Fleur avec un léger haussement d'épaules.

— Fleur. » Fatima s'était levée pour lui prendre la main. « Tu sais bien qu'il te serait impossible d'épouser un Arabe. Ce n'est pas seulement que tu n'es pas musulmane… La vie serait trop difficile pour toi. Ton mari ne te permettrait pas que tu lui répondes comme à nous. Tu n'aurais pas le droit de sortir sans sa permission. Mon mari est très libéral, mais c'est une exception.

— Est-ce que vous allez trouver un mari libéral, pour Nura ?

— On espère que oui. Et toi aussi, tu trouveras quelqu'un. Mais pas ici. »

110

Les fiançailles avaient été annoncées deux jours plus tard. Nura devait épouser Mohammed Abduraman, un jeune homme d'une des plus riches familles des Émirats arabes unis. Tout le monde la félicitait.

« Mais tu l'aimes ? lui avait demandé Fleur ce soir-là.

— Bien sûr que je l'aime », lui avait assuré Nura. Mais son regard était distant, et elle avait refusé d'en parler plus longtemps.

Toute la famille se lança aussitôt dans les préparatifs. Fleur se promenait d'une pièce à l'autre, avec discrétion, tout en observant avec stupéfaction la quantité d'argent dépensée à l'occasion de ce mariage : les mètres et les mètres de soie, la nourriture, les cadeaux pour chaque invité. Nura avait disparu dans un tourbillon de voiles et d'huiles parfumées. Bientôt, elle disparaîtrait pour toujours. Et Fleur resterait seule. Qu'allait-elle devenir ? La famille el-Hassan ne voulait plus d'elle. Plus personne ne voulait d'elle.

La nuit, elle demeurait allongée, immobile, respirant les douces odeurs musquées de la maison, laissant les larmes couler sur ses joues, s'efforçant de prévoir son avenir. Les parents de Nura pensaient qu'elle devait retourner en Angleterre, à Maidenhead, chez une tante qu'elle ne connaissait pas.

« La famille est ce qui compte le plus au monde, affirmait Fatima, avec la sérénité d'une femme entourée d'un réseau de parents soudés les uns aux autres comme les doigts de la main. Ta famille va s'occuper de toi. »

Mais Fleur savait qu'elle se trompait. En Angleterre, ce n'était pas pareil. La sœur de son père n'avait jamais manifesté le moindre intérêt à son égard. Elle allait devoir se débrouiller toute seule.

Et puis, il y avait eu la fête pour les fiançailles de Nura. C'était une soirée réservée aux femmes, avec abondance de sucreries, de jeux et de rires. Au milieu de la nuit, Nura avait sorti une petite boîte.

« Regarde, avait-elle dit. Ma bague de fiançailles. »

Sur sa main, ça paraissait presque incongru, cet énorme diamant enchâssé dans un lacis d'or compliqué. La pièce s'emplit instantanément de cris d'admiration ; même pour les standards du pays, c'était une bague impressionnante.

Ça doit valoir au moins cent mille dollars, pensa Fleur. Cent mille dollars au doigt de Nura. Et, en plus, elle ne pourra même pas se promener avec. Elle ne la portera presque jamais, sans doute. Cent mille dollars. Que pouvait-on faire avec une somme pareille ?

Alors, avant même qu'elle puisse s'en rendre compte, une chose terrible s'était produite. Fleur avait posé son verre et dit, en regardant Nura droit dans les yeux :

« J'admire tellement ta bague, Nura. Je l'admire énormément. J'aimerais tellement avoir la même ! »

L'assemblée fut immédiatement plongée dans la stupeur. Nura devint livide ; ses lèvres se mirent à trembler. Elle regarda Fleur, choquée et meurtrie. Il y eut un bref moment d'hésitation, pendant lequel tout le monde sembla retenir sa respiration. Puis, d'un geste lent et prudent, Nura retira la bague de son doigt, se pencha en avant et la laissa tomber sur les genoux de Fleur. Elle la contempla encore un instant avant de se lever et de quitter la pièce. La dernière image que Fleur eut de Nura fut celle de ses yeux sombres, qui reflétaient sa trahison.

Cette nuit-là, Fleur avait vendu le diamant pour cent vingt mille dollars. Elle avait pris un avion pour New

York le lendemain matin et elle n'avait jamais revu Nura depuis.

À présent, en y repensant près de vingt-cinq ans plus tard, assise dans le jardin d'Eleanor Forrester, Fleur sentait un déchirement dans sa poitrine et un picotement dans ses yeux. Si je finis médiocre, songea-t-elle avec rage, si je finis comme la femme au foyer anglaise que j'aurais pu devenir depuis le début… eh bien, le diamant n'aura servi à rien. J'aurai perdu Nura pour rien. Et ça, je ne pourrai pas le supporter. Je *ne* peux pas le supporter.

Elle ferma les yeux une seconde, les rouvrit et se concentra de nouveau sur la chaîne en or qu'Eleanor Forrester brandissait en l'air. Je vais acheter un collier, se dit-elle, je resterai pour le brunch, et ensuite je tirerai le maximum de Richard Favour.

Oliver Sterndale se laissa retomber en arrière contre le dossier de son siège et regarda Richard d'un air agacé.

« Tu te rends compte, répéta-t-il pour la troisième fois, que, dès lors que cet argent sera placé en fidéicommis, il ne t'appartiendra plus ?

— Je sais, rétorqua Richard. C'est justement le but de l'opération. Il appartiendra aux enfants.

— Ça représente une fortune.

— Je sais. »

Ils examinèrent tous les deux les chiffres qu'ils avaient sous les yeux. Le montant en question était souligné au bas de la page : un chiffre, suivi d'une flopée de zéros, comme une petite chenille.

« Ce n'est pas tant d'argent que ça, reprit Richard. Pas vraiment. Et je veux le donner aux enfants. On s'était mis d'accord, avec Emily. »

Oliver soupira et se mit à tapoter son stylo dans sa paume.

« Les droits de succession…, commença-t-il.

— Il ne s'agit pas de droits de succession. Il s'agit de… sécurité.

— Tu peux très bien assurer la sécurité de tes enfants sans leur céder de telles sommes d'argent. Pourquoi ne pas acheter une maison à Philippa ?

— Pourquoi ne pas lui donner une grosse somme d'argent ? » Richard esquissa un sourire. « Au final, ça ne change pas grand-chose.

— Ça change tout ! Il peut se passer des tas de choses dans ta vie qui pourraient te faire regretter la perte prématurée de toute ta fortune.

— Toute ma fortune, n'exagérons rien !

— Une bonne part, du moins.

— Nous en avons parlé, avec Emily. Nous sommes tombés d'accord sur le fait qu'il était parfaitement possible de vivre confortablement avec ce qui resterait. Et il y a toujours l'entreprise. »

L'avocat se carra dans son fauteuil ; toutes sortes de pensées se télescopaient dans son esprit confus.

« Quand avez-vous pris cette décision ? finit-il par demander. Rappelle-le-moi.

— Il y a environ deux ans.

— Et, à l'époque, est-ce qu'Emily savait qu'elle…

— … allait mourir ? Oui, elle le savait. Mais je ne vois pas ce que ça vient faire là-dedans. » Oliver observa Richard longuement. L'espace d'un instant, il sembla vouloir dire quelque chose, mais il se ravisa et détourna la tête en soupirant.

« Oh, et puis je ne sais pas, murmura-t-il. Ce dont je suis sûr, en revanche, affirma-t-il avec plus d'assurance, c'est qu'en te séparant d'une telle quantité d'argent tu hypothèques ton propre avenir.

— Oliver, ne sois pas mélodramatique !

— Emily et toi, vous n'avez peut-être pas envisagé l'éventualité que surgissent certains changements dans ta vie après sa mort. J'ai cru comprendre qu'une… une amie séjourne chez toi ces temps-ci.

— Une femme, oui. » Richard sourit. « Elle s'appelle Fleur.

— Eh bien… » Oliver marqua une pause avant de poursuivre. « Ça doit te paraître une idée absurde pour le moment, mais que se passerait-il si tu devais, mettons… te remarier ?

— Ce n'est pas une idée absurde, répondit Richard en détachant chaque mot. Mais je ne vois pas le rapport avec le fait de donner cet argent à Philippa et Antony. Qu'est-ce que l'argent a à voir avec le mariage ? »

L'avocat eut l'air consterné. « Tu plaisantes ?

— À moitié seulement. » Richard se laissa fléchir : « Écoute, Oliver, je vais y repenser. Je ne vais pas me précipiter. Mais, tu sais, il va bien falloir que je fasse quelque chose de tout cet argent, un jour ou l'autre. J'ai déjà commencé à revendre certains titres depuis quelques mois.

— Ça ne peut pas faire de mal de laisser de l'argent sur un compte rémunéré pendant quelque temps. Mieux vaut perdre un peu de bénéfices que de se ruer vers une mauvaise solution. » Oliver releva brusquement la tête. « Tu n'as pas parlé de tout ça aux enfants ? Ils ne s'y attendent pas, j'espère ?

— Non, non. Emily et moi étions d'avis qu'il valait mieux ne pas les mettre au courant. Et aussi qu'ils devraient attendre jusqu'à l'âge de trente ans avant de pouvoir toucher l'argent. On ne voulait pas qu'ils se croient dispensés de gagner leur vie.

— Sage décision. Et personne d'autre n'est au courant ?

— Non. Personne. »

Oliver soupira et appuya sur la sonnette de son bureau pour se faire porter un café.

« Bon. C'est déjà ça. »

L'argent était à lui. Pratiquement, il était à lui. Dès que Philippa aurait trente ans… Les mains de Lambert se resserrèrent avec hargne autour du volant. Qu'est-ce que cet âge avait de si magique ? Qu'aurait-elle à trente ans qu'elle n'avait pas déjà à vingt-huit ?

La première fois qu'Emily lui avait parlé de l'héritage de Philippa, il avait cru que c'était imminent. Pour la semaine suivante. Il avait ressenti une euphorie vertigineuse, qui avait d'ailleurs dû se voir sur son visage, car elle avait souri – d'un sourire satisfait – avant d'ajouter : « Naturellement, elle ne le touchera pas avant d'avoir trente ans. » Il avait souri à son tour d'un air entendu et répété : « Naturellement », alors qu'au fond de lui il se demandait bien pourquoi. Pourquoi diable attendre l'âge de trente ans ?

Sacrée Emily. Il était clair qu'elle l'avait fait exprès. Elle l'avait prévenu afin de se délecter de son impatience. Encore un de ses petits jeux de pouvoir. Lambert ne put s'empêcher de sourire. Emily lui manquait. C'était la seule, dans toute cette foutue famille, avec qui il avait eu de réels atomes crochus, depuis la minute où ils s'étaient rencontrés. C'était lors d'une réception donnée par l'entreprise, peu de temps après qu'il avait été embauché comme directeur technique.

Elle se tenait discrètement à côté de Richard, écoutant les anecdotes humoristiques du directeur marketing, un homme que – il l'apprendrait par la suite – elle méprisait profondément. Le regard de Lambert l'avait surprise dans un moment d'inattention, et en un clin d'œil il avait perçu sa froide arrogance derrière sa façade douce et docile ; il avait vu la vraie Emily. En croisant son regard, elle s'était rendu compte qu'il l'avait devinée. « Présente-moi à ce charmant jeune homme », avait-elle aussitôt demandé à Richard. Et, tandis que la main de Lambert effleurait la sienne, elle avait eu une légère moue de complicité.

Deux semaines plus tard, on l'avait invité à passer le week-end aux Érables. Il s'était acheté un blazer pour l'occasion, il avait joué au golf avec Richard et s'était promené dans le jardin en compagnie d'Emily. C'était surtout elle qui parlait. Elle avait abordé des sujets vagues, sans connexion apparente : son antipathie pour le directeur marketing ; son admiration pour les gens qui s'y connaissaient en informatique ; son désir de présenter Lambert au reste de la famille. Quelques semaines après, le directeur marketing s'était fait renvoyer pour avoir diffusé un mailing truffé d'erreurs embarrassantes. À peu près à la même époque, se souvint Lambert, Richard lui avait attribué une nouvelle voiture de fonction. « Emily m'a grondé, avait-il dit en souriant. Elle pense qu'on risque de vous perdre si on ne vous traite pas correctement ! »

Par la suite, il avait de nouveau été invité aux Érables et présenté à Philippa. Jim, le fiancé de Philippa, était là également, un gringalet de vingt-deux ans qui venait de finir l'université et n'était pas bien sûr de ce qu'il voulait faire dans la vie. Mais, comme l'avait expliqué plus tard Emily à la cantonade, au bar du club, Philippa avait été littéralement transportée par Lambert. « Au seizième trou ! avait-elle ajouté, hilare. Philippa avait perdu sa balle dans le carré de marécage. Elle s'est embourbée, et Lambert l'a prise dans ses bras pour la ramener jusqu'au fairway ! » À présent, ce souvenir faisait frémir Lambert. Philippa était plus lourde qu'il ne l'avait imaginé ; il avait failli se claquer un muscle en l'extirpant de cette flaque de boue. Mais, d'un autre côté, elle était aussi beaucoup plus riche qu'il ne l'avait imaginé. Il l'avait épousée en pensant qu'il s'offrait une sécurité financière. Quand il avait appris qu'il allait en fait devenir millionnaire, ç'avait été la cerise sur le gâteau.

Il jeta un coup d'œil par la vitre de sa voiture. La banlieue désolée de Londres cédait peu à peu la place à la campagne ; ils seraient à Greyworth dans une demi-heure. Sur le siège d'à côté, Philippa était plongée dans un de ses sempiternels romans à l'eau de rose. Sa femme, la millionnaire. La multimillionnaire, à en croire Emily. Sauf qu'elle n'était pas encore millionnaire. Son ressentiment habituel se réveilla une fois de plus, et il grinça des dents malgré lui. C'était insensé, de traiter Philippa comme une gamine à qui on ne pouvait pas faire confiance. Puisque de toute façon elle allait finir par toucher cet argent, pourquoi ne pas le lui donner tout de suite ? Et pourquoi le lui cacher ? Ni elle ni Antony ne semblaient se douter qu'ils étaient potentiellement très riches ; qu'ils ne travailleraient que s'ils en avaient envie ; que la vie serait toujours facile pour eux. Chaque fois que Philippa râlait contre le prix d'une paire de chaussures, Lambert avait envie de hurler : « Bon sang, tu peux t'en payer vingt, des paires, si ça te chante ! » Mais il se maîtrisait. Il ne tenait pas à ce que sa femme se mette à faire des plans sur la manière de dépenser son argent. Il avait bien assez de plans de son côté.

Il aperçut dans le rétroviseur une Lagonda qui le rattrapait à vive allure, et ses doigts se crispèrent sur le volant. Plus que deux ans, pensa-t-il. Deux ans à tenir. Son seul problème, pour le moment, c'était la banque. Il fallait impérativement qu'il trouve une solution. Quelle bande d'idiots ! Refusaient-ils d'avoir pour client un futur millionnaire ? Au cours des dernières semaines, ces imbéciles s'étaient relayés pour l'appeler tantôt pour lui demander un rendez-vous, tantôt pour s'enquérir de son découvert. Il allait bien devoir faire quelque chose avant qu'ils ne se mettent en tête de prévenir Philippa. Elle ne savait rien de tout ça. Pas même qu'il possédait ce troisième compte.

Une fois de plus, Lambert passa en revue les différentes possibilités qui s'offraient à lui. La première consistait tout simplement à ignorer les banquiers. La deuxième, à leur rendre visite, admettre qu'il n'avait pas de quoi combler son découvert et obtenir un sursis jusqu'à ce que Philippa touche son héritage. Un sursis de deux ans ? Ce n'était pas inconcevable. Mais guère probable non plus. Ils pouvaient très bien décider qu'il leur fallait plus de garanties que ça. Ils pouvaient décider de contacter son employeur. Lambert fit la grimace. C'est sûr, ils appelleraient Richard. Il imaginait très bien le ton moralisateur de son beau-père. Maniaque comme il l'était, Richard n'avait sans doute jamais payé la moindre facture de gaz en retard. Il convoquerait Lambert dans son bureau. Il lui parlerait d'ajuster son niveau de vie à la hauteur de ses moyens. Il lui citerait probablement ce foutu Dickens.

Non, ça n'irait pas. Lambert prit une profonde inspiration. La troisième option était de trouver une façon quelconque de contenter ces requins de banquiers. Leur jeter en appât une bonne grosse somme d'argent. Cinquante mille livres, quelque chose comme ça. Par la même occasion, il pourrait leur faire comprendre qu'il trouvait particulièrement surprenant leur manque de confiance, vu les perspectives qui l'attendaient. Il pourrait évoquer l'éventualité de placer son argent ailleurs. Leur flanquer la frousse, un petit peu. Lambert se sourit à lui-même. C'était la meilleure solution des trois. De loin. Elle ne présentait presque pas d'inconvénient... Un seul, à vrai dire : il ne disposait pas de cinquante mille livres. Pas encore, en tout cas.

7

Tandis que Lambert s'engouffrait dans l'allée des Érables, Philippa leva les yeux de son roman.

« On est arrivés ? demanda-t-elle d'une voix tremblotante.

— Non, on est sur Mars !

— Je n'ai pas fini ! Laisse-moi deux minutes. Je veux juste voir ce qui va se passer. Enfin, je sais ce qui va se passer, mais je veux juste voir... » Elle se tut. Son regard s'était déjà reposé sur la page, dévorant les lignes comme une plaquette de chocolat.

« C'est pas vrai ! s'exclama Lambert. Bon, moi je ne reste pas là-dedans. » Il sortit de la voiture et claqua la portière. Philippa ne broncha pas.

Bien que la porte d'entrée fût ouverte, la maison semblait déserte. Lambert s'arrêta dans le hall et jeta des coups d'œil prudents autour de lui. Aucun signe de Gillian. La voiture de Richard n'était pas là ; peut-être était-il sorti faire un tour avec sa rouquine. Peut-être n'y avait-il personne. Peut-être avait-il la maison pour lui tout seul...

Lambert sentit un picotement de satisfaction. Il n'avait pas prévu ça. Il pensait qu'il allait devoir se glisser dans le bureau la nuit, ou même attendre une autre fois. Mais c'était l'occasion rêvée. Il pouvait aussitôt mettre son plan à exécution.

Il grimpa quatre à quatre les marches de l'escalier principal. À l'étage, le couloir était calme et immobile. Lambert demeura un instant sur le palier, à guetter les bruits : rien. Après s'être retourné pour vérifier une dernière fois que personne ne l'observait, il se dirigea à pas de loup vers le bureau de Richard. C'était une pièce à l'écart, complètement séparée des chambres à coucher et, en principe, fermée à clé. Si quelqu'un le surprenait, il lui serait impossible de prétendre qu'il passait par là par hasard.

Non qu'il s'en souciât, d'ailleurs. Richard avait confiance en lui. Après tout, il lui avait remis un double de la clé – en cas d'urgence, avait-il précisé. Si on l'interrogeait, Lambert pourrait toujours dire qu'il cherchait un renseignement concernant l'entreprise. En réalité, Richard gardait très peu de documents d'affaires à la maison. Mais il accorderait à son gendre le bénéfice du doute. C'est ce que les gens faisaient, en général.

La porte du bureau était fermée. Mais, alors qu'il essayait de tourner la clé dans la serrure, il s'aperçut qu'elle n'était pas verrouillée et il rangea la clé dans sa poche. Comme ça, si quelqu'un le voyait, il ne craindrait rien. (« J'ai vu que la porte était ouverte, Richard, alors je me suis dit que je ferais mieux d'aller voir. ») Il pénétra dans la pièce et se dirigea droit vers la commode en métal. « Les relevés de comptes, murmura-t-il. Les relevés de comptes. » Il ouvrit un tiroir et commença à feuilleter les dossiers.

Cinquante mille livres n'étaient pas grand-chose. Pas pour quelqu'un comme Richard, en tout cas. Richard avait tellement d'argent qu'il pouvait bien se passer d'une telle somme. Il ne s'apercevrait même pas de sa disparition. Lambert allait donc lui emprunter cinquante mille livres, s'en servir pour résoudre ses ennuis avec la banque, et les lui rendre. Cinq mille livres par-ci, dix mille par-là... il en prendrait un petit peu dans chaque compte et il les remettrait dès qu'il en aurait l'occasion. Du moment que les totaux tombaient juste à la fin de l'année, personne ne remarquerait rien.

Imiter la signature de Richard n'était pas un problème. Ordonner les transferts non plus. En revanche, décider dans quels comptes puiser était plus délicat. Il ne voulait pas risquer de vider le compte de la maison, ou les économies pour les prochaines vacances d'été. Connaissant Richard, chaque centime était probablement attribué à quelque chose de précis. Il fallait être prudent.

Lambert referma le tiroir du haut et ouvrit le second. Il recommença à consulter les dossiers. Tout à coup, un bruit le fit tressaillir, et il s'immobilisa, les doigts en l'air. Il y avait quelque chose derrière lui. Quelque chose... ou quelqu'un.

Il fit volte-face, et son visage se figea de stupeur. Assise derrière le bureau de Richard, les jambes tranquillement croisées, se tenait Fleur. L'esprit de Lambert s'affola. Était-elle là depuis le début ? L'avait-elle vu...

« Bonjour, Lambert, lança Fleur d'un ton aimable. Que faites-vous ici ? »

Philippa termina la dernière page de son livre et se laissa retomber en arrière, à la fois satisfaite et quelque peu nauséeuse. Les mots et les images dansaient devant ses yeux ; dans ses narines, l'odeur de cuir de la voiture se mêlait à celle des pastilles de menthe que Lambert suçait en conduisant. Elle ouvrit sa portière et aspira une grande bouffée d'air en essayant de s'arracher à la fiction et de revenir à la réalité. Mais, dans sa tête, elle était toujours dans les Alpes suisses en compagnie de Pierre, le fringant moniteur de ski. La bouche virile de Pierre se posait sur la sienne ; il lui caressait les cheveux ; on entendait de la musique en bruit de fond... Lorsque Gillian frappa soudain contre la carrosserie, Philippa sursauta en laissant échapper un petit cri et se cogna contre le cadre de la portière.

« J'étais en train de cueillir des fraises, expliqua Gillian. Tu veux boire quelque chose ?

— Oh, volontiers, répondit Philippa. Je veux bien une tasse de café. »

Elle s'extirpa avec difficulté de la voiture, les jambes raides et tremblantes, remit de l'ordre dans sa tenue et suivit Gillian jusqu'à la maison. Pierre et les Alpes commençaient à se dissiper comme un rêve dont on se souvient mal.

« Papa est sorti ? demanda-t-elle en s'asseyant maladroitement sur une chaise de la cuisine.

— Il avait rendez-vous avec Oliver Sterndale, dit Gillian. Antony est sorti aussi. » Elle entreprit de remplir la bouilloire.

« On doit être un peu en avance... Et l'autre ? ajouta Philippa avec une petite moue.

— L'autre quoi ?

— Tu sais bien. Fleur !

— Eh bien quoi ?

— Ben... où est-elle ?

— Je ne sais pas, rétorqua Gillian. On vient de rentrer du brunch d'Eleanor.

— Le brunch d'Eleanor ?

124

— Oui.

— Vous êtes allées au brunch d'Eleanor Forrester ?

— Oui. » Le visage de Gillian sembla se fermer sous le regard ébahi de Philippa. « Rien de bien intéressant, tu sais, ajouta-t-elle d'un ton brusque.

— Tu t'es acheté quelque chose ?

— Finalement oui. Ça. » Gillian écarta son écharpe bleue pour révéler une petite tortue en or épinglée à son revers. Elle fronça les sourcils. « Je ne sais pas si c'est de cette manière que ça se met. Ça risque de tirer sur le tissu et d'abîmer ma robe, non ? »

Philippa ne pouvait détacher son regard de la petite broche. Gillian ne portait jamais de bijoux. Elle n'allait pas non plus aux brunchs d'Eleanor. C'était toujours Philippa et sa mère qui y allaient ensemble, pendant que Gillian restait à la maison. Gillian restait toujours à la maison. Et, cette fois, songea Philippa avec une violente jalousie, cette fois, Gillian y était allée avec Fleur, et elle-même était restée toute seule.

Fleur adorait choquer les hommes. Rien que pour voir la mine désemparée de Lambert, qui la dévisageait en silence, cela valait presque la peine d'avoir été dérangée. Presque, mais pas tout à fait. Tout se passait à merveille jusqu'à son arrivée. Ayant trouvé la porte du bureau ouverte, elle s'était aussitôt glissée à l'intérieur et mise à la recherche de ce qu'elle voulait trouver. Et elle serait sans doute parvenue à ses fins, si elle n'avait été interrompue. Richard était visiblement une personne très organisée. Tout dans son bureau était classé, répertorié, étiqueté. Elle s'était d'abord dirigée vers le secrétaire, en quête de sa correspondance récente, et c'était au moment où elle fouillait dans le tiroir que la porte s'était ouverte et que Lambert était entré.

Elle avait immédiatement plongé sous la table, avec une agilité de professionnelle. Et, l'espace de plusieurs minutes, elle avait hésité à se relever. Valait-il mieux ne pas bouger jusqu'à ce qu'il ait fini ? Ou risquait-elle d'être repérée ? Non, mieux valait le surprendre plutôt que d'être surprise à quatre pattes sous un meuble.

Mais, alors, elle avait remarqué que Lambert n'avait pas l'air très à l'aise non plus. Il avait un comportement quasi… sournois. Que faisait-il, à fouiner dans les dossiers de Richard ? Richard était-il au courant ? Y avait-il quelque chose à découvrir ? Dans ce cas, il pouvait être dans son intérêt de faire savoir à Lambert qu'elle l'avait vu. Elle avait réfléchi un instant et, avant que Lambert ne puisse s'échapper, elle s'était redressée, s'était rassise dans le fauteuil comme si de rien n'était et avait attendu qu'il se retourne. À présent, elle observait avec délice ses yeux exorbités, son visage empourpré. Il se passait, de toute évidence, quelque chose. Mais quoi ?

« C'est aussi votre bureau ? demanda-t-elle d'un ton innocent. Je ne savais pas.

— Pas vraiment, rétorqua Lambert, retrouvant petit à petit sa contenance. Je vérifiais juste une donnée sur l'entreprise. Sur l'entreprise, répéta-t-il, plus agressif. Il y a beaucoup d'informations hautement confidentielles, ici. À vrai dire, je me demande ce que vous, vous faites là.

— Moi ? s'exclama Fleur. Oh, je cherchais simplement quelque chose que j'ai laissé ici hier soir.

— Quelque chose que vous avez laissé ici, hein ? » Il avait l'air dubitatif. « C'était quoi ? Vous voulez que je vous aide à le chercher ?

126

— Non, ne vous donnez pas ce mal, lança Fleur en se levant et en s'approchant de lui. Je l'ai trouvé.

— Vous l'avez trouvé, dit Lambert en croisant les bras. Et puis-je vous demander de quoi il s'agit ? »

Fleur s'arrêta et ouvrit la main. Dans sa paume apparut une culotte en soie noire.

« Elle était sous le bureau, avoua-t-elle comme une confidence. C'est tellement facile à égarer. Mais je ne voulais pas choquer la femme de ménage. » Elle jeta un coup d'œil à son visage écarlate. « Vous n'êtes pas choqué, n'est-ce pas, Lambert ? C'est vous qui avez voulu savoir. »

Lambert ne répondit pas. Il semblait avoir quelques difficultés à respirer.

« Il serait préférable de ne pas en parler à Richard, suggéra Fleur en se rapprochant de Lambert et en le regardant droit dans les yeux. Il pourrait être un peu… embarrassé. » Elle se tut durant quelques secondes, accélérant volontairement le rythme de son souffle, légèrement penchée vers Lambert, qui paraissait transi d'horreur.

Et, soudain, elle était partie. Lambert était resté parfaitement immobile ; il sentait encore son haleine sur sa peau, il entendait sa voix dans ses oreilles, il se rejouait la scène mentalement. La culotte de Fleur – sa culotte en soie noire – était restée sous le bureau. Ce qui voulait dire que Richard et elle… Lambert ravala sa salive. Richard et elle…

Il referma d'un mouvement brusque le tiroir de la commode et s'en détourna. Il n'arrivait plus à se concentrer. Il ne pouvait plus penser aux relevés de comptes ni aux bilans annuels. La seule chose à laquelle il pouvait penser, c'était…

« Philippa ! aboya-t-il du haut de l'escalier. Monte voir ! » Silence. « Monte ! » répéta-t-il. Philippa apparut enfin.

« J'étais en train de discuter avec Fleur, gémit-elle en accourant.

— Je m'en fous. Viens ici. » Il l'attrapa par la main et l'entraîna dans la chambre du fond, celle qu'ils occupaient toujours quand ils venaient. C'était la chambre de Philippa lorsqu'elle était petite, un royaume fantaisie de roses et de lapins. Mais, sitôt qu'elle avait quitté la maison, sa mère avait arraché le papier peint pour le remplacer par une toile écossaise vert foncé.

« Qu'est-ce que tu veux ? demanda Philippa en se contorsionnant pour échapper à l'étreinte de Lambert.

— Toi. Maintenant.

— Lambert ! » Elle le regarda avec gêne. Il la dévisageait avec des yeux troubles, voilés. « Enlève ta robe.

— Mais, Fleur…

— Fleur, je l'emmerde. » Il observa Philippa tandis qu'elle faisait passer avec des gestes maladroits sa robe par-dessus sa tête. Puis il ferma les yeux et l'attira contre lui, pinçant fort sa chair entre ses doigts. « Fleur, je l'emmerde, répéta-t-il d'une voix brouillée. Je l'emmerde. »

En rentrant de son rendez-vous, Richard trouva Fleur allongée sur sa chaise longue habituelle, dans la véranda.

« Où sont Philippa et Lambert ? J'ai vu leur voiture dans l'allée. » Il consulta sa montre. « On joue dans une demi-heure.

— Ils doivent être dans les parages, murmura Fleur. J'ai aperçu Lambert tout à l'heure. » Elle se leva. « Faisons un tour dans le jardin. »

Comme ils marchaient côte à côte, elle prit Richard par le bras et lui dit d'un ton détaché :

« J'imagine que vous devez assez bien vous connaître, avec Lambert. Maintenant qu'il fait partie de la famille... » Tout en parlant, elle observait attentivement sa réaction, et elle détecta sur son visage une brève expression de dégoût, aussitôt supplantée par un masque de tolérance, plus raisonnable.

« C'est vrai, j'ai appris à mieux le connaître en tant que personne, commença Richard. Mais je ne pourrais pas dire...

— Vous ne le considérez pas comme un ami ? Je m'en étais rendu compte. Vous ne discutez pas vraiment avec lui, alors ? Ce n'est pas votre confident ?

— Le fossé des générations, expliqua Richard d'un ton quelque peu défensif. C'est normal.

— Complètement normal », approuva Fleur avec un petit sourire. Ce qu'elle avait suspecté était donc bien vrai : Richard et Lambert ne se parlaient pas. Ce qui signifiait que Lambert n'allait certainement pas aborder Richard pour lui demander des comptes sur cette histoire de culotte sur le parquet de son bureau. Il n'allait pas vérifier ce qu'elle lui avait raconté ; elle était sauvée.

En revanche, elle n'avait pas la moindre idée de ce que Lambert trafiquait de son côté. À une époque, elle aurait été tentée de le découvrir. L'expérience lui avait appris que, dans toutes les familles, il y avait des secrets. Il y avait toujours quelqu'un qui jouait un double jeu ; parfois même plusieurs personnes. Mais, chaque fois qu'elle avait essayé d'utiliser les discordes internes à son propre compte, elle avait échoué. Les disputes de famille étaient toujours irrationnelles, sans fin, et les combattants retournaient systématiquement leur veste dès qu'une tierce personne s'en mêlait. La meilleure chose à faire était d'ignorer tous les autres et de faire cavalier seul afin d'atteindre son but aussi vite que possible.

Ils continuèrent à marcher en silence pendant quelques minutes, puis Fleur demanda :

« Votre rendez-vous s'est bien passé ? » Richard haussa les épaules et lui adressa un sourire crispé.

« Ça m'a fait réfléchir. Vous savez, j'ai encore l'impression qu'il y a des aspects d'Emily que j'ignorais complètement.

— Le rendez-vous concernait Emily ?

— Non… mais il concernait certains arrangements dont nous avions parlé avant sa mort. » Richard fronça les sourcils. « Je tâchais de me remémorer son raisonnement ; ce qui l'avait poussée à faire certains choix. Et je me suis rendu compte que je ne savais pas pourquoi elle tenait à faire les choses de cette façon. J'imagine qu'elle ne me l'a pas expliqué… ou que j'ai oublié ce qu'elle m'a dit. Et je n'ai jamais assez bien connu sa personnalité pour prétendre comprendre tout ça maintenant.

— Je pourrais peut-être vous aider, proposa Fleur, si vous me disiez de quoi il s'agit. » Richard la considéra, interloqué.

« Peut-être… Mais j'ai le sentiment que c'est quelque chose que je dois résoudre tout seul. Vous comprenez ?

— Bien sûr », répondit Fleur d'un ton léger, en lui serrant le bras avec tendresse. Richard laissa échapper un petit rire.

« Ça n'a pas vraiment d'importance, de toute façon. Ça n'aura aucune conséquence sur ma vie. Mais… » Il s'interrompit et regarda Fleur dans les yeux. « Enfin, vous connaissez mon sentiment au sujet d'Emily.

— Elle avait beaucoup de secrets », dit Fleur, en réprimant un bâillement. N'avaient-ils pas déjà suffisamment parlé de cette sainte femme ?

« Pas des secrets, rectifia Richard. Pas des secrets, plutôt... des qualités cachées. »

La soudaine affection de Lambert pour sa femme s'évanouit aussitôt qu'il eut assouvi son désir. Il décolla les lèvres de sa nuque et se releva.

« Il faut que j'y aille, dit-il.

— On ne peut pas rester allongés un moment ? suggéra Philippa, rêveuse.

— Non. Tout le monde va se demander où on est. » Il rentra sa chemise dans son pantalon, se lissa les cheveux et disparut en un clin d'œil.

Philippa se dressa sur les coudes et observa la pièce silencieuse autour d'elle. Dans sa tête, elle avait déjà commencé à interpréter ce brusque élan sexuel de son mari comme une preuve supplémentaire de sa passion pour elle ; une anecdote qu'elle confierait aux amies qu'elle se ferait un jour. « Franchement, il avait une si forte envie de moi... On s'est éclipsés tous les deux, comme ça ! » Rires. « C'était tellement romantique... Lambert est toujours ainsi, il vit dans l'instant... » Rires décuplés. Coups d'œil admiratifs. « Oh, Phil, tu as tellement de chance ! Je n'arrive même pas à me souvenir de la dernière fois que nous avons couché ensemble mon mari et moi... »

Mais, couvrant les voix hilares de ses amies, une autre voix s'élevait à présent dans sa tête. Celle de sa mère : « Espèce de petite dégoûtante. » Un regard bleu glacé. Le journal intime de Philippa agité en l'air telle une pièce à conviction. Tous ses fantasmes d'adolescente, découverts et exposés au grand jour.

Comme si les quinze dernières années de sa vie n'avaient pas existé, Philippa sentit la panique et l'humiliation de ses treize ans rejaillir à la surface. Une fois encore, la voix de sa mère se fraya un chemin jusqu'à son cerveau : « Ton père serait choqué s'il voyait ça. Une fille de ton âge, qui ne pense qu'au sexe ! »

Le sexe ! Le mot avait résonné de manière obscène dans la pièce, accompagné d'une cohorte d'images sordides, indescriptibles. Le malaise de Philippa avait envahi son ventre, ses poumons. Elle avait eu envie de crier. Elle ne parvenait pas à regarder sa mère dans les yeux. Le trimestre suivant, elle s'était laissé culbuter derrière les buissons du terrain de hockey par plusieurs élèves de terminale de l'internat voisin. Chaque fois, l'expérience avait été honteuse et douloureuse ; elle pleurait sans bruit en se laissant faire. Mais, pensait-elle avec désespoir tandis que les adolescents lui soufflaient l'un après l'autre leur haleine pleine de bière au visage, c'était tout ce qu'elle méritait.

Lambert descendit l'escalier, et tomba sur Richard et Fleur bras dessus, bras dessous dans le hall.

« Fleur a décidé de nous accompagner au golf, annonça Richard. N'est-ce pas une merveilleuse idée ? » Lambert le regarda, abasourdi.

« Comment ça ! s'écria-t-il. Elle ne peut pas venir avec nous ! C'est un rendez-vous d'affaires.

— Je ne vous dérangerai pas, promit Fleur.

— Nous devons discuter de choses confidentielles.

— Sur un terrain de golf ? s'étonna Fleur. Ça ne doit pas être si confidentiel que ça. De toute façon, je n'écouterai pas.

— Fleur a très envie de voir le terrain de golf, expliqua Richard. Je ne vois pas ce qu'il y a de mal à ça.

— Ça ne vous ennuie pas, n'est-ce pas, Lambert ? demanda Fleur. Ça fait un mois que je suis là, et je n'ai encore vu que le dix-huitième trou. » Elle lui sourit en battant des cils. « Je serai comme une petite souris.

— Peut-être que Philippa pourrait venir aussi, proposa Richard.

— Elle a déjà prévu de prendre le thé avec Tricia Tilling », rétorqua aussitôt Lambert. Bon sang, pensa-t-il, ils n'allaient quand même pas traîner une meute de bonnes femmes derrière eux !

« Cette chère Tricia Tilling, enchaîna Fleur. Nous avons eu une discussion très agréable, ce matin.

— Fleur est en train de devenir une habituée du club ! s'exclama Richard, rayonnant.

— Ça ne m'étonne pas », grommela Lambert d'un ton morose.

Un bruit dans la cage d'escalier leur fit tourner la tête. Philippa venait à leur rencontre, les cheveux en bataille.

« Fleur, lança-t-elle. Je voulais vous proposer de venir avec moi chez Tricia, cet après-midi. Je suis sûre que ça ne la dérangerait pas du tout.

— J'ai d'autres projets, répondit Fleur. Malheureusement.

— Fleur nous accompagne au golf, précisa Richard avec un grand sourire. Une bonne surprise. »

Philippa regarda Lambert. Pourquoi ne lui demandait-il jamais de l'accompagner au golf ? S'il l'avait fait, elle aurait annulé sans hésiter le thé chez Tricia. Elle se mit à imaginer le coup de fil qu'elle lui aurait passé : « Désolée, Tricia, mais Lambert dit que je n'ai pas le choix… Il dit que c'est pour lui porter chance ! » Petit rire détaché. « Je sais… les hommes, hein ! C'est quelque chose ! »

« Philippa ! » Elle sursauta, et les voix se turent dans sa tête. Lambert la dévisageait d'un air impatient. « Je t'ai demandé d'aller voir à la boutique s'ils ont réparé le club que je leur ai laissé.

— D'accord, d'accord », répondit Philippa. Elle les regarda s'en aller tous les trois. Richard riait de quelque chose que Fleur lui avait soufflé à l'oreille ; Lambert jetait son pull en cachemire sur ses épaules. Eux, ils allaient prendre du bon temps, pendant qu'elle était condamnée à passer l'après-midi avec Tricia Tilling. Elle laissa échapper un profond soupir. Même Gillian s'amusait plus qu'elle.

Assise dans la véranda, Gillian écossait des petits pois tout en regardant Antony réparer sa batte de cricket. Il était habile de ses mains, et cela depuis l'enfance. Soigneux, méthodique, efficace. Quand il avait trois ans, son institutrice avait été stupéfiée par ses dessins – une seule couleur, qui recouvrait toujours la feuille de papier tout entière. Jamais plus d'une couleur ; jamais un millimètre carré de blanc. Ça frisait l'obsession. De nos jours, pensa-t-elle, ils auraient trouvé inquiétant qu'un enfant de trois ans soit aussi ordonné ; on l'aurait envoyé chez un psychiatre, ou dans une école spécialisée. Même à l'époque, elle avait quelquefois décelé une note d'anxiété dans les yeux des maîtresses. Mais personne ne disait rien. Car il semblait évident qu'Antony était un enfant aimé, choyé.

Aimé... Gillian laissa son regard errer par la fenêtre. Aimé par tout le monde sauf par sa propre mère. Son égoïste de mère. Une femme qui avait reculé de dégoût à la vue de son propre fils ; qui n'avait pas pu détacher les yeux de la petite imperfection souillant son visage, comme si c'était tout ce qu'il y avait à voir, comme si le bébé qu'elle tenait dans les bras n'était pas parfaitement sain.

Bien entendu, Emily n'avait jamais rien dit à personne. Mais Gillian savait. Elle avait vu Antony grandir et devenir un bambin rayonnant de joie, qui courait partout dans la maison, les bras grand ouverts, prêt à embrasser le monde, persuadé que le monde l'aimait autant que lui le désirait. Puis elle avait vu cet enfant prendre peu à peu conscience de la légère expression de désapprobation que sa mère avait en permanence à son égard. Il s'était rendu compte qu'elle s'écartait parfois de lui, quand personne ne la regardait ; que les seuls moments où elle était détendue, c'était lorsqu'il avait la tête tournée et qu'elle ne pouvait pas voir la tache qui lui barrait l'œil. La première fois qu'Antony avait porté la main à son visage pour cacher sa marque de naissance au reste du monde, Gillian avait attendu jusqu'au soir pour affronter Emily. Sa frustration et sa colère avaient éclaté en une tirade larmoyante, pendant que sa sœur était en train de se coiffer devant la glace de sa commode. Emily l'avait écoutée patiemment jusqu'à la fin avant de se retourner et de poser sur elle un regard froid et méprisant. « Tu es jalouse, c'est tout, avait-elle dit. C'est malsain ! Tu voudrais qu'Antony soit ton bébé. Eh bien, ce n'est pas ton bébé, c'est le mien. »

Gillian avait considéré sa sœur avec stupeur, tout à coup moins sûre d'elle. Souhaitait-elle réellement qu'Antony fût son enfant ? Était-elle réellement malsaine ?

« Tu sais très bien que j'aime Antony, avait poursuivi Emily. Tout le monde sait que je l'aime. » Elle marqua une pause. « Richard n'arrête pas de dire à quel point je suis merveilleuse avec lui. Et qui se préoccupe de sa tache de naissance ? On n'en parle jamais. À vrai dire, Gillian, je suis surprise que tu y fasses autant allusion. On avait pourtant décidé que la meilleure chose à faire était de l'ignorer. »

Curieusement, elle avait réussi à renverser la situation et à retourner les accusations de Gillian contre elle, jusqu'à ce que celle-ci se sente troublée et en vienne à douter de ses propres intentions. Était-elle en train de se transformer en vieille fille aigrie et jalouse ? Son amour pour Antony frisait-il la possessivité ? Après tout, Emily était sa mère naturelle. Aussi Gillian avait-elle fini par abandonner et garder ses remarques pour elle. Et puis, Antony était devenu un garçon agréable, sans problèmes.

« Et voilà ! lança Antony en tenant la batte de cricket à bout de bras devant lui.

— Bravo », répondit Gillian. Elle le regarda se lever pour essayer sa batte. Il était grand, désormais. Presque un adulte. Mais, de temps en temps, quand elle apercevait ses bras robustes, ou son cou tout lisse, elle revoyait en lui ce joyeux bambin joufflu qui riait aux éclats dans son petit lit à barreaux ; le bébé qu'elle avait tenu par la main le jour où il avait fait ses premiers pas ; cet enfant qu'elle avait aimé dès la minute où il était venu au monde.

« Attention, dit-elle d'un ton bourru alors qu'il brandissait sa batte en direction d'un gros pot de fleurs.

— Je fais attention, rétorqua Antony avec humeur. T'es toujours en train de râler. »

Il s'entraîna à faire tourner la batte en l'air plusieurs fois d'affilée. Gillian se remit à écosser ses petits pois en silence.

« Qu'est-ce que tu vas faire, cet après-midi ? demanda-t-elle au bout d'un moment.

— J'sais pas. J'vais peut-être louer une vidéo. Une ou deux, même. Y a tellement rien à faire, quand Will n'est pas là.

— Et les autres, alors ? Xanthe. Et ce nouveau garçon, Mex. Tu pourrais organiser quelque chose avec eux.

— Ouais, peut-être… » Son visage se ferma, et il se détourna en faisant un grand moulinet avec sa batte.

« Attention ! » s'écria Gillian. Mais il était trop tard. Tandis que son bras retombait, il heurta un pot en terre, qui bascula de son socle et s'écrasa sur le carrelage dans un grand fracas.

« Regarde ce que tu as fait ! hurla Gillian d'une voix suraiguë. Je t'avais dit de faire attention.

— J'ai pas fait exprès, ça va…

— Il y en a partout ! » Gillian se leva de sa chaise et contempla d'un air désespéré les éclats de poterie, les morceaux de terre et les feuilles charnues.

« Franchement, c'est pas un drame. » Antony se baissa pour ramasser un bout de poterie. Une petite motte de terre tomba sur sa chaussure.

« Je vais chercher une brosse. » Gillian reposa les petits pois en soupirant.

« Je vais nettoyer, proposa Antony. C'est pas la mer à boire.

— Tu ne vas pas savoir le faire.

— Mais si ! Y a pas un balai quelque part ? »
Antony parcourut la pièce du regard, et ses yeux
s'arrêtèrent sur la porte. « La vache ! » s'exclama-t-il.
Le morceau de terre cuite lui échappa des mains et
éclata sur le sol.

« Antony ! Je t'ai dit de…

— Regarde ! coupa-t-il. C'est qui ? »

Gillian se retourna et suivit son regard. De l'autre
côté de la porte se tenait une jeune fille avec de longs
cheveux blonds, des sourcils noirs et un air méfiant.

« Salut », lança-t-elle à travers la vitre. Elle avait
une voix haut perchée et un accent américain. « Vous
ne m'attendiez pas, j'imagine. Je viens habiter là. Je
m'appelle Zara. Je suis la fille de Fleur. »

8

Après être enfin venu à bout du dix-huitième trou, Lambert était rouge écarlate, suant et grimaçant de rage. Fleur avait monopolisé l'attention pendant toute la partie, se croyant sans doute à une réception mondaine pour se trémousser de la sorte à côté de Richard, interrompant la conversation à tout bout de champ avec ses questions stupides. Elle se conduisait comme si elle avait autant le droit d'être là que Lambert lui-même. Espèce de petite garce insolente !

Lambert se souvint d'une remarque que lui avait faite son professeur à l'internat : Je suis tout à fait pour l'égalité des femmes... Elles sont toutes également inférieures aux hommes ! Un gloussement général s'était fait entendre parmi le petit groupe d'élèves de terminale que M. Smithers abreuvait de sherry ce soir-là. Lambert avait ricané particulièrement fort, pour souligner le fait que Smithers et lui avaient toujours partagé le même sens de l'humour. À présent, son front se détendait un peu ; ses traits s'adoucirent au souvenir de cette soirée. L'espace de quelques instants, il regretta de ne plus être à l'internat.

Même si Lambert se l'avouait difficilement, il était clair que, jusqu'ici, les meilleures années de sa vie avaient été celles du lycée. Il avait effectué toute sa scolarité à Creighton, une petite école privée des Midlands, où il s'était vite retrouvé parmi les élèves les plus brillants, les plus forts et les plus influents. Véritable tyran, il avait eu tôt fait de s'entourer d'une cour d'admirateurs, qui s'amusaient à terroriser les plus jeunes et à se moquer des gars de la ville. Les élèves de Creighton étaient pour la plupart des cancres qui n'auraient plus jamais accès au statut supérieur dont ils bénéficiaient dans cette petite ville de province. Aussi profitaient-ils de l'aubaine pour se pavaner dans les rues vêtus de leurs uniformes distinctifs, braillant et cherchant en permanence la bagarre avec ceux qu'ils appelaient « les ploucs ». Lambert s'était battu à de rares occasions, mais il s'était forgé une réputation de bel esprit en inventant un nombre considérable d'expressions désobligeantes pour qualifier « la populace ». Les professeurs – eux-mêmes étroits d'esprit, découragés et fatigués de la vie – ne l'avaient jamais réprimandé mais au contraire tacitement encouragé dans cette voie, en nourrissant son attitude pompeuse et arrogante par des clins d'œil, des ricanements complices et des apartés entendus. Très réservée quant à elle, la mère de Lambert se pâmait d'admiration devant son grand fiston, avec sa voix forte et ses vues tranchées sur tout, qui consistaient pour l'essentiel à mépriser tout le monde, à Creighton comme ailleurs.

La seule exception, c'était son père. Lambert avait toujours idolâtré son père – un homme grand et autoritaire que, inconsciemment, il essayait sans cesse d'imiter. Son père avait de violentes sautes d'humeur, et Lambert avait passé son enfance à rechercher son approbation. Quand son père s'amusait de son visage joufflu, ou qu'il lui flanquait une tape derrière la tête,

Lambert se forçait à sourire ; lorsqu'il hurlait pendant des soirées entières après sa femme, Lambert s'éclipsait discrètement dans sa chambre en se disant que son père avait raison ; son père avait toujours raison.

C'était son père qui avait insisté pour que Lambert aille à Creighton. Lui qui lui avait appris à se moquer des garçons de la ville ; qui l'avait emmené une journée à Cambridge afin de lui montrer, tout fier, son ancienne école. C'était son père, croyait Lambert, qui connaissait tout ; qui s'occupait de son avenir ; qui allait lui servir de guide dans la vie.

Et puis, soudain, alors que Lambert venait de fêter ses quinze ans, son père avait annoncé qu'il avait une maîtresse, qu'il l'aimait et qu'il allait vivre avec elle. Il avait dit qu'il reviendrait voir Lambert de temps en temps, mais il n'était jamais revenu. Plus tard, ils apprirent que sa liaison n'avait duré que six mois, qu'il était à l'étranger, mais personne ne savait où.

Empli d'un désespoir d'adolescent, Lambert avait retourné sa colère contre sa mère : c'était sa faute si son père les avait abandonnés ; c'était sa faute s'il n'y avait plus assez d'argent pour partir en vacances ; si l'on devait écrire des lettres au directeur de Creighton pour quémander une réduction sur les frais de scolarité. Plus leur situation financière s'aggravait, plus l'arrogance de Lambert s'affirmait. Son mépris pour les habitants de la ville devenait plus féroce, et l'adoration qu'il vouait à son père absent grandissait de jour en jour.

Contre l'avis de ses enseignants, il postula pour entrer à Cambridge, l'ancienne école de son père. On lui accorda un entretien, à l'issue duquel sa candidature fut rejetée. Le sentiment d'échec lui fut intolérable. Il annonça de but en blanc qu'il n'allait pas perdre son temps à l'université. Les professeurs lui firent des remontrances, mais seulement du bout des lèvres : il était déjà en train de sortir de leur vie et, par conséquent, ne présentait plus un grand intérêt à leurs yeux. Leur attention se tournait désormais vers les élèves des classes inférieures, ces mêmes garçons dont Lambert s'était abondamment moqué pendant toutes ces années. Ce que Lambert pouvait bien faire de sa vie, ils ne s'en souciaient guère. Quant à sa mère, qui elle s'en souciait, son opinion était tout bonnement ignorée.

Lambert était donc parti s'installer à Londres, où il avait trouvé du travail dans l'informatique. Sa suffisance, qui aurait peut-être disparu après un passage à Cambridge, s'était au contraire accentuée, ainsi que son sentiment de supériorité. Quand d'autres personnes, venant d'écoles moins bien cotées que la sienne, étaient promues au-dessus de lui, il ripostait en portant sa cravate de Creighton au bureau. Quand ses colocataires organisaient des week-ends sans lui, il conduisait jusqu'à Creighton pour parader avec sa toute nouvelle voiture. Pour Lambert, il était inconcevable que les gens autour de lui ne le traitent pas avec admiration et déférence. Ceux qui n'entraient pas dans cette catégorie, il les écartait en se disant que, de toute façon, ils étaient bien trop ignorants pour valoir la peine de s'en soucier. Les autres, il les méprisait en secret. Il était incapable de se faire des amis ; incapable même de comprendre aucune relation fondée sur un rapport d'égalité. À l'époque où il était entré dans l'entreprise de Richard, peu de gens supportaient sa compagnie pendant plus de deux heures. Mais, à ce moment-là, sa vie avait basculé d'un coup : il avait épousé la fille du patron, et son statut social avait fait un grand bond en avant. Il voyait dès lors son avenir assuré pour toujours.

À n'en pas douter, Richard appréciait ses attributs supérieurs – son intelligence, son éducation, son esprit d'initiative –, même si Emily était la seule à prendre réellement la mesure de sa valeur. Philippa était une idiote qui trouvait que les cravates à fleurs étaient bien plus seyantes que celles de l'uniforme de Creighton. Quant à Fleur… Lambert fit la grimace et essuya une goutte de sueur sur son front. Fleur n'obéissait à aucune règle. Elle semblait ignorer les conventions sociales. Elle était trop fuyante ; il n'arrivait pas à la cerner. Quel âge avait-elle, en réalité ? Qu'est-ce que c'était que cet accent ? Où se situait-elle dans sa vision du monde ?

« Lambert ! » La voix de Philippa interrompit le cours de ses pensées. Elle se dirigeait vers lui à grands pas, agitant joyeusement son sac à main.

« Philippa ! » Il redressa la tête ; dans son état d'énervement, il était presque content de retrouver le visage familier de sa femme. Le thé avec Tricia s'était visiblement transformé en gin tonic avec Tricia.

« J'ai cru que je pourrais te voir jouer le dix-huitième trou, mais vous avez déjà fini ! Vous avez fait vite ! »

Lambert s'abstint de répondre. Lorsque Philippa était lancée sur un sujet, rien ne pouvait l'arrêter.

« C'était une bonne partie ? » demanda-t-elle.

Son mari jeta un coup d'œil par-dessus son épaule. Richard et les deux types de chez Briggs & Cie étaient loin derrière eux ; ils marchaient lentement, en écoutant quelque chose que Fleur leur disait.

« Une partie de merde. » Il quitta la pelouse et, sans attendre les autres, se dirigea d'un pas excédé vers la remise où les joueurs rangeaient leur matériel.

« Que s'est-il passé ?

— Cette *sacrée bonne femme*, là. Elle n'a fait que poser des questions. Toutes les cinq minutes, bon sang ! "Richard, pourriez-vous ré-expliquer ça à la profane que je suis ?" "Richard, quand vous dites cash-flow, qu'est-ce que ça signifie, exactement ?" Et moi qui voulais essayer d'impressionner ces types ! Quel après-midi de merde, alors !

— Peut-être que ça l'intéresse réellement, risqua Philippa.

— C'est ça, ça l'intéresse. Et pourquoi voudrais-tu que ça l'intéresse ? C'est juste une petite gourde qui aime monopoliser l'attention.

— En tout cas, elle est vraiment jolie, dit Philippa d'un air rêveur, en se retournant pour observer Fleur.

— Elle est affreuse, répliqua Lambert. Bien trop sexy pour un terrain de golf. »

Philippa laissa échapper un petit rire coincé. « Lambert ! Tu es méchant ! » Elle marqua une pause avant d'ajouter, en chuchotant : « On a parlé d'elle, cet après-midi. Tricia et moi. » Elle baissa encore la voix. « Il paraît qu'elle est très riche. C'est Tricia qui me l'a dit. Elle a un chauffeur, et tout et tout. Tricia la trouve super. » Philippa regarda Lambert du coin de l'œil. « Tricia dit que…

— Tricia est une idiote. » Lambert s'essuya le front du revers de la main, tout en se demandant comment il en était venu à parler de Fleur avec sa femme. Il se retourna et vit Fleur qui s'avançait vers lui d'un pas nonchalant, dans sa robe blanche, en le regardant d'un air moqueur. Le désir qu'il avait combattu tout l'après-midi se réveilla en lui.

« Bon sang, quel fiasco ! murmura-t-il en posant mécaniquement une main sur les fesses de sa femme,

144

en guise de consolation. J'ai besoin de boire quelque chose. »

Malheureusement, les types de chez Briggs & Cie n'avaient pas le temps de rester prendre un verre. Ils échangèrent des poignées de main et, après un dernier coup d'œil admiratif en direction de Fleur, retournèrent jusqu'à leur voiture. Les autres demeurèrent poliment dans le parking jusqu'à ce que la Saab gris métallisé ait fini de manœuvrer entre les rangées de BMW rutilantes, de Range Rover flambant neuves et de rares Rolls-Royce.

Philippa sentit un pincement de déception tandis que la voiture disparaissait derrière la grille. Elle aurait bien voulu faire la connaissance de ces messieurs, papoter un peu avec eux, peut-être même organiser un dîner pour eux et leurs épouses. Depuis son mariage avec Lambert, deux ans auparavant, elle n'avait donné qu'un seul dîner à la maison, avec ses parents et Antony. Pourtant, la table de la salle à manger pouvait facilement accueillir dix personnes, la cuisine était abondamment équipée en casseroles de tout genre, et elle s'était constitué un album « spécial réceptions » avec les recettes et les petites astuces qu'elle avait découpées pendant des années dans les magazines.

En épousant Lambert, elle s'était imaginé qu'elle allait passer ses soirées à divertir ses amis, à leur mitonner de bons petits plats et à lier connaissance avec leurs épouses. Mais elle s'était vite rendu compte que Lambert n'avait pas d'amis. Pas plus qu'elle-même, d'ailleurs... à part les amis de sa mère à Greyworth et quelques personnes du bureau, qui finissaient toujours par changer de travail et qui, de toute façon, n'étaient jamais libres le soir. Ses camarades d'université s'étaient dispersés dans tout le pays depuis belle lurette ; aucun d'entre eux ne vivait à Londres.

Fleur rit d'une plaisanterie de Richard, et Philippa releva la tête d'un mouvement brusque. Si seulement elle pouvait devenir amie avec Fleur, pensa-t-elle avec mélancolie. Sa meilleure amie. Elles sortiraient déjeuner ensemble, auraient leur petit répertoire de blagues que personne d'autre ne comprendrait, et Fleur la présenterait à toutes ses amies ; et puis Philippa proposerait d'organiser un dîner en son honneur à Londres... Elle imagina sa salle à manger grouillant de gens délicieusement sympathiques ; les bougies allumées, des fleurs partout, et toute l'argenterie de son mariage sortie de l'emballage. Elle s'éclipserait dans la cuisine pour surveiller la cuisson des brochettes de fruits de mer, avec un bruit de rires joyeux dans les oreilles. Lambert lui emboîterait le pas, prétextant qu'il avait à remplir les verres, mais en réalité pour lui dire combien il était fier d'elle. Il poserait les verres sur la table, avant de la prendre dans ses bras et de...

« C'est Gillian ? » La voix étonnée de Fleur tira Philippa de sa rêverie. « Que fait-elle là ? »

Tout le monde tourna la tête, tandis que Philippa s'efforçait de croiser le regard de Fleur afin de provoquer un début de complicité entre elles. Mais Fleur ne la vit pas ; elle avait les yeux rivés sur Richard, comme si plus personne d'autre n'existait pour elle.

Tout en regardant Gillian s'approcher d'eux, Richard attira inconsciemment Fleur vers lui, jusqu'à ce que leurs hanches se touchent presque.

« Je suis tellement content que vous soyez venue, lui murmura-t-il à l'oreille. J'avais oublié à quel point ces parties peuvent vite devenir ennuyeuses. Spécialement quand Lambert est là.

— Moi, j'ai trouvé ça amusant, répondit Fleur avec un sourire timide. Et j'ai surtout appris des tas de choses.

— Ça vous plairait, de prendre des cours de golf ? suggéra aussitôt Richard. J'aurais dû vous le proposer plus tôt. On peut très bien organiser quelque chose.

— Peut-être... Ou peut-être que vous pourriez me donner des leçons privées. » Elle observa Richard du coin de l'œil. Le visage rougi par le soleil et rayonnant de bonheur, il avait l'air plus détendu que jamais.

« Bonjour, Gillian, lança Richard lorsqu'elle fut à portée de voix. Quelle synchronisation parfaite ! Nous allions justement boire un verre.

— Je vois, répondit distraitement Gillian. Les messieurs de Briggs & Cie sont encore là ?

— Non, ils étaient pressés. Mais on va quand même fêter ça avec une coupe de champagne.

— Fêter ça ? reprit Lambert, ahuri. Qu'y a-t-il à fêter ?

— Le taux préférentiel que Briggs & Cie nous a accordé, expliqua Richard avec un grand sourire. Grâce au charme irrésistible de Fleur.

— Un taux préférentiel ? s'écria Philippa en ignorant la mine renfrognée de Lambert. Mais c'est formidable ! » Elle se tourna vers Fleur, les yeux remplis d'admiration.

« Ce serait formidable, rétorqua Fleur, si ce n'étaient pas deux escrocs finis.

— Comment ? » Tous la dévisagèrent sans comprendre.

« Ce n'est pas l'impression que vous avez eue ? insista Fleur.

— Eh bien…, commença Richard, hésitant.

— Bien sûr que non ! s'exclama violemment Lambert. Ces types sont des amis à moi.

— Ah, dit Fleur en haussant les épaules. Dans ce cas, je ne veux offenser personne. Mais moi, je pense que ce sont des escrocs, et si j'étais vous je ne ferais pas affaire avec eux. »

Philippa jeta un coup d'œil en direction de Lambert. Il avait du mal à respirer, et son visage était encore plus écarlate qu'avant.

« Ils trichent peut-être un peu au golf, reconnut Richard, mal à l'aise. Mais…

— Pas seulement au golf, poursuivit Fleur. Faites-moi confiance.

— Vous faire confiance ? s'offusqua Lambert, incapable de se contenir plus longtemps. Mais qu'est-ce que vous y connaissez, à tout ça ?

— Lambert ! coupa Richard d'un ton sec, avant de regarder Fleur avec un air attendri. Écoutez, ma chérie, je vais y réfléchir. Pour le moment, rien n'est signé.

— Très bien, approuva Fleur.

— Fleur, intervint calmement Gillian, vous avez…

— Comment ça, vous allez y réfléchir ? s'écria Lambert d'un ton scandalisé. Richard, ne me dites pas que vous prenez ces lubies au sérieux !

— Tout ce que j'ai dit, Lambert, c'est que j'allais y réfléchir.

— Mais bon sang, Richard, c'est tout réfléchi ! Le marché est conclu.

— On peut très bien l'annuler.

— C'est pas possible, je rêve !

— Fleur, reprit Gillian, avec un peu plus d'insistance cette fois. Vous avez de la visite.

— Depuis quand Fleur a-t-elle son mot à dire dans les décisions de l'entreprise ? » Le visage de Lambert était presque violet de rage. « Qui allez-vous consulter, la prochaine fois ? Le facteur ?

— Je ne fais que donner mon avis, indiqua Fleur en haussant les épaules. Vous êtes en droit de l'ignorer.

— Fleur ! » La voix de Gillian s'éleva au-dessus des autres. Tout le monde se tourna vers elle. « Votre fille est là. »

Il y eut un moment de silence.

« Ah oui ? répondit Fleur d'un air totalement détaché. Oui, c'est vrai, ça doit être les vacances scolaires. Comment est-elle arrivée jusqu'ici ?

— Votre fille ? répéta Richard, avec un petit rire incertain.

— Mais oui, je vous ai déjà parlé d'elle, non ?

— Je ne crois pas.

— Peut-être pas, alors. » La jeune femme paraissait tout à fait indifférente.

« Cette bonne femme est complètement givrée, murmura Lambert à l'oreille de Philippa.

— Elle a surgi de nulle part, expliqua Gillian, encore sous le choc. Comment s'appelle-t-elle, déjà ? Sarah ? Je n'ai pas bien compris son prénom.

— Zara, rectifia Fleur. Zara Rose. Où est-elle, à présent ?

— Elle est partie faire un tour, répondit Gillian, comme si c'était ça qui l'étonnait le plus. Avec Antony. »

Antony étudiait Zara du coin de l'œil en s'efforçant de trouver quelque chose à dire. Cela faisait maintenant dix bonnes minutes qu'ils marchaient côte à côte en silence. Les mains dans les poches, Zara avançait la tête bien droite, comme si elle voulait éviter de croiser le regard de quelqu'un. Elle avait les épaules très fines. En fait, Zara était l'une des personnes les plus minces qu'Antony ait jamais rencontrées. Elle avait des bras longs et maigres, et on pouvait pratiquement voir ses côtes à travers son tee-shirt. Elle n'avait pas vraiment de poitrine même si, pour son âge... Quel âge avait-elle, d'ailleurs ?

« T'as quel âge ? demanda le garçon.

— Treize ans. » Elle avait vraiment un accent américain, et un ton pas très amical. Après avoir passé une main dans sa longue chevelure blonde, elle l'enfonça de nouveau dans sa poche. Elle a les cheveux décolorés, remarqua Antony, en fin connaisseur.

« Et... tu vas à quelle école ? » Voilà un sujet de conversation anodin.

« À Heathland. C'est une école pour filles.

— C'est bien ?

— C'est un pensionnat.

— Et tu... Quand est-ce que tu es arrivée des États-Unis ?

— Je n'étais pas aux États-Unis.

— Au Canada, alors.

— J'ai vécu toute ma vie en Angleterre », répondit-elle platement. Cette conversation avait l'air de l'ennuyer profondément. Antony la dévisagea, perplexe.

« Mais tu as un accent...

— J'ai un accent américain. Et alors ? C'est mon choix. » Pour la première fois, elle lui fit face. Elle avait des yeux extraordinaires : verts, comme ceux de Fleur, mais très enfoncés et presque féroces.

« Tu as simplement décidé de parler avec un accent américain ?

« — Ouais.

— Pourquoi ?

— Comme ça.

— T'avais quel âge ?

— Sept ans. »

Ils continuèrent leur chemin en silence. Antony essayait de se souvenir de lui à sept ans. Aurait-il été capable de prendre une décision pareille ? Et surtout, de s'y tenir ? Probablement pas.

— Je suppose que ton père est riche, pas vrai ? » La voix rauque de Zara résonna dans l'air et Antony se sentit rougir.

« Oui, assez, fut-il forcé d'admettre. Enfin, pas si riche que ça. Mais ça va, quoi. Il est aisé. Enfin, tout est relatif. » Il savait qu'il devait paraître maladroit et prétentieux, mais il ne pouvait pas répondre autrement. « Qu'est-ce que ça peut te faire ? demanda-t-il à son tour, comme pour prendre l'initiative.

— Oh, rien… » Elle sortit les mains de ses poches et se mit à les examiner avec attention. Antony suivit son regard. C'étaient des mains toutes fines, légèrement hâlées, avec un énorme anneau en argent aux deux annulaires. Pourquoi ? se demanda Antony, tout à coup fasciné. Pourquoi observes-tu tes mains ? Pourquoi fronces-tu les sourcils ? Que cherches-tu ?

Soudain, elle fut lassée de ses mains et les fit disparaître dans ses poches. Elle se tourna vers Antony.

« Ça t'embête, si je fume un joint ? »

Le cœur d'Antony s'arrêta pendant une fraction de seconde. Cette fille n'avait que treize ans. Comment pouvait-elle déjà fumer des joints ?

« Non… Ça ne m'embête pas. » Il entendait sa propre voix s'envoler vers les aigus, frisant le registre de la panique.

151

« Où est-ce que tu vas pour fumer ? s'enquit Zara. À moins que tu ne fumes pas ?

— Si, si, affirma Antony, avec une précipitation quelque peu suspecte. Mais surtout à l'école.

— OK, rétorqua-t-elle en haussant les épaules. Mais bon, il doit bien y avoir un endroit, dans cette forêt.

— Il y a un endroit par là, indiqua-t-il en quittant la route pour s'enfoncer dans les bois. Les gens viennent ici pour... »

Comment était-il possible que cette fille n'ait que treize ans ? Elle avait deux ans de moins que lui. C'était absolument incroyable. « ... tu sais, conclut-il à mi-voix.

— Pour faire l'amour.

— Enfin. » Il avait des bouffées de chaleur ; sa tache de naissance lui semblait enfler à vue d'œil. « Ouais, dit-il alors qu'ils arrivaient dans une petite clairière. On y est.

— OK. » Elle s'accroupit, sortit une petite boîte de sa poche et se mit à rouler un joint avec l'agilité de quelqu'un qui a l'habitude.

Tandis qu'elle l'allumait et en aspirait la première bouffée, Antony attendit qu'elle relève la tête en disant : « Waouh, c'est du bon », comme Fifi Tilling faisait toujours. Mais Zara ne dit rien. Elle ne montra aucun signe de l'excitation forcée qui accompagnait d'habitude ce genre de rituel. À vrai dire, elle avait l'air à peine consciente de la présence d'Antony. Elle prit une seconde bouffée avant de lui tendre le joint sans un mot.

Cet après-midi, pensa Antony, j'étais parti pour rester à la maison et regarder deux ou trois vidéos pourries. Et, au lieu de ça, voilà que je me retrouve à fumer un joint avec la plus extraordinaire fille de treize ans que j'aie jamais vue.

« Ils sont sympas, dans ta famille ? demanda-t-elle de but en blanc.

— Ben… » Antony se sentait à nouveau décontenancé. Il lui vint à l'esprit les fêtes que ses parents donnaient chaque année pour Noël : couronnes de gui et vin chaud, tout le monde en grande tenue et s'amusant comme des fous. « Ben, ouais, finit-il par répondre. Je crois qu'on est plutôt sympas. Enfin, tu vois. On a pas mal d'amis, quoi. »

Ses mots retentirent dans le silence de la forêt ; Zara ne manifesta aucune réaction. Les feuillages des arbres projetaient des ombres mouvantes sur son visage, il était difficile de deviner son expression. Après un long moment, elle reprit la parole :

« Qu'est-ce que vous pensez de Fleur ?

— Elle est géniale ! s'exclama Antony avec une spontanéité sincère. On s'amuse bien, avec elle. Je n'aurais jamais cru…

— Attends, laisse-moi deviner : tu n'aurais jamais cru que ton père se remettrait avec quelqu'un d'autre », compléta Zara avant de tirer sur le joint. Antony la regarda d'un air curieux.

« Oui, c'est vrai, admit-il. Mais c'est normal, non ? On n'imagine jamais ses parents avec quelqu'un d'autre. » Zara ne releva pas.

Soudain, des bruits se firent entendre. Des gens venaient vers eux, et des voix indistinctes résonnaient contre les troncs des arbres. D'un geste vif, Zara écrasa le joint et l'enfouit sous une motte de terre. Antony prit une pause décontractée en s'appuyant en arrière sur les coudes. Un instant plus tard, Xanthe Forrester et Mex Taylor faisaient irruption dans la clairière. Xanthe tenait à la main une bouteille de vodka, elle avait les joues rouges et la chemise déboutonnée, révélant un soutien-gorge en vichy rose. Elle s'arrêta net en apercevant Antony et Zara.

« Antony ! s'écria-t-elle, abasourdie. Je ne savais pas que tu...

— Salut, Xanthe. Je te présente Zara, dit Antony avant d'ajouter en s'adressant à Zara : Voici Xanthe et Mex.

— Salut, lança Mex avec un clin d'œil à l'intention d'Antony.

— Salut, répondit Zara.

— Bon, faut qu'on y aille », enchaîna aussitôt Antony en se mettant debout. Il tendit une main à Zara pour l'aider à en faire autant, mais elle l'ignora et se redressa d'un bond, sans effort apparent. Xanthe ricana, et Antony sentit sa main s'élancer vers sa tache de naissance.

« Antony est un vrai gentleman, n'est-ce pas ? ironisa Xanthe en regardant Zara avec des yeux brillants de méchanceté.

— Ah bon ? » répliqua simplement Zara, sans relever la plaisanterie. Xanthe rougit de façon imperceptible et décida de continuer à rire comme si de rien n'était.

« J'suis complètement bourrée, confessa-t-elle en tendant la bouteille à Zara. Tiens, prends-en.

— Je ne bois pas, rétorqua Zara. Mais merci quand même. » Elle remit les mains dans ses poches.

« On ferait mieux d'y aller, dit Antony. Ta mère a dû rentrer.

— Ta mère ? s'étonna Xanthe. C'est qui, ta mère ? » Zara détourna la tête.

« Fleur, dit-elle avec une voix soudain très lasse. C'est Fleur, ma mère. »

Tandis qu'ils retournaient sans se presser vers les Érables, le soleil disparut derrière un nuage et la route fut plongée dans la pénombre. La mâchoire crispée, Zara s'efforçait de réprimer une envie de pleurer qui redoublait pourtant à chaque pas. C'était toujours comme ça, au début ; d'ici un ou deux jours, ça irait mieux. À l'école, on lui disait que c'était normal d'être triste quand on était loin de chez soi. Mais Zara savait bien que ça ne pouvait pas être ça puisqu'elle n'avait pas de chez elle. Il y avait l'école, avec son odeur de cire, son terrain de hockey et ses petites godiches de camarades de classe ; et puis il y avait l'appartement de Johnny et Felix, où il n'y avait pas vraiment de place pour elle ; et enfin il y avait l'endroit où Fleur se trouvait être à ce moment-là. Il en avait toujours été ainsi, aussi loin qu'elle puisse remonter dans sa mémoire.

Elle avait été en pension depuis l'âge de cinq ans. Avant ça, elles avaient sûrement dû habiter quelque part, mais elle ne s'en souvenait plus, et Fleur prétendait ne pas s'en souvenir non plus. Sa première vraie maison avait donc été le pensionnat de Bayswater, une élégante bâtisse peuplée d'enfants de diplomates tous vêtus de beaux habits. Zara s'y était beaucoup plu ; elle adorait toutes ses maîtresses, et en particulier Mme Burton, la directrice.

Mais, surtout, elle vouait une passion sans bornes à Nat, son meilleur ami, qu'elle avait rencontré dès le premier jour d'école. Les parents de Nat travaillaient à Moscou et, comme il le lui avait confié un soir autour d'un bol de chocolat chaud, ils n'aimaient pas du tout leur fils. Mais alors pas du tout.

« Ma mère ne m'aime pas non plus, avait répondu Zara du tac au tac.

— Je pense que ma mère m'aime, avait rectifié Nat, mais mon père me déteste. » Zara avait réfléchi un instant avant de reprendre :

« Moi, je ne connais pas mon père… Mais il est américain. » Nat l'avait considérée avec respect.

« C'est un cow-boy ?

— Je crois. Il a un très grand chapeau. »

Le lendemain, Nat avait dessiné le père de Zara avec son chapeau, et leur amitié avait été scellée à jamais. Désormais, ils s'asseyaient côte à côte à tous les cours, s'amusaient tous les deux à la récréation, se mettaient toujours ensemble dans le rang, et, même – chose formellement interdite –, ils se glissaient parfois dans le même lit la nuit pour se raconter des histoires.

Et puis, un beau jour, quand Zara avait sept ans, elle était revenue à l'école après avoir passé une semaine de vacances à siroter des milk-shakes à la fraise dans une suite d'hôtel de Kensington et avait trouvé le lit de Nat défait et son armoire vide. Mme Burton s'était mise à lui expliquer gentiment que les parents de Nat avaient déménagé sans prévenir de Moscou à Washington, et qu'ils étaient venus chercher leur fils au pensionnat pour l'emmener vivre avec eux… Avant même qu'elle ait eu le temps de finir, les hurlements de Zara résonnaient dans tout le bâtiment. Nat l'avait abandonnée. Ses parents l'aimaient, finalement. Il était parti pour l'Amérique, où son père à elle était cow-boy, sans seulement lui dire au revoir.

Elle pleura tous les jours pendant une semaine, refusant de s'alimenter, refusant d'écrire à Nat, refusant même de parler avant d'accepter de dire quelques mots avec ce qu'elle prenait pour un accent américain. La directrice avait fini par convoquer d'urgence Fleur, et Zara l'avait suppliée encore et encore de l'emmener vivre aux États-Unis.

Au lieu de cela, Fleur l'avait aussitôt retirée de Bayswater pour l'envoyer dans une école privée non mixte dans le comté de Dorset, où les filles des fermiers de la région pouvaient monter leurs propres poneys, garder leurs chiens, et ne formaient pas entre elles de liens affectifs contre nature. Quand Zara était arrivée là-bas, on l'avait regardée comme la bête curieuse venue de Londres, encline aux larmes et accrochée à son accent américain. Elle n'avait jamais cessé depuis d'être une bête curieuse.

Elle était incroyable, tout comme Fleur... mais totalement différente. Antony marchait en silence à côté de Zara, la tête bourdonnant de mille pensées, le corps vibrant d'une légère excitation. Les conséquences de la venue de Zara commençaient seulement à prendre forme dans son esprit. Si elle restait habiter aux Érables, il aurait quelqu'un avec qui s'amuser. Quelqu'un avec qui frimer devant les autres. L'expression de Xanthe avait changé du tout au tout quand elle avait vu Zara. Mex aussi avait paru impressionné.

Antony se surprit alors à espérer avec ferveur que son père n'allait pas faire de bêtise, par exemple rompre avec Fleur. C'était bien d'avoir Fleur à la maison. Et ce serait encore mieux avec Zara. Elle n'était pas exactement la personne la plus chaleureuse du monde, mais ça n'avait pas d'importance. Peut-être se décoincerait-elle au bout d'un moment. Il lui jeta un coup d'œil discret. Elle avait le front plissé, l'air tendu et les yeux brillants. Et flûte, pensa Antony. Elle est sans doute énervée d'avoir dû s'interrompre avant d'avoir fini son joint. Les drogués étaient toujours des gens un peu bizarres.

Comme ils passaient le coin d'une maison, le soleil couchant illumina soudain le visage de Zara. Antony sentit son cœur bondir dans sa poitrine. Dans ce bref éclat de lumière, l'expression de Zara paraissait moins dure que mélancolique, et ses yeux semblaient briller de larmes, et non de rage. Et, tout à coup, au lieu d'une fumeuse de haschisch, elle lui apparut simplement comme une petite fille un peu perdue.

Le temps qu'ils parviennent aux Érables, on avait déjà attribué une chambre à Zara, et tout le monde attendait son retour.

« Ma chérie ! s'écria Fleur aussitôt qu'Antony et elle franchirent la porte d'entrée. Viens, allons dans ta chambre », ajouta-t-elle avant que personne d'autre n'ait pu dire un mot. Elle se tourna vers Richard. « Ça ne vous ennuie pas si je passe un moment seule avec ma fille ?

— Mais pas du tout ! Prenez votre temps. » Richard adressa un sourire bienveillant à Zara. « Laisse-moi juste te dire combien je suis heureux de te rencontrer, Zara. Nous sommes tous ravis de ta présence. »

Zara se tut pendant qu'elles montaient l'escalier et suivaient le couloir jusqu'à sa chambre. Puis, dès que la porte se referma sur elles, elle prit violemment sa mère à partie :

« Tu ne m'avais pas dit où tu étais.

— Ah bon ? Je croyais l'avoir fait, pourtant. » Fleur marcha jusqu'à la fenêtre et l'ouvrit en grand. « Ah ! C'est bien mieux comme ça. Ne prends pas cet air si fâché, ma puce. Je savais que Johnny te dirait où j'étais.

— Johnny n'était pas là. » Zara détachait chaque mot avec une sorte de rage contenue. « L'école est finie depuis une semaine. J'ai dû aller à l'hôtel.

— C'est vrai ? s'étonna Fleur. Lequel ? » Zara se raidit brusquement.

« Ce n'est pas le problème. Tu aurais dû me dire où tu étais. Tu l'avais promis.

— Mais je t'assure que c'était mon intention, ma douce. Enfin, bref, maintenant tu es là. C'est l'essentiel. »

Zara s'assit sur le tabouret de la coiffeuse et observa le reflet de sa mère dans le miroir.

« Qu'est-ce qui s'est passé, avec Sakis ?

— J'ai tourné la page, expliqua Fleur avec un vague signe de la main. Ce sont des choses qui arrivent.

— Pas d'argent, c'est ça ? Il avait l'air plein aux as, non…

— Tais-toi ! s'exclama Fleur, rouge de colère. Quelqu'un pourrait t'entendre. » Zara haussa les épaules et sortit un chewing-gum de sa poche.

« Alors, c'est qui ce type ? demanda-t-elle en désignant du menton la porte. Il est riche ?

— Il est très gentil, répondit Fleur.

— Tu l'as rencontré où ? À un enterrement ?

— À un service funèbre.

— Ah ahhh. » Zara ouvrit un tiroir de la coiffeuse et considéra les rayures du papier qui en couvrait l'intérieur pendant quelques secondes avant de le refermer d'un geste sec. « Tu comptes rester ici combien de temps ?

— Ça dépend.

— Unh hun. » Zara mâchait son chewing-gum avec vigueur. « Tu veux pas m'en dire plus ?

— Tu es une enfant, rétorqua Fleur. Tu n'as pas besoin de tout savoir.

— Si ! protesta Zara. Bien sûr que si ! » Fleur tressaillit.

« Zara ! Parle plus doucement.

— Écoute, Fleur, murmura-t-elle entre ses dents. J'ai besoin de savoir. J'ai besoin de savoir ce qui se passe. Avant, tu me racontais tout. Tu te souviens ? Tu me disais toujours où on allait, qui étaient les gens et ce qu'il fallait dire. Et maintenant tu comptes sur moi pour… pour que je te retrouve toute seule. Tu peux être n'importe où, et moi je suis censée te retrouver, et ensuite je suis censée dire ce qu'il faut, ne pas me tromper…

— Tu n'as rien besoin de dire.

— Je n'ai plus dix ans. Les gens me parlent. Ils me posent des questions. Je ne vais pas continuer à répéter que je ne sais pas ou que je ne me souviens plus.

— Tu es suffisamment intelligente pour savoir quoi faire.

— Et tu n'as pas peur que je fasse une gaffe ? demanda Zara en regardant sa mère avec un air de défi. Tu n'as pas peur que je mette tous tes plans par terre ?

— Non. Je n'ai pas peur. Parce que tu sais très bien que, si tu fais ça, tu auras autant de soucis que moi. L'argent ne tombe pas du ciel, tu vois ; ni ce truc horrible que tu fumes, d'ailleurs. » Zara releva brusquement la tête. « C'est Johnny qui m'en a parlé, ajouta Fleur. Il était choqué.

— Qu'il aille se faire foutre ! » Fleur réprima un sourire.

« Ça fera une livre dans la boîte à jurons de Felix », dit-elle. Ne pouvant s'empêcher de rire, Zara choisit de baisser la tête. Elle se mit à mastiquer de plus belle en contemplant l'énorme bague en argent qu'elle portait à la main gauche ; c'était Johnny qui la lui avait offerte pendant la semaine épouvantable qu'elle avait passée entre le pensionnat de Bayswater et l'école pour filles de Heathland. « Chaque fois que ça ne va pas, lui avait-il expliqué, frotte cette bague et tu verras apparaître mon visage qui te sourira. » Elle l'avait cru. Elle le croyait toujours à moitié, d'ailleurs.

« Au fait, reprit Zara. Johnny veut que tu l'appelles. C'est urgent. »

Fleur laissa échapper un soupir. « De quoi s'agit-il, cette fois ?

— J'sais pas, répondit Zara en haussant les épaules. Il a pas voulu me dire. C'est important, je crois.

— Un enterrement ?

— J'sais pas. Il a pas voulu me dire, je te répète. »

Fleur soupira de nouveau avant de se mettre à examiner ses ongles.

« Urgent… Qu'est-ce que ça veut dire ? Je parie qu'il est en train de choisir un nouveau papier peint.

— Ou bien il va à une fête et il ne sait pas comment s'habiller…

— Ou peut-être qu'il a encore perdu son ticket du pressing. Tu te souviens ? » Fleur croisa le regard de sa fille et, pour la première fois depuis leurs retrouvailles, elles se sourirent. C'est toujours comme ça, songea Zara. C'est toujours quand on parle de Johnny qu'on s'entend le mieux. Le reste du temps, laisse tomber.

« Bon, je te verrai plus tard, annonça Fleur en se levant d'un bond. Et puisque les détails t'intéressent autant, sache que la femme de Richard s'appelait Emily et que c'était une amie à moi il y a longtemps. Mais on ne parle pas beaucoup d'elle.

— Ça, renchérit Zara avant de cracher son chewing-gum dans la corbeille, je m'en serais doutée. »

À huit heures précises, Gillian apporta une bouteille de Pimm's dans le salon.

« Où est papa ? demanda Philippa qui entrait dans la pièce en lançant un regard à la ronde. Je l'ai à peine vu de la journée, et on ne va pas rester trop tard.

— Il travaille encore, répondit Lambert. Dans son bureau. » Il prit le verre que Gillian lui tendait et en but plusieurs longues gorgées d'affilée. Il avait l'impression que, sans alcool dans le sang, son corps se mettrait littéralement à bouillir d'impatience. Depuis qu'ils étaient arrivés, il s'était faufilé jusqu'au bureau aussi souvent que possible mais, chaque fois, la lumière était allumée, la porte légèrement entrouverte, et l'on pouvait voir dans l'entrebâillement la tête de Richard dépasser de son fauteuil. Cet imbécile n'avait pas bougé de la journée. Lambert avait raté sa chance ; il allait devoir rentrer à Londres sans avoir avancé d'un pouce dans son histoire de découvert bancaire. Sans parler du contrat avec Briggs & Cie, qui aurait dû être signé une fois pour toutes avant six heures. Lambert sentait une rage contenue lui ronger la poitrine. Cette journée n'avait été qu'une suite de catastrophes. Et tout ça, c'était la faute de cette foutue bonne femme, Fleur.

« Lambert, vous connaissez Zara ? » Voilà qu'elle venait l'emmerder de nouveau, vêtue d'une robe rouge moulante qui lui donnait l'air d'une putain, souriant comme si elle était la maîtresse des lieux, accompagnée de sa fille.

« Bonjour, Zara », dit-il en observant la courbe des seins de Fleur sous sa robe. Zara. Qu'est-ce que c'était que ce prénom de merde ?

« Coucou ! » Philippa se précipita vers la jeune fille avec un enthousiasme débordant. En rentrant du club de golf, une idée lui était venue : elle pouvait devenir amie avec la fille de Fleur. Elle serait un peu la grande sœur. Ensemble, elles pourraient parler chiffons, maquillage, petits copains ; Zara se confierait à elle, et Philippa lui donnerait de subtils conseils... « Je m'appelle Philippa, dit-elle en souriant à Zara. Je suis la grande sœur d'Antony.

— Bonjour, Philippa », rétorqua Zara d'une voix plate et distante. Il y eut un moment de silence.

« Tu veux un peu de limonade, ma grande ? proposa Gillian.

— De l'eau, merci, répondit Zara.

— On peut manger bientôt, ajouta Gillian en se tournant vers Philippa. Si vous devez partir tôt... Dès que ton père descend. Pourquoi tu ne l'appelles pas, qu'on puisse passer à table ?

— D'accord », acquiesça Philippa en rechignant. Elle jeta un dernier coup d'œil vers Zara ; jamais elle n'avait vu quelqu'un d'aussi maigre. Elle aurait pu être mannequin. Était-ce vrai qu'elle n'avait que treize ans ? Elle avait plutôt l'air d'en avoir...

« Philippa ! » La voix de Gillian l'interrompit dans sa rêverie.

« Désolée, s'excusa Philippa. J'étais encore dans la lune ! » Elle essaya de croiser le regard de Zara en riant, mais l'adolescente détourna la tête. Philippa se sentit humiliée. Pour qui cette gamine se prenait-elle donc ?

Sur ces entrefaites, Richard apparut à la porte.

« Excusez-moi de vous avoir fait attendre, dit-il. Il fallait que je réfléchisse. »

Philippa percevait la nervosité de Lambert. Elle lui donna un petit coup de coude pour attirer son attention et roula des yeux avec insistance en direction de Zara. Mais Lambert l'ignora. Elle fit une moue vexée. Décidément, tout le monde l'ignorait, ce soir ; même son propre mari.

« Et maintenant, poursuivit Richard, portons un toast. » Il leva le verre que Gillian lui avait donné. « Un toast de bienvenue à Zara.

— Bienvenue à Zara », répétèrent docilement les autres.

Philippa plongea le regard dans son verre. À quand remontait la dernière fois qu'on avait porté un toast en son honneur ? La dernière fois qu'on l'avait accueillie quelque part ? Oui, tout le monde l'ignorait, même sa propre famille. Elle n'avait aucun ami. Gillian ne s'intéressait pas plus à elle que les autres. Personne ne s'intéressait à elle. Philippa cligna plusieurs fois des yeux et s'accrocha avec fermeté à l'amorce d'émotion qui s'esquissait dans son esprit, jusqu'à ce qu'une larme finisse tout de même par jaillir de son œil. Et voilà, ils m'ont fait pleurer, pensa-t-elle. Je pleure, et personne ne s'en rend compte. Une deuxième larme perla à sa paupière, et elle renifla bruyamment.

« Philippa ! s'exclama Richard d'une voix affolée. Ça va, ma chérie ? »

Philippa le regarda, le visage tremblotant.

« Ça va, répondit-elle d'une voix ténue. J'étais juste en train de penser... à maman. Je... je ne sais pas pourquoi.

— Oh, ma chérie. » Richard se précipita vers elle.

« Ne t'en fais pas, dit Philippa. Je vais bien, je t'assure. » Elle renifla une nouvelle fois avant de sourire à son père, qui lui mit un bras autour des épaules pour la conduire dans une autre pièce. Personne ne pipait mot ; tout le monde la regardait s'éloigner en silence. Comme elle passait devant Zara, Philippa releva la tête, espérant rencontrer un regard compatissant. Mais quand elle vit la mine indifférente de la jeune fille, un frisson glacé lui parcourut le dos, et son visage commença à se décomposer. Elle avait l'impression d'être stupide et transparente, comme si Zara pouvait lire dans ses pensées.

« Je suis désolée pour vous, murmura Zara d'une voix calme.

— Comment ça ? » demanda Philippa, décontenancée.

L'expression de Zara ne vacilla pas une seconde.

« Pour la perte de votre mère.

— Ah, merci. » Philippa laissa échapper un profond soupir et s'efforça de retrouver son air courageux. Mais elle ne se sentait plus courageuse du tout. Ses larmes avaient séché ; plus personne ne faisait attention à elle ; Lambert discutait de cricket avec Antony. Son moment était passé, et c'était Zara qui le lui avait volé.

9

Une semaine plus tard, lors de sa lecture quotidienne du *Times*, Richard fut pris d'un accès d'euphorie :

« Regardez ça ! » s'exclama-t-il en désignant au bas de la page « Économie » un petit encadré intitulé « Un comptable suspendu de ses fonctions ». Fleur parcourut rapidement l'article, et un sourire éclaira aussitôt son visage.

« Je vous l'avais bien dit ! triompha-t-elle. Je savais que ces gens étaient des escrocs.

— Que se passe-t-il ? » demanda Gillian en entrant dans la pièce. Richard la regarda d'un air radieux.

« Les gens avec qui nous avons joué au golf la semaine dernière. Briggs & Cie. L'un d'eux s'est fait prendre en train de trafiquer les comptes d'une entreprise. C'est dans le journal.

— Mon Dieu ! s'offusqua Gillian, quelque peu confuse. Et c'est une bonne chose ?

— Non. La bonne chose, c'est que nous avions décidé de ne pas faire affaire avec eux. La bonne chose, c'est que Fleur avait pressenti le danger. » Richard attrapa la main de Fleur, qu'il serra dans la sienne avec tendresse. « Fleur elle-même est une très bonne chose, ajouta-t-il. Je crois que nous sommes tous d'accord là-dessus. » Il leva les yeux vers Gillian. « Tu es toute belle.

— Je vais à mon cours de bridge, répondit-elle avant de se tourner vers Fleur. Vous êtes sûre que vous ne voulez pas venir ?

— Oh non ! J'ai déjà assez de mal comme ça avec ce qu'on a appris la semaine dernière. Je n'arrive toujours pas à me rappeler combien il y a de plis dans une couleur... ou le contraire, peut-être. » Fleur fronça le nez comme une petite fille, et Gillian ne put s'empêcher de rire. « D'ailleurs, Tricia était ravie de trouver une partenaire. Alors, allez-y. Et amusez-vous bien.

— Bon... » Gillian s'interrompit pour lisser les plis de sa veste sur ses hanches. C'était une nouvelle veste, en lin bleu pâle, qu'elle avait achetée quelques jours plus tôt lors d'une séance de shopping avec Fleur. Elle la portait avec une longue jupe beige, nouvelle elle aussi, et l'écharpe bleue que Fleur lui avait donnée. « Si vous êtes vraiment sûre..., conclut-elle.

— Sûre et certaine, renchérit Fleur. Et n'oubliez pas que c'est moi qui m'occupe du dîner ce soir. Alors, prenez votre temps pour rentrer.

— D'accord. » Gillian esquissa un sourire. « Je m'amuse beaucoup à ces cours de bridge, vous savez. Je n'aurais jamais cru qu'un jeu de cartes puisse être aussi stimulant !

— J'ai toujours aimé le bridge, affirma Richard. Mais Emily n'avait jamais envie d'y jouer.

— Ça demande beaucoup de concentration, reprit Gillian, mais c'est ça qui me plaît, en fait.

— J'en suis ravi, dit Richard avec un grand sourire. Ça fait plaisir de voir que tu t'es trouvé une passion. » Gillian rougit légèrement.

« C'est juste un passe-temps, nuança-t-elle. Je serai sans doute rentrée à temps pour le dîner, Fleur. Vous n'avez pas besoin de vous en occuper.

— Mais je veux m'en occuper ! Allez, maintenant, filez ou vous serez en retard !

— Très bien », répondit Gillian. Elle hésita encore un instant avant de ramasser son sac et de se diriger vers la porte. Mais elle s'arrêta sur le seuil, et se retourna une dernière fois vers Richard et Fleur.

« Vous trouverez tout dans le Frigidaire, je pense. » Richard éclata de rire. « Gillian, va-t'en ! »

Lorsqu'elle eut enfin réussi à partir, Richard et Fleur retombèrent dans un silence paisible.

« Ça m'étonne que Lambert n'ait pas téléphoné, dit brusquement Richard. Il a pourtant dû voir le journal, ce matin.

— Il est sûrement gêné.

— Et il a bien raison. Mais il vous doit aussi des excuses. » Il reposa son journal en soupirant. « J'ai bien peur de devoir admettre que, plus je connais Lambert, moins je l'apprécie. J'imagine que Philippa doit être amoureuse, mais… » Il haussa les épaules sans terminer sa phrase.

« Ça vous a surpris, quand ils se sont mariés ? demanda Fleur.

— Oui, assez. Je pensais qu'ils faisaient les choses un peu trop vite, peut-être. Mais ils avaient l'air d'y tenir. Et Emily était ravie. Elle n'avait pas l'air étonnée le moins du monde. » Il marqua une pause avant d'ajouter : « L'intuition maternelle, je suppose.

— Et l'intuition paternelle, alors ?

— Temporairement hors service, peut-être, répondit-il avec un grand sourire. Parce que, avec le recul, ils ont l'air très heureux ensemble. Vous ne trouvez pas ?

— Oh si, approuva Fleur sans conviction. Très heureux. Mais je suis d'accord avec vous, pour Lambert. J'ai été assez déroutée par son hostilité à mon égard, ce jour-là. Comme s'il se méfiait de moi. » Elle regarda Richard avec un air blessé. « Je ne faisais que donner mon avis.

— Mais bien sûr ! Et vous aviez vu juste, en plus ! Lambert nous doit quelques explications à ce sujet, d'ailleurs. Sans vous... » Il laissa sa phrase en suspens et considéra Fleur avec plus d'amour dans les yeux qu'elle n'en avait jamais vu jusque-là.

Fleur soutint son regard pendant un moment, s'efforçant de réfléchir à toute vitesse.

« Oh non ! s'écria-t-elle soudain en plaquant une main sur sa bouche.

— Quoi ?

— Rien, ça ne fait rien, soupira-t-elle. C'est juste mon portefeuille. Vous vous souvenez que je l'ai perdu, la semaine dernière ?

— Ah bon ?

— Je ne vous l'ai pas dit ? Je l'ai perdu en faisant des courses. Je suis allée voir la police, mais vous savez comment ils sont...

— Mais je l'ignorais ! s'exclama Richard. Vous avez fait opposition sur vos cartes ?

— Oui, c'est là le problème. Je n'ai pas encore reçu mes nouvelles cartes.

— Vous avez besoin d'argent ? demanda Richard en plongeant déjà la main dans sa poche. Chérie, vous auriez dû me le dire !

— L'ennui, c'est que ça va prendre un certain temps avant que la banque ne me renouvelle mes cartes de crédit. C'est un peu compliqué. Vous savez que j'ai un compte aux îles Caïmans. Et un autre en Suisse, bien entendu.

— Non, je l'ignorais. Mais, venant de vous, rien ne me surprend plus.

— En général, ils sont plutôt efficaces. Mais ils sont totalement incompétents quand il s'agit de délivrer une nouvelle carte.

— Vous devriez essayer une banque normale, comme tout le monde.

— Je sais… Mais mon comptable m'a conseillé de m'expatrier, pour des histoires compliquées… » Elle fit un geste vague de la main.

« Tenez, voici cent livres, offrit Richard en lui tendant une petite liasse de billets.

— Non, non, j'ai du liquide, répondit Fleur d'un air détaché. C'est juste que… Je viens de me souvenir que c'est l'anniversaire de Zara la semaine prochaine. J'avais complètement oublié !

— L'anniversaire de Zara ! Vraiment…

— Je voudrais tant lui faire un beau cadeau, dit-elle comme pour elle-même, en tapotant ses ongles sur l'accoudoir de son fauteuil. Ce dont j'ai réellement besoin, c'est d'une nouvelle Gold Card. Et vite.

— Je peux leur passer un coup de fil, suggéra Richard.

— Je vous dis qu'ils sont désespérants… » Elle pianota encore un moment sur son fauteuil avant de relever brusquement la tête. « Richard, vous avez une Gold Card, n'est-ce pas ? Vous croyez que vous pourriez me faire inscrire dessus rapidement ? Dans les jours qui viennent ? Comme ça, je pourrais faire un saut à Guildford et trouver un cadeau pour Zara… et, d'ici là, je pense que mes nouvelles cartes seront arrivées… Si j'ai de la chance ! » Elle regarda Richard

170

d'un air grave. « Je sais que c'est beaucoup vous demander…

— Eh bien…, hésita Richard. Non, ce n'est pas grand-chose. Je serais ravi de pouvoir vous dépanner. Mais je ne suis pas sûr qu'on ait besoin de vous faire faire une Gold Card, c'est un peu compliqué. Pourquoi est-ce que je ne vous prêterais pas de l'argent, tout simplement ?

— Du liquide ? Je n'emporte jamais de liquide avec moi quand je vais faire des courses. J'aurais l'impression de me mettre moi-même en position de proie idéale.

— Dans ce cas, je pourrais vous accompagner… Ça me ferait plaisir, de vous aider à chercher un cadeau pour Zara. Vous savez, ajouta-t-il avec un regard attendri, je me suis beaucoup attaché à elle. Même si je trouve qu'elle ne mange pas assez !

— Pardon ? » Fleur le dévisagea avec stupeur, temporairement distraite.

« Toute cette salade et ces grands verres d'eau ! Chaque fois que je la vois picorer son assiette comme un petit oiseau, je ressens un besoin urgent de lui préparer des œufs au bacon et de la forcer à les manger jusqu'à la dernière miette ! » Richard haussa les épaules. « Je suis sûr que vous avez raison de ne pas attirer l'attention sur ses habitudes alimentaires ; et il ne s'agit sans doute pas là d'un véritable problème. Mais elle est si maigre… » Il eut un sourire bienveillant. « Connaissant Zara, j'imagine qu'elle n'apprécierait pas franchement qu'on lui dise comment se nourrir !

— Non, confirma Fleur. Pas franchement.

— En tout cas, reprit Richard avec les yeux brillants, elle aura un gâteau d'anniversaire, qu'elle le veuille ou non ! On fera une fête pour elle. Peut-être qu'on pourrait lui faire une surprise !

— Quand est-ce que vous pensez pouvoir me mettre sur votre Gold Card ? D'ici à samedi ?

— Fleur, je ne suis pas sûr que ce soit une très bonne idée.

— Ah. » La jeune femme le considéra d'un air impassible. « Pourquoi ?

— C'est juste que… c'est quelque chose que je n'ai jamais fait. De mettre le nom de quelqu'un d'autre sur ma carte. Et ça ne me semble pas nécessaire.

— Oui, je vois… » Fleur se tut un moment, pensive. « Emily n'était pas sur votre carte ?

— Non. Elle avait la sienne. On a toujours fait comptes séparés. C'était plus raisonnable.

— Séparés ? » Fleur regarda Richard avec une expression de surprise feinte, en espérant que l'irritation qu'elle commençait à ressentir ne transparaîtrait pas. Comment osait-il regimber quand elle lui demandait de la mettre sur sa Gold Card ? Que lui arrivait-il, tout à coup ? Était-elle en train de perdre son pouvoir de persuasion ? « Mais c'est curieux ! finit-elle par dire. Vous étiez mariés ! Vous ne souhaitiez pas tout partager avec elle ?

— Si, au début, c'était ce que je désirais. J'aimais bien l'idée d'avoir un compte commun. Je voulais qu'on mette tout en commun. Mais pas Emily. Elle préférait que nos comptes soient séparés. Elle avait le sien, ses cartes de crédit, et… » Il s'interrompit et esquissa un sourire penaud. « Je ne sais pas comment nous en sommes arrivés à parler de ça. Ça n'a aucun intérêt.

— L'anniversaire de Zara, lui rappela Fleur.

— Ah oui. Ne vous en faites pas… on lui fera une belle fête.

172

— Et vous ne croyez pas que ce serait plus pratique de mettre mon nom sur votre carte ? Histoire de pouvoir faire les courses avec...

— Pas vraiment. Mais, si vous voulez, on peut vous faire faire une carte à votre nom.

— D'accord », accepta Fleur d'un ton faussement enjoué. Sa mâchoire se raidit de manière imperceptible, et elle se plongea dans l'examen minutieux de ses ongles. Richard passa à la section Sports du *Times*. Pendant quelques minutes, ils restèrent silencieux. Puis, sans relever la tête, Fleur annonça : « Je vais sans doute devoir aller à un enterrement, bientôt.

— Oh, ma pauvre !

— Un ami de Londres m'a demandé de l'appeler. Nous attendons une mauvaise nouvelle depuis quelque temps. J'ai le sentiment que c'est peut-être ça.

— Je sais ce que c'est, déclara Richard avec calme. Ces choses-là peuvent s'éterniser. Vous savez, parfois, je me dis qu'il vaut mieux...

— Oui, coupa Fleur en attrapant le *Times* qu'elle ouvrit à la page du Carnet mondain. Moi aussi. »

« Combien de temps tu vas habiter chez nous ? » demanda Antony. Il était assis à côté de Zara dans un coin reculé du jardin, grignotant des fraises qu'il cueillait distraitement autour de lui tandis qu'elle était absorbée par la lecture d'un épais magazine sur papier glacé. Zara releva la tête. Elle portait des lunettes de soleil opaques qui empêchaient de lire son expression.

« Je ne sais pas, répondit-elle en se replongeant aussitôt dans son magazine.

— Ce serait cool que tu sois encore là quand Will rentrera. » Antony attendit que Zara lui demande qui était Will, ou ce qu'il faisait en ce moment. Sa seule réaction fut de mâcher son chewing-gum plus vigoureusement et de tourner la page. Antony engloutit une fraise tout en se demandant pourquoi il ne partait pas faire autre chose, jouer au golf, par exemple. Zara était assez grande pour rester seule, après tout ; elle ne disait à peu près rien ; elle ne riait ni même ne souriait jamais. On ne pouvait pas dire qu'ils s'éclataient ensemble. Pourtant, quelque chose chez elle le fascinait. Il aurait très bien pu se contenter de rester assis là toute la journée à la contempler, sans rien faire d'autre. Mais, en même temps, il trouvait bizarre de demeurer seul avec quelqu'un sans même essayer de lui parler.

« Tu vis où, d'habitude ? risqua-t-il timidement.

— On bouge.

— Mais t'as bien une maison… ? » Zara haussa les épaules, et Antony réfléchit en silence pendant un moment.

« Par exemple… T'étais où, aux dernières vacances ?

— Chez un ami, répondit Zara, évasive. Sur son yacht.

— Ah, d'accord. » Antony changea de position. Les yachts ne faisaient pas partie de son expérience. Tout ce qu'il savait, d'après ce qu'il avait entendu à l'école, c'était qu'il fallait être drôlement riche pour en avoir un. Il considéra Zara avec un respect nouveau, en espérant qu'elle lui en dise plus. Mais elle était toujours concentrée sur son magazine. Antony regarda les photos par-dessus son épaule. C'étaient toutes des filles comme Zara, jeunes et minces, avec des épaules rachitiques et des joues creuses, qui regardaient droit dans l'objectif avec de grands yeux tristes. Aucune n'avait l'air plus âgée que Zara. Il se demanda si elle se reconnaissait dans ces images, ou si elle regardait juste les habits. Personnellement, il trouvait ces tenues plus horribles les unes que les autres.

« Tu aimes les vêtements de créateurs ? » demanda-t-il. Il examina le tee-shirt qu'elle portait. Était-ce une marque connue ? Il n'en avait pas la moindre idée. « Ta mère est toujours très bien habillée », ajouta-t-il d'un ton poli. Une image se présenta à son esprit : Fleur dans une robe rouge, tout en courbes, les cheveux brillants, pétillante de gaieté. Zara était le strict opposé de sa mère ; elle n'aurait pas pu être plus différente d'elle, même en le faisant exprès. Il songea alors qu'elle le faisait peut-être exprès, justement.

« Tu es de quel signe ? » La voix rauque de Zara le sortit brusquement de sa rêverie.

« Euh… Bélier. »

Sans lever les yeux, elle se mit à lire tout haut : « L'activité planétaire de Pluton transforme le cours de votre vie. Après le 18, vous entrerez dans une phase plus résolue. » Elle s'interrompit pour tourner la page.

« Tu crois vraiment à ces trucs-là ? s'informa Antony avant qu'elle ne poursuive.

— Ça dépend de ce qu'ils disent. Quand c'est positif, j'y crois. » Elle le regarda à la dérobée, et un léger sourire apparut au coin de ses lèvres.

« Et le tien, qu'est-ce qu'il dit ? T'es quoi ?

— Sagittaire, répondit-elle en jetant le magazine plus loin. Ça dit : "Occupe-toi de ta vie et arrête de lire des horoscopes bidon." » Elle renversa la tête en arrière et prit une profonde inspiration. Antony se creusa les méninges. C'était le moment de relancer la conversation.

« Tu vas souvent en boîte ?

— Ouais. Quand on est à Londres. Et quand j'ai quelqu'un avec qui y aller.

— Je vois… » Antony réfléchit. « Ton père habite à Londres ?

— Non. Il habite aux États-Unis.

— Ah, d'accord ! Il est américain ?

— Oui.

— Cool ! Où est-ce qu'il habite ? » Voilà, super, se dit Antony. Ils commenceraient à parler des endroits où ils avaient été aux États-Unis. Il pourrait lui raconter son voyage scolaire en Californie. Peut-être même lui montrer ses photos.

« Je ne sais pas, répondit Zara en détournant la tête. Je ne l'ai jamais vu. Je ne sais même pas comment il s'appelle.

— Quoi ? » Antony, sur le point d'exposer sa science sur San Francisco, en eut le souffle coupé. Avait-il bien entendu ? « Tu ne sais pas comment s'appelle ton père ? répéta-t-il, en essayant de prendre un ton intrigué plutôt que choqué.

— Non.

— Ta mère ne te l'a jamais dit ?

— D'après elle, ça n'a aucune importance de savoir comment il s'appelle.

— Tu sais des choses sur lui ?

— Non.

— Alors pourquoi dis-tu qu'il habite aux États-Unis ?

— C'est la seule chose qu'elle m'ait jamais dite. Il y a très longtemps, quand j'étais gamine. » Elle replia ses genoux contre sa poitrine. « J'ai toujours pensé… » Elle leva la tête, et le soleil se réfléchit violemment dans ses lunettes. « J'ai toujours pensé que c'était un cow-boy.

— Peut-être que c'est le cas », suggéra Antony. Il observa Zara, toute recroquevillée et squelettique, et l'imagina détendue et riante, assise sur la croupe d'un cheval, devant un cow-boy bronzé et viril. Pourquoi pas, après tout ?

« Pourquoi est-ce que ta mère ne veut rien te dire ? demanda-t-il sans ménagement. C'est pas illégal, ça ?

— Peut-être bien, répondit Zara en soupirant. Mais ce n'est pas ça qui va effrayer Fleur. Elle ne veut rien me dire parce qu'elle ne veut pas que j'essaie de le retrouver. C'est comme… C'est son passé à elle, pas le mien.

— Mais c'est ton père !

— En effet. C'est mon père. » Elle releva ses lunettes de soleil sur son front et regarda Antony dans les yeux. « Mais ne t'inquiète pas, je le retrouverai quand même.

— Comment ?

— Lorsque j'aurai seize ans, elle me dira qui c'est. Elle me l'a promis. » Antony la dévisagea avec attention. Elle avait les yeux légèrement humides. « Encore deux ans et demi à attendre. Après, je partirai pour les States. Elle ne pourra pas m'en empêcher.

— J'aurai fini l'école, d'ici là, affirma Antony avec enthousiasme. Je pourrai venir avec toi !

— OK. » Elle croisa son regard et, pour la première fois, lui sourit franchement. « On ira tous les deux. »

Ils rentrèrent sans se presser, gorgés de chaleur et brûlés par le soleil, et trouvèrent Richard assis tout seul dans la cuisine devant un verre de bière. Il se tenait immobile, et la lumière du couchant qui pénétrait par la fenêtre caressait doucement son visage. Antony ouvrit le frigo et en sortit deux canettes.

« Tu as joué au golf, aujourd'hui ? demanda-t-il à son père.

— Non. Et toi ?

— Non.

— Je croyais que vous étiez des mordus de golf », remarqua Zara.

Richard sourit. « C'est ce que ta mère t'a dit ?

— Ça saute aux yeux, répondit Zara. Vous vivez sur un terrain de golf !

— Oui, c'est vrai que j'aime bien ça, reconnut Richard. Mais ce n'est pas la seule chose au monde.

— Où est Fleur ? s'enquit Zara.

— Je ne sais pas. Elle a dû aller quelque part. »

Désormais, Richard ne tiquait plus lorsqu'il entendait Zara appeler sa mère par son prénom. Il lui arrivait même de trouver ça mignon. Il regarda les deux adolescents s'installer sur le rebord de la fenêtre pour boire leurs sodas, bien confortablement, comme deux petits chats. Zara avait choisi une boisson light, et Richard se demanda une nouvelle fois combien elle pesait. Mais il s'en voulut aussitôt. Après tout, ce n'était pas sa fille ; et il ne fallait surtout pas qu'il commence à se comporter comme s'il était son père.

Mais quand même. Les mots d'Oliver Sterndale lui revinrent en mémoire : « Que se passerait-il si tu devais, mettons… te remarier ? »

« Oui, et alors ? » lança Richard tout haut. Antony et Zara le regardèrent. « Ne faites pas attention à moi, ajouta-t-il.

— Bon, bon, d'accord, répondit Antony. Ça te dérange, si on met la télé ?

— Pas du tout. Allez-y. »

Tandis que la pièce s'emplissait de bribes de conversations décousues, il but une gorgée de bière. L'argent était toujours sur un compte, attendant bien sagement qu'il prenne une décision. Une petite fortune, à partager entre ses deux enfants. Tout avait paru si évident quand ils en avaient parlé avec Emily. Rien ne semblait manquer au tableau ; le nombre de joueurs était fixé.

Mais il y avait maintenant deux nouveaux joueurs en piste. Il y avait Fleur, bien sûr. Et aussi Zara. Richard se laissa aller contre le dossier de sa chaise et ferma les yeux. Emily avait-elle jamais envisagé qu'il pût se remarier après sa mort ? Ou bien croyait-elle, comme lui, que leur amour ne serait jamais supplanté ? Quant à lui, l'éventualité d'un remariage ne lui avait jamais traversé l'esprit. Son chagrin avait l'air bien trop grand ; son amour, bien trop fort. Et puis il avait rencontré Fleur, et tout avait commencé à changer.

Souhaitait-il épouser Fleur ? Il ne le savait pas. Pour le moment, il se contentait de savourer jour après jour chaque instant de leur existence commune. Rien n'était défini, il n'y avait aucune pression extérieure, les semaines se succédaient avec une simplicité délicieuse.

Mais il n'était pas dans la nature de Richard de se laisser flotter au gré du courant très longtemps ; ni d'ignorer les problèmes dans l'espoir qu'ils se résolvent d'eux-mêmes. Les problèmes devaient être regardés en face. En particulier, le problème de… le problème de… Richard se tortilla maladroitement sur sa chaise. Comme d'habitude, son inconscient essayait d'éluder le sujet. Mais, cette fois, il se força à y penser ; cette fois, il s'obligea à formuler le mot dans sa tête : le sexe. Le problème du sexe.

Fleur était une femme patiente, mais elle finirait par ne plus comprendre. Comment le pourrait-elle, d'ailleurs, quand Richard lui-même ne comprenait pas ? Il adorait Fleur. Elle était belle et désirable, et il était envié de tous. Pourtant, chaque fois qu'il venait dans sa chambre et qu'il la voyait étendue sur le lit, le dévorant des yeux, l'invitant du regard à venir la rejoindre, une panique coupable s'emparait de lui et étouffait son désir, le laissant tremblant de frustration.

Jusqu'à présent, il avait pensé que cet élément à lui seul suffirait à entraver tout projet de mariage avec Fleur, et il s'était résigné à ce que bientôt elle s'envole, tel un insecte exotique, vers d'autres contrées plus fécondes. Mais elle n'avait pas l'air pressée de partir. On aurait presque dit qu'elle savait quelque chose que lui ignorait. Aussi Richard avait-il commencé à se demander s'il ne regardait pas le problème sous le mauvais angle. Il s'était persuadé que l'absence de sexe était un obstacle au mariage. Se pouvait-il au contraire que ce soit l'absence de mariage qui s'oppose à toute relation sexuelle entre eux ? Peut-être, tant qu'il ne se serait pas totalement engagé auprès de Fleur, se sentirait-il incapable de chasser l'ombre d'Emily… Et peut-être Fleur, sensible comme elle l'était, avait-elle déjà compris tout ça. Se pouvait-il qu'elle le comprenne mieux que lui-même ?

Avalant une autre gorgée de bière, Richard résolut d'en parler à Fleur le soir même. Il ne commettrait pas la même erreur qu'avec Emily, de laisser les choses non dites jusqu'à ce qu'il soit trop tard. Avec Fleur, ce serait différent. Avec Fleur, il n'y aurait pas de tabous. Avec Fleur, pensa Richard, il n'y avait pas de secrets.

10

Fleur s'appesantissait rarement sur ses erreurs ou ses infortunes. Arpentant à grands pas les allées du domaine de Greyworth, plissant les yeux tandis que les rayons du soleil couchant la frappaient en plein visage, elle s'interdisait de penser que ces quelques mois passés en compagnie de Richard Favour pourraient bien ne déboucher sur aucun profit financier pour elle. Au lieu de cela, elle se concentrait de toutes ses forces sur l'avenir : le prochain enterrement, le prochain service funèbre, la prochaine conquête. Positiver, c'était la spécialité de Fleur. Il lui suffisait d'appeler Johnny, de prévoir deux ou trois enterrements, et Richard Favour ne serait plus qu'un simple nom sur la longue liste de ses souvenirs.

D'ailleurs, songea-t-elle en s'appuyant contre un tronc d'arbre pour reprendre son souffle, ce n'était pas une si mauvaise chose pour elle que d'avoir séjourné un temps aux Érables, argent ou pas argent. De toutes les fois où elle avait profité de l'hospitalité d'un homme, jamais elle ne s'en était tirée à si bon compte qu'avec Richard Favour. Ses exigences à son égard étaient pratiquement inexistantes : il ne lui demandait pas d'exercer ses talents au lit ni à la cuisine ; elle n'avait pas besoin de jouer les maîtresses de maison lors de grands dîners de gala, ni de retenir les noms des gens, ni de dispenser son affection auprès d'enfants en bas âge ou d'animaux domestiques.

Ce temps passé avec Richard avait été régénérant. Une cure de repos, en quelque sorte. Elle en sortirait rafraîchie et revigorée, fin prête pour le prochain défi. Et il était aberrant de penser qu'elle quitterait les Érables sans avoir récolté un minimum d'argent. Elle réussirait bien à rafler quelques milliers de livres avant de partir, peut-être même plus. Non pas qu'elle les volerait – Fleur n'avait pas pour habitude de transgresser ouvertement la loi. En revanche, elle savait comment faire pencher la législation en sa faveur, ainsi qu'évaluer avec précision la quantité d'argent qu'elle pouvait risquer de prendre à un homme sans encourir de poursuites judiciaires.

Elle avait atteint la Prairie, un coin reculé de la propriété, qui était peu visité. Jetant un coup d'œil autour d'elle pour vérifier que personne ne risquait d'entendre, elle sortit de son sac son téléphone portable et composa le numéro de Johnny.

« Johnny ?

— Fleur ! Enfin !

— Comment ça, enfin ? demanda Fleur en fronçant les sourcils.

— Zara ne t'a pas dit de m'appeler ?

— Oh ! s'exclama Fleur se le rappelant soudain. Si, c'est vrai. Elle m'a dit que tu étais dans tous tes états.

— Oui, et c'est entièrement ta faute.

— Ma faute ? Johnny, de quoi tu parles ?

— Le problème, ce n'est pas de quoi je parle, rétorqua Johnny d'une voix mélodramatique, mais de qui je parle. » Fleur se représenta son ami debout près de la cheminée de son salon à Chelsea, sirotant un verre de sherry en savourant chaque seconde de leur conversation.

« D'accord, Johnny, répondit-elle d'un ton patient. De qui tu parles, alors ? » Il y eut un silence parfaitement contrôlé, puis Johnny annonça :

« Hal Winters. C'est de lui que je parle.

— Oh, pour l'amour de Dieu. » Ébranlée malgré elle, Fleur ne put s'empêcher de réagir un peu plus violemment qu'elle ne l'aurait voulu. « Tu ne vas pas recommencer avec cette vieille histoire, Johnny ! Je t'ai déjà dit…

— Il est à Londres.

— Quoi ? » Fleur sentit ses jambes fléchir. « Qu'est-ce qu'il fabrique à Londres ?

— Il te cherche.

— Comment peut-il me chercher ? Il ne saurait même pas par où commencer.

— Il a commencé par nous.

— Je vois… » Fleur se tut pendant quelques secondes, tandis que dans sa tête bourdonnaient mille pensées à la fois. Une légère brise agita les feuillages et lui caressa les cheveux, douce et tiède. Vu de Greyworth, Londres semblait un tout autre monde. Pourtant, ce n'était qu'à une heure de route. Hal Winters était à une heure de route.

« Et qu'est-ce que vous lui avez dit ? finit-elle par demander. Vous l'avez mis dehors, j'espère.

— On l'a éloigné pour un temps.

— C'est-à-dire ?

— C'est-à-dire que, d'ici quelques jours, il va revenir frapper à notre porte pour savoir si on a du nouveau.

— Et vous lui direz que non, assena Fleur avec autorité.

— Je ne crois pas.

— Pardon ? » Fleur regarda le combiné d'un air éberlué.

« Nous en avons discuté avec Felix. Nous pensons que tu devrais accepter de le voir.

— Eh bien vous pouvez tous les deux aller vous faire voir !

— Fleur…

— Je sais, une livre dans la boîte à jurons.

— Fleur, écoute-moi. » La voix de Johnny était tout d'un coup redevenue normale. « Tu ne peux pas continuer à fuir indéfiniment.

— Mais je ne fuis pas !

— Et comment tu appelles ça, alors ?

— Je… Comment ça ? Johnny, qu'est-ce que c'est que cette histoire ?

— Tu ne peux pas traiter Hal Winters comme tu traites tous les autres. Tu ne peux pas refuser de le voir. Ce n'est pas juste.

— Qui es-tu pour me dire ce qui est juste ou pas, hein ? lança Fleur, ivre de rage. Ce ne sont pas tes affaires. Et si tu dis à Hal Winters où je suis…

— Je ne ferai jamais ça sans ta permission, assura Johnny. Mais je te demande de changer d'avis. Si tu l'avais vu, tu comprendrais. Il a l'air prêt à tout pour te retrouver.

— Et pourquoi ça, puisqu'il ne sait rien ?

— Mais bien sûr, qu'il sait ! C'est justement ça le problème ! Il sait. »

Fleur se sentit chanceler. « Il sait ?

— Pas exactement, nuança Johnny. Mais ce qui est sûr, c'est qu'il a découvert quelque chose. Et maintenant, il veut connaître le reste de l'histoire.

— Eh bien, il peut aller se faire voir lui aussi !

— Fleur, grandis un peu ! Il a le droit d'apprendre la vérité. Tu le sais aussi bien que moi. Et Zara a le droit de connaître son père. »

Lorsque Gillian revint de sa leçon de bridge, elle trouva Richard attablé devant son troisième verre de bière, Antony et Zara collés devant la télévision, aucun signe de Fleur et encore moins du dîner.

« Qu'est-ce que vous avez fait ? » demanda-t-elle d'une voix sèche en posant son sac sur la table avant d'ouvrir le réfrigérateur. Tous les paquets et toutes les boîtes qu'elle avait mis de côté pour Fleur étaient là, intacts.

« Rien, répondit Richard, distrait. On n'a pas bougé. » Il releva la tête et sourit à Gillian. Elle lui sourit vaguement en retour, mais sur son visage se lisait une légère inquiétude. Le regard de Richard s'arrêta sur le frigo, et il comprit le problème.

« Gillian ! Le dîner ! Oh, je suis désolé. Vite, Antony, il faut qu'on aide Gillian. » Il se dressa d'un bond, tandis qu'Antony s'exécutait avec lenteur.

« Qu'est-ce qui se passe ? marmonna-t-il, les yeux toujours rivés sur le poste, se déplaçant comme un zombie à travers la pièce.

— Eh bien, Fleur… » Gêné, Richard n'osa pas terminer sa phrase. « Oh, mon Dieu. Gillian, je suis terriblement désolé !

— Ça ne fait rien, rétorqua Gillian en considérant d'un œil morne les ingrédients qui s'étalaient devant elle.

— Fleur avait promis de faire à dîner, c'est ça ? lança Zara d'une voix accusatrice.

— Eh bien, disons qu'elle en avait parlé, reconnut Richard, gêné. J'ignore où elle est allée. »

Zara roula des yeux. « Moi, à votre place, je commanderais à dîner chez un traiteur et je lui ferais payer l'addition. Laissez tomber tout ça, ajouta-t-elle avec un grand geste emphatique en direction de la table. Commandez un truc facile et cher. Vous avez un annuaire ?

— Ce sera aussi vite fait si je m'en occupe, répliqua aussitôt Gillian en retirant sa veste avec un soupir. Maintenant que nous avons tout sorti…

— Et alors ? Il suffit de tout remettre dans le frigo et de passer un coup de fil. Ensuite, on n'a plus qu'à attendre qu'ils livrent. C'est pas vite fait, ça ? Plus vite fait qu'éplucher une pile de carottes, en tout cas. » Zara haussa les épaules. « Mais bon, c'est comme vous voulez. Personnellement, je trouve que c'est la meilleure idée. Tous ces trucs peuvent se garder, non ?

— Ben… oui, admit Gillian à contrecœur. La plupart.

— Qu'est-ce qui ne se garde pas ? Dites-nous, qu'on les mange tout de suite, en apéro. C'est quoi ? Les trucs genre salade ? » Elle se tourna vers Antony avec un grand sourire. « Comme tu peux voir, je suis nulle en cuisine. » Et, s'adressant de nouveau à Gillian : « Qu'est-ce qui ne se garde pas ?

— Euh… il faudrait que je regarde mieux. »

Gillian ramassa une laitue sur la table. Tout ça était parfaitement ridicule ; Zara n'était qu'une gamine. Pourtant, la façon dont elle avait pris la situation en main la mettait soudain mal à l'aise. Au fond d'elle, une vague familière de ressentiment avait déjà commencé à gronder ; les mots de protestation se pressaient à ses lèvres ; elle s'apprêtait à prendre son air de martyre. C'était le seul rôle qu'elle connaissait ; le rôle que tout le monde attendait d'elle. Tout le monde, sauf Zara.

« Ah, j'oubliais, précisa Zara après avoir bu une gorgée de son soda, je déteste la nourriture indienne. Et pas question de se contenter d'une pizza. Vous n'avez pas un bon traiteur thaïlandais, dans les parages ?

— Alors là, je n'en ai pas la moindre idée, répondit Richard en riant. On n'est pas tellement du genre à commander à dîner. N'est-ce pas, Gillian ?

— Je ne sais pas. » Épuisée, elle se laissa tomber sur une chaise. Antony était en train de remettre dans le frigo les paquets et les boîtes en plastique étiquetées avec soin. Zara feuilletait les Pages jaunes. Le moment de l'indignation légitime était passé ; il s'était envolé. Gillian se sentait spoliée et, en même temps, étrangement grandie.

« Je crois que je n'ai jamais mangé thaïlandais, risqua-t-elle.

— Dans ce cas, il faut absolument qu'on commande thaïlandais, décida Zara. C'est la meilleure cuisine au monde. » Son visage s'anima brusquement. « On a des amis à Londres, ils habitent juste au-dessus d'un restaurant thaï. Je ne mange que ça quand j'habite chez eux. Antony, comment ça marche, ce truc ? Trouve-moi la page des traiteurs thaïlandais.

— OK. » Antony s'approcha de Zara en trottinant et se mit à tourner les pages à son tour. Lorsqu'elle croisa le regard de Richard, Gillian dut réprimer une brusque envie de rire.

« C'est bon, dit Zara. On n'a qu'à essayer celui-là. » Elle décrocha le téléphone et composa le numéro à toute vitesse. « Allô ? Vous pourriez me faxer votre menu, s'il vous plaît ? Je vais vous donner mon numéro.

— Gillian, pourquoi tu ne te sers pas un verre ? suggéra Richard à mi-voix, les yeux pétillants. Il semble que le dîner soit pris en charge.

— Cool ! s'exclama Zara en raccrochant. Le menu va arriver d'une minute à l'autre. C'est moi qui choisis ?

— Je vais t'aider, proposa Antony. Papa, on peut avoir la clé de ton bureau ? Il faut qu'on aille chercher le fax.

— Ça vous va, si je commande pour tout le monde ? demanda Zara.

— Oui, oui, vas-y », répondit Richard. Il tendit la clé à Antony et les regarda sortir de la pièce en courant.

« Je commençais à m'inquiéter des habitudes alimentaires de Zara, confia-t-il à Gillian après quelques secondes. Mais je crois que je me faisais du souci pour rien. Je ne l'ai jamais vue aussi enthousiaste. »

Il se leva, s'étira et disparut dans la réserve attenante à la cuisine.

« Mais je suis vraiment désolé, Gillian, reprit-il en revenant avec une bouteille de vin à la main. Pour Fleur, je veux dire. Ce n'est pas son genre de laisser tomber les gens.

— Je sais, répondit Gillian. Quelque chose a dû la retenir, j'imagine.

— J'espère que tout va bien. » Richard fronça les sourcils et tendit un verre de vin à Gillian. « Je vais peut-être passer un coup de fil au club, dans un moment. Pour voir si elle est allée nager.

— Bonne idée, acquiesça Gillian en prenant une grande inspiration. Et inutile de t'excuser. Après tout, ce n'est qu'un dîner, rien de plus.

— Oui, reconnut Richard, embarrassé. Mais quand même.

— Je sais que j'ai tendance à prendre ces choses trop au sérieux. » Gillian se mordit la lèvre. « Je me... Comment dit Antony, déjà ? Je me stresse, c'est ça. Pour des petits détails sans importance. C'est moi qui devrais m'excuser.

— Pas du tout ! Mon Dieu, Gillian...

— Mais je crois que je suis en train de changer », poursuivit-elle, ignorant ses protestations. Elle se laissa aller contre le dossier de sa chaise, but une gorgée de vin et observa Richard par-dessus le bord de son verre. « Fleur est en train de me faire changer. »

Richard eut un petit rire gêné.

« Changer notre charmante Gillian ? J'espère bien que non !

— Richard ! » Il y avait une pointe d'irritation dans la voix de Gillian. « Ne me sers pas de politesses, s'il te plaît. Dis-moi que je suis en train de changer en mieux. Je sais qu'on n'a pas l'habitude de se parler à ce... à ce...

— ... à ce niveau, compléta Richard avec une expression grave, tout à coup.

— Exactement. À ce niveau. » Elle avala sa salive avec difficulté. « Mais tu dois te rendre compte aussi bien que moi que, depuis que Fleur est là, les choses ont changé. Il y a quelque chose chez elle qui... » Elle laissa sa phrase en suspens et cligna plusieurs fois des yeux.

« C'est vrai, murmura Richard.

— Fleur est gentille avec moi comme ma propre sœur ne l'a jamais été, ajouta Gillian d'une voix un peu tremblante.

— Emily ? » Richard la dévisagea d'un air ahuri.

« J'adorais Emily. Mais elle avait ses défauts. Elle faisait parfois des choses méchantes, sans réfléchir. » Gillian leva les yeux. Elle avait le regard humide. « Je ne devrais peut-être pas te dire ça maintenant. Mais c'est la vérité. Emily n'était pas gentille avec moi. Et Fleur, si. C'est tout. »

En rentrant aux Érables, Fleur était montée tout droit dans sa chambre. À présent, immobile devant la commode, coiffée de son petit chapeau noir à voilette, elle étudiait son reflet dans la glace. Cela faisait plus d'une demi-heure qu'elle était assise là sans bouger, à attendre que se dissipe une étrange anxiété. Mais elle se sentait toujours aussi tendue à l'intérieur, son front était plissé d'inquiétude, et la voix courroucée de Johnny résonnait encore à son oreille : « Pourquoi ne veux-tu pas le voir ? Pourquoi refuses-tu d'affronter ton passé ? Quand vas-tu arrêter de fuir ? »

Jamais elle n'avait entendu Johnny si grave, si inflexible.

« Et que veux-tu que je fasse ? avait-elle rétorqué, en feignant la désinvolture. Que je lui propose de venir ici ? Que je le présente à Richard ? Allons, Johnny, sois raisonnable.

— Je te demande juste de reconnaître son existence. Tu pourrais lui donner rendez-vous à Londres.

— Non, je ne peux pas. Je n'ai pas le temps.

— Tu n'as pas le temps, avait répété Johnny d'un ton acerbe. Eh bien peut-être que Zara aurait le temps, elle.

— Il est trop tôt pour qu'elle rencontre son père ! Elle… Elle n'est pas prête ! Elle a besoin qu'on la prépare.

— Et c'est ce que tu vas faire, naturellement ? »
Silence.

« Très bien, Fleur, avait fini par dire Johnny. Fais comme tu veux. Préviens-moi quand Zara sera prête à rencontrer son père, et je continuerai à le faire mariner en attendant. Mais c'est tout ce que je ferai pour toi.

— Johnny, tu es un amour…

— Plus d'enterrements, ajouta Johnny. Plus d'invitations. Plus d'arrivées à l'improviste en espérant pouvoir loger dans la chambre d'amis.

— Johnny !

— Je suis fâché contre toi, Fleur. »

Comme elle regardait le combiné avec incrédulité, il avait raccroché, et un énorme poids s'était abattu sur les épaules de Fleur. Tout allait mal en même temps. Richard refusait de lui donner une Gold Card ; Johnny était fâché contre elle ; Hal Winters était dans les parages.

Hal Winters. Rien que le nom la mettait en colère. Il avait déjà fait assez de dégâts comme ça dans sa vie. Et voilà qu'il réapparaissait soudain, surgi de nulle part, et qu'il menaçait de tout saboter ; de lui mettre ses propres amis à dos. De lui mettre Johnny à dos. Fleur fut subitement prise de panique. Si elle perdait Johnny, que lui resterait-il ? Qui d'autre serait là pour elle ?

Pour la première fois, elle se rendait compte à quel point elle dépendait de Johnny et Felix. Pendant vingt ans, l'appartement de Johnny avait été à sa disposition. Pendant vingt ans, elle s'était confiée à lui, ils avaient papoté de tout et de rien, fait du shopping ensemble. Sans jamais y réfléchir. Si on le lui avait demandé, elle aurait décrit leur relation comme une simple amitié parmi d'autres. Mais, dès lors que cette relation était

191

menacée, elle lui paraissait beaucoup plus précieuse. La jeune femme ferma les yeux. Jusque-là, Johnny et elle ne s'étaient jamais disputés pour autre chose que la couleur d'un canapé. Souvent, par le passé, il l'avait grondée, mais toujours avec un pétillement de malice dans les yeux. Jamais sérieusement, jamais ainsi. Cette fois-ci, il ne plaisantait pas. Tout ça à cause d'Hal Winters.

Fleur considéra son reflet avec rage. Elle avait l'air d'une femme sophistiquée, élégante. Elle aurait pu être l'épouse d'un ambassadeur. D'un prince, même. Et Hal Winters n'était qu'un… un quoi ? Un épicier de Scottsdale, en Arizona. Un vulgaire épicier qui, quatorze ans plus tôt, s'était accouplé frénétiquement avec elle sur la banquette arrière de sa Chevrolet avant de remettre soigneusement ses cheveux en ordre pour que sa mère ne se rende compte de rien ; un épicier qui lui avait demandé de garder ses distances en public et surtout de ne pas blasphémer devant sa famille.

Amère, Fleur se demanda une fois de plus comment elle avait pu être aussi bête. Comment avait-elle pu prendre ce manque d'assurance pathétique pour un charme maladroit ? Comment avait-elle pu le laisser pénétrer à l'intérieur de son corps, et y déposer sa semence ? Elle lui avait permis d'entrer dans sa vie une fois ; plus jamais elle ne recommencerait. Un homme comme Hal Winters ne méritait pas de faire partie de son existence. Jamais elle ne l'autoriserait à exiger quoi que ce soit d'elle. Et si ça voulait dire renoncer à Johnny, eh bien, qu'il en soit ainsi.

Fleur releva le menton avec détermination. Elle retira vivement le chapeau à voilette et le remplaça par un autre : un chapeau cloche, élégant et sérieux à la fois. Elle trouverait bien un service funèbre où le porter dans la semaine à venir. Alors, comme ça, Johnny refusait de continuer à lui indiquer des enterrements intéressants ? Et après ? Elle n'avait pas besoin de lui. Elle pouvait très bien s'en sortir toute seule. Sur la commode, devant elle, étaient posées trois coupures de journaux. Trois services funèbres à Londres. Trois chances pour un nouveau départ. Et, cette fois-ci, elle ne traînerait pas pendant des semaines, à laisser sa vie lui filer entre les doigts. Elle attaquerait d'emblée. Puisque Richard Favour n'allait visiblement pas faire d'elle une femme riche, quelqu'un d'autre le ferait à sa place.

Elle se mordit la lèvre et attrapa un autre chapeau ; vite, une distraction. Celui-là était en soie noire, parsemé de minuscules violettes en tissu. Un très joli chapeau, songea Fleur en admirant son image dans la glace. Presque trop joli pour un enterrement ; plutôt pour un mariage, peut-être…

Comme elle tournait la tête de gauche à droite, elle entendit qu'on frappait à la porte.

« Oui ?

— Fleur ! Je peux entrer ? » C'était Richard. Il avait l'air agité.

« Bien sûr, répondit-elle. Entrez ! »

La porte s'ouvrit brusquement, et Richard pénétra dans la pièce.

« Je ne sais pas où j'avais la tête ce matin, dit-il d'un seul trait. Bien sûr que vous pouvez avoir une Gold Card. Vous pouvez avoir tout ce que vous voulez, pardi ! Fleur, ma chérie… » Il interrompit soudain son discours avant de bredouiller : « Ce… ce chapeau…

— Au diable le chapeau ! s'exclama-t-elle en l'arrachant de sa tête avant de le jeter par terre. Richard, vous êtes un ange. » Elle le regardait dans les yeux avec un grand sourire étincelant. Lui se tenait complètement immobile et la dévisageait comme s'il ne l'avait jamais vue de sa vie.

« Richard ? demanda Fleur. Quelque chose ne va pas ? »

Il ne pensait vraiment pas la trouver dans sa chambre. Il comptait juste monter voir comment les deux jeunes s'en sortaient avec la commande et téléphoner au club pour demander si Fleur était là-bas. Mais, en passant devant la porte de sa chambre, il s'était dit qu'il pouvait bien frapper à tout hasard, pour vérifier. Il avait donc donné deux petits coups, sans conviction, la tête ailleurs, préoccupé qu'il était par la nouvelle embarrassante qu'il venait d'apprendre au sujet d'Emily.

Emily n'était pas gentille avec Gillian. Il lui était pénible de formuler ces mots dans son esprit. Sa douce et tendre Emily, méchante avec sa propre sœur ? C'était une accusation déconcertante, qu'il avait peine à croire. Pourtant – et c'était bien ce qui le troublait le plus –, ce n'était pas totalement impossible. Au moment même où Gillian le lui avait appris, il y avait eu, au milieu des protestations immédiates et des démentis violents de son inconscient, une petite part de lui, discrète, qui ne s'en étonnait pas plus que ça ; une part qui, peut-être, au fond de lui, l'avait toujours su.

Tandis qu'il sortait de la cuisine, il avait senti une douleur aiguë lui transpercer la poitrine comme un coup de poignard, et son chagrin pour Emily avait redoublé d'intensité... pour l'Emily qu'il avait aimée. Un personnage timide et distant, avec tant de qualités cachées. Des qualités qu'il avait désespérément cherché à mettre au jour. La méchanceté en faisait-elle partie ? Tu voulais savoir ? se dit-il, amer, en montant l'escalier. Eh bien, maintenant, tu sais. Pendant tout ce temps, sous cette apparence de douceur se terrait une méchanceté secrète, dont Gillian a souffert en silence. L'idée lui était insupportable.

Puis, subitement, plus que tout au monde, il avait eu envie de voir Fleur. Sa chère Fleur, sans un seul gramme de méchanceté dans tout le corps. Fleur, qui rendait Gillian heureuse, lui heureux, tout le monde heureux. En entendant sa voix de l'autre côté de la porte, il avait senti un flot d'amour monter en lui ; une émotion vertigineuse qui lui avait presque arraché des larmes et avait forcé les mots jusqu'à sa bouche.

Et puis il l'avait vue, assise devant la coiffeuse avec ce chapeau. Le même que celui qu'Emily portait à leur mariage ; celui qu'elle avait mis si longtemps à enlever, pendant qu'il découvrait les premiers signes de cette distance glaciale qui se dresserait entre eux par la suite comme une montagne infranchissable. Il avait redouté que Fleur ne fasse la même chose qu'Emily alors : qu'elle détache une à une les épingles de son chapeau, qu'elle le pose soigneusement à côté d'elle et qu'elle le regarde dans les yeux pour lui demander : « À quelle heure dîne-t-on ? »

Mais, au lieu de ça, Fleur l'avait envoyé valser dans un tourbillon, comme pour se débarrasser de tout ce qui pouvait faire obstacle entre eux. Eux deux ; Fleur et lui. Et voilà qu'elle lui tendait les bras, ouverte, bienveillante, affectueuse.

« Fleur, laissa-t-il échapper dans un souffle. Je t'aime. » Une larme roula sur sa joue. « Je t'aime.

— Moi aussi, je t'aime », répondit-elle en l'enlaçant tendrement.

Richard enfouit son visage dans le cou de Fleur, et les larmes se mirent à couler à flots. Des larmes qui pleuraient la perte de son Emily parfaite et la découverte de ses imperfections ; des larmes qui marquaient la fin de son innocence. Ses lèvres étaient humides et salées lorsqu'il les déposa sur celles de Fleur. Il l'attira tout contre lui, comme s'il avait brusquement besoin d'éprouver la chaleur de sa peau, de briser toutes les barrières qui subsistaient encore entre eux.

« Pourquoi ai-je tant attendu ? murmura-t-il, tandis que ses mains exploraient fiévreusement ce corps qui s'offrait à lui depuis des semaines. Pourquoi diable ai-je tant attendu ? »

Il se déshabilla avec des gestes maladroits, et la perception de sa peau nue par endroits contre la sienne était une agonie de frustration. Comme elle promenait délicatement ses mains le long de son dos, il se mit à trembler d'impatience et d'appréhension, presque paralysé à l'idée de franchir le pas.

« Viens là. » La voix de Fleur était douce et mélodieuse à son oreille ; ses doigts tièdes et déterminés sur son corps. Il était incapable de faire autre chose que gémir de plaisir. Alors, elle se mit à le caresser avec lenteur, et il fut envahi d'une sensation divine, impossible à contrôler ou même à mesurer ; une sensation qui lui arracha des cris et des soupirs jusqu'à ce que, comblé et épuisé, il finisse par s'effondrer dans ses bras.

« Je...

— Chhh... » Elle posa un doigt sur sa bouche, et il se tut. Allongé contre elle, il écoutait battre son cœur et se sentait comme un enfant, nu, vulnérable, soumis.

« Je te donnerai tout, dit-il enfin. Tout ce que tu veux.

— Tout ce que je veux, c'est toi, répondit Fleur d'une voix suave en lui passant une main dans les cheveux. Et ça, je l'ai déjà, non ? »

11

Quelques jours plus tard, une lettre arriva au courrier pour Fleur. À l'intérieur se trouvait une carte American Express dorée.

« Cool ! s'exclama Antony, alors que Fleur ouvrait le paquet à la table du petit déjeuner. Une Gold Card ! Papa, pourquoi j'peux pas en avoir une, moi ? Y a des mecs qui en ont à l'école.

— Leurs parents doivent être vraiment stupides, alors… et aussi très riches, répondit Richard en souriant. Quelqu'un a un stylo ? Tu ferais bien de la signer tout de suite, Fleur. Il ne faudrait pas qu'elle tombe entre de mauvaises mains.

— J'y ferai très attention, promit Fleur. C'est très gentil de ta part, Richard. Maintenant, je vais pouvoir acheter un supercadeau à Zara.

— Zara ? demanda Antony en relevant la tête.

— C'est l'anniversaire de Zara, cette semaine, expliqua Richard.

— Son anniversaire ? répéta Antony, perplexe.

— Mercredi. C'est bien ça, Fleur ?

— Oui, confirma Fleur tout en paraphant la Gold Card. Je vais faire un saut à Guildford tout à l'heure.

— Vous croyez que ça lui ferait plaisir, si je faisais un gâteau ? suggéra Gillian.

— Bien sûr, affirma Fleur avec un grand sourire.

— Elle va avoir quel âge ? s'enquit Antony.

— Quatorze ans, répondit Fleur après un bref temps de réflexion.

— Ah bon. » Antony fronça les sourcils. « Parce que je croyais qu'elle n'aurait pas quatorze ans avant un moment.

— Déjà à mentir sur son âge ! plaisanta Fleur. Antony, tu devrais prendre ça pour un compliment. » Le garçon rougit un peu et baissa pudiquement les yeux vers son assiette.

« Et son… » Gillian hésita et jeta un coup d'œil à Richard avant de poursuivre : « Et son père ? risqua-t-elle timidement. Vous pensez qu'il viendra lui rendre visite ? Je n'aurais peut-être pas dû en parler. Mais je me suis dit, comme c'est son anniversaire…

— Gillian, vous êtes adorable, dit Fleur avant de boire une gorgée de café. Malheureusement, le père de Zara est mort.

— Mort ! s'écria Antony. Mais je croyais… je croyais que le père de Zara vivait en Amérique. Elle m'a dit… »

Fleur secoua la tête d'un air affligé.

« Zara a eu beaucoup de mal à accepter la mort de son père. Dans son esprit, il est toujours en vie. Elle a plusieurs fantasmes à son sujet. Celui du moment, c'est qu'il habite quelque part aux États-Unis. On m'a dit que la meilleure chose à faire, c'était de jouer le jeu.

— Mais…

— Je m'en veux beaucoup, reprit Fleur. J'aurais dû lui en parler davantage. Mais c'était une période difficile pour moi aussi. »

Elle se tut et regarda Antony avec de grands yeux tristes. Richard lui prit tendrement la main.

« Je ne savais pas…, murmura Antony. Je croyais…

— Chut, elle arrive, coupa Gillian. Bonjour, Zara ! lança-t-elle sur un ton enjoué, alors que l'adolescente les rejoignait dans la véranda. Nous étions en train de parler de ton anniversaire.

— De mon anniversaire », répéta Zara en s'arrêtant net sur le pas de la porte. Elle balaya la pièce d'un regard attentif et ses yeux tombèrent sur la Gold Card, qui scintillait au milieu de son papier d'emballage sur la table. Elle jeta un coup d'œil à Fleur, puis de nouveau à la Gold Card, avant de se reprendre : « Ah oui, c'est vrai, mon anniversaire.

— Nous voulons que mercredi soit une journée spéciale pour toi, ma chérie, enchaîna Fleur aussitôt. Avec un gâteau, des bougies, et… » Elle fit un vague geste de la main.

« Des cotillons, compléta Zara d'une voix morne.

— Des cotillons ! Quelle bonne idée !

— Ouais, acquiesça Zara.

— Très bien, tout est réglé, conclut Richard en se levant. Et maintenant, j'ai quelques coups de fil à passer.

— Si vous voulez que je vous dépose à Guildford, proposa Gillian à Fleur. J'irais bien y faire un tour, moi aussi.

— Parfait.

— Et vous, les jeunes, qu'est-ce que vous comptez faire ? demanda Richard à Antony.

— J'sais pas », répondit mollement ce dernier. Zara haussa les épaules et détourna la tête.

« Oh, je suis sûr que vous trouverez bien quelque chose, va ! »

Le nez plongé dans son assiette, Zara avalait son petit déjeuner en évitant soigneusement le regard d'Antony. Un désarroi immense lui rongeait l'estomac, et elle avait peur d'éclater en larmes au moindre mouvement. Fleur avait obtenu une Gold Card. Ce qui signifiait qu'elles allaient bientôt s'en aller. Dès que Fleur aurait bouclé ses bagages, elles disparaîtraient toutes les deux sans laisser de trace.

C'était comme de faire rebondir un ballon, lui avait expliqué sa mère quelques années plus tôt, tandis qu'elles attendaient un avion dans une cafétéria d'aéroport.

« Tu prends la Gold Card, tu tires de l'argent, et tu remets ça le lendemain. Ensuite, tu tires une plus grosse somme, et ainsi de suite. Et tu continues comme ça, tu rebondis de plus en plus haut, jusqu'à ce que tu atteignes la limite, et à ce moment-là tu ramasses tout l'argent et tu disparais. » Elle avait éclaté de rire, et Zara aussi.

« Mais pourquoi tu ne ramasses pas tout d'un coup dès le début ? avait-elle demandé.

— Trop suspect. Il faut y aller progressivement, pour que personne ne se rende compte de rien.

— Et comment tu sais que la limite est atteinte ?

— Tu ne peux pas le savoir. Il faut essayer d'en apprendre le plus possible avant de commencer : est-ce qu'il est riche ? Est-ce qu'il est pauvre ? Combien peut-il se permettre de perdre ? Mais ensuite, tu es obligée de deviner toute seule. Et ça fait partie du jeu. Deux mille ? Dix mille ? Cinquante mille ? Qui sait où est la limite ? »

De nouveau, elles avaient ri. À l'époque, ça semblait intéressant. Zara trouvait le jeu plutôt amusant. Mais, maintenant, toutes ces histoires lui donnaient la nausée.

« Tu veux aller nager ? proposa Antony.

— Hein ? » Au prix d'un effort immense, Zara parvint à relever la tête et à soutenir le regard d'Antony. Il la dévisageait avec une expression curieuse, presque comme s'il arrivait à lire dans ses pensées. Presque comme s'il avait compris ce qui se passait.

Zara fut soudain prise d'un accès de panique ; son visage se ferma. Pendant toutes ces années de mensonge, elle n'avait jamais fait la moindre gaffe. Elle ne pouvait pas risquer de se laisser prendre en faute. Si elle révélait la vérité à Antony, Fleur ne le lui pardonnerait jamais. Et si Fleur était fâchée contre elle, alors elle ne pourrait jamais retrouver son père.

« Ouais, répondit-elle en se forçant à prendre un ton léger. Pourquoi pas ?

— OK, dit-il sans la quitter des yeux. Je vais chercher mes affaires.

— D'accord. » Elle baissa la tête vers son bol de corn flakes et ne la releva pas avant qu'il ait quitté la pièce.

Oliver Sterndale était bien dans son bureau, expliqua la secrétaire à Richard par téléphone, mais il était sur le point de partir en vacances.

« Ça ne prendra pas longtemps », répliqua gaiement Richard. Tandis qu'il patientait au bout du fil, il promena son regard autour de lui et observa son bureau tristounet en se demandant pourquoi il n'avait jamais songé à le faire redécorer. Les murs étaient blancs, sans aucun tableau, et la moquette gris ardoise. Il n'y avait pas un seul objet dans toute la pièce qu'on eût pu qualifier de joli.

Jamais, jusque-là, la couleur des murs ne lui avait paru un sujet digne d'intérêt. Mais, à présent, il voyait le monde avec les yeux de Fleur. Désormais, il imaginait de nouveaux potentiels là où avant il n'y avait que des faits. Il ne travaillerait plus dans cet environnement sordide ; il demanderait à Fleur de concevoir un nouvel agencement pour son bureau.

« Richard ! » La voix d'Oliver le fit sursauter. « J'allais partir.

— Je sais, mais je n'en ai pas pour longtemps. Je voulais juste te dire que j'ai pris ma décision en ce qui concerne le placement en fidéicommis.

— Ah oui ?

— Je veux procéder à l'opération.

— D'accord. Et puis-je te demander pourquoi ?

— J'ai compris que ce que je souhaite vraiment pour Philippa et Antony, c'est qu'ils soient indépendants financièrement... Qu'ils ne soient redevables à personne, y compris... » Il s'interrompit et se mordit la lèvre. « Y compris à un membre de leur propre famille. Par-dessus tout, je veux qu'ils aient la sensation d'être maîtres de leur destin. Et puis aussi... j'ai envie de clore un chapitre de ma vie. De repartir de zéro.

— Pour repartir de zéro, en général il faut de l'argent, fit remarquer Oliver.

— Mais j'ai de l'argent, rétorqua Richard avec une note d'impatience dans la voix. Plein d'argent. Oliver, nous avons déjà parlé de tout ça.

— Très bien. C'est ta décision. Mais je ne pourrai pas m'en occuper avant la semaine prochaine.

— Ça ne presse pas. Je voulais juste te mettre au courant. Allez, je ne te retiens pas plus longtemps. Passe de bonnes vacances. Tu pars où ?

— En Provence. J'ai des amis qui ont une maison là-bas.

— Formidable, commenta Richard d'un ton mécanique. La campagne est magnifique dans ce coin de…

— Oui, oui, coupa Oliver. Écoute, Richard…

— Quoi ?

— Cette histoire de repartir de zéro, est-ce que ça inclut un mariage avec ton amie Fleur ?

— Je l'espère de tout cœur, répondit Richard avec un grand sourire.

— Richard, soupira Oliver, fais attention…

— Tu ne vas pas recommencer !

— Réfléchis deux minutes aux implications d'un mariage. Par exemple, j'ai cru comprendre que Fleur avait une fille scolarisée, n'est-ce pas ?

— Oui, Zara.

— Zara. Très bien. Maintenant, est-ce que Fleur a assez d'argent pour subvenir aux besoins de sa fille ? Ou bien seras-tu censé jouer ce rôle-là ?

— Fleur a suffisamment d'argent pour envoyer sa fille à Heathland, affirma Richard, agacé. Ça te convient ?

— Bien, d'accord… Mais tu es sûr que c'est elle qui paie les frais de scolarité ? Tu es sûr que ça ne vient pas d'un soutien quelconque qui cessera si elle se remarie ?

— Non, je n'en suis pas sûr, reconnut Richard d'un ton irrité. Je n'ai pas eu le culot de lui poser la question.

— Eh bien, si j'étais toi, je la lui poserais. Juste pour te faire une idée.

« — Oliver, c'est ridicule ! Qu'est-ce que ça peut bien faire ? Tu sais pertinemment que j'ai les moyens d'envoyer un orphelinat entier à Heathland si ça me chante ! Fidéicommis ou pas.

— C'est pour le principe, expliqua Oliver, irrité. Ça commence par les frais de scolarité, puis ce sont des entreprises en faillite, et avant même que tu aies eu le temps de dire ouf…

— Oliver !

— J'essaie seulement de protéger tes intérêts, Richard. Le mariage est une affaire sérieuse.

— As-tu posé toutes ces questions à Helen avant de l'épouser ? » contre-attaqua Richard.

Oliver ne put s'empêcher de rire.

« Bien vu ! Écoute, Richard, il faut vraiment que j'y aille. Mais nous en reparlerons à mon retour.

— D'accord. Repose-toi bien.

— Au revoir, et réfléchis à ce que je t'ai dit. »

Antony et Zara marchaient côte à côte, leurs affaires de piscine sur l'épaule. Zara regardait droit devant elle, tandis qu'Antony avait une expression perplexe.

« Pourquoi tu ne m'as pas dit que c'était ton anniversaire, cette semaine ? finit-il par demander.

— Je ne suis pas obligée de tout te dire.

— Tu ne voulais pas que je sache quel âge tu as ? risqua-t-il avec un sourire timide.

— J'ai treize ans, rétorqua platement l'adolescente. Au prochain anniversaire, j'en aurai quatorze.

— Mercredi prochain, tu vas avoir quatorze ans, rectifia Antony.

— Oui, peu importe.

— Alors, qu'est-ce que tu veux comme cadeau ?

— Rien.

— Allez, il y a bien quelque chose qui te ferait plaisir.

— Non. »

Antony laissa échapper un soupir. « Zara, la plupart des gens sont contents quand c'est leur anniversaire.

— Eh ben pas moi. » Il y eut un bref silence, pendant lequel Antony s'efforça d'observer le visage de Zara pour y lire une réaction quelconque. Il n'en vit aucune. C'était comme s'il était revenu au point de départ, quand Zara était encore une étrangère pour lui.

Et puis il songea que son attitude était peut-être liée à son père et… et à toute cette histoire. Il avala sa salive, se sentant soudain beaucoup plus mûr et compréhensif.

« Si jamais t'as envie de parler de ton père, je suis là. » Il s'arrêta. Il se trouvait complètement ridicule. Bien sûr, qu'il était là… Où aurait-il pu être ? « Je suis là pour toi, précisa-t-il.

— De quoi veux-tu que je te parle ?

— Ben, tu sais…

— Non, je ne sais pas. C'est bien le problème. Je ne sais rien de lui.

— Zara, il faut que tu regardes la vérité en face.

— Quelle vérité ? Tu crois que je n'arriverai pas à le retrouver ?

— Zara… »

Elle tourna la tête et affronta enfin son regard.

« Qu'est-ce qu'il y a ? Pourquoi tu me regardes comme ça ?

— Ta mère nous a dit.

— Dit quoi ?

— Que ton père était mort.

— Quoi ? » Son cri s'éleva dans le silence, et un corbeau s'envola bruyamment. Antony scruta son visage, inquiet : elle avait le teint blême, les narines dilatées et la mâchoire tendue. « Fleur a dit quoi ?

— Elle vient de nous dire, pour ton père. Zara, je suis vraiment désolé. Je sais ce que c'est quand…

— Il n'est pas mort !

— Bon sang. Écoute, je n'aurais pas dû en parler.

— Il n'est pas mort, c'est clair ? » À la grande stupeur d'Antony, une larme roula sur la joue de Zara.

« Zara, je ne voulais pas…

— Je sais. » Elle baissa la tête. « Écoute, ce n'est pas ta faute. C'est juste un truc que… que je dois gérer.

— Oui », approuva Antony d'un ton hésitant. Il ne se sentait plus du tout mûr et compréhensif. Au contraire, il avait l'impression d'avoir tout gâché.

Fleur revint de Guildford avec des cadeaux non seulement pour Zara, mais aussi pour Richard, Antony et Gillian.

« Zara est obligée d'attendre jusqu'à mercredi, dit-elle à Richard sur un ton enjoué en sortant d'un sac une cravate en soie flamboyante. Mais pas toi. Mets-la tout de suite, que je voie comment elle te va. J'ai dépensé pas mal d'argent, ajouta-t-elle, pendant qu'il nouait la cravate autour de son cou. J'espère que ça passera, sur ta carte. Il y a des compagnies de crédit qui s'énervent dès qu'on dépense plus de cinquante livres d'un coup.

— Ne t'en fais pas, répondit Richard en se regardant dans un miroir. Fleur, c'est magnifique ! Merci. » Il jeta un coup d'œil aux sacs en plastique qui jonchaient le hall. « Un après-midi réussi, je vois !

— Formidable ! confirma Fleur. J'ai même un cadeau pour toute la famille, annonça-t-elle en désignant un carton que le chauffeur de taxi venait d'apporter. C'est un Caméscope.

— Fleur ! Comme c'est généreux de ta part !

— C'est pour ça que j'ai insisté pour la carte de crédit, expliqua-t-elle avec un grand sourire. Ça m'a coûté une petite fortune.

— J'imagine. Ma foi…

— Mais ne t'en fais pas. J'ai déjà demandé à ma banque des îles Caïmans de transférer de l'argent sur ton compte. Apparemment, ils peuvent le faire en vingt-quatre heures, même si m'envoyer un nouveau carnet de chèques semble dépasser leurs compétences. On va bien s'amuser, avec ça, non ? Je ne me suis jamais servie d'un Caméscope, dit-elle en commençant à arracher l'emballage.

— Moi non plus. Je n'ai pas la moindre idée de comment ça marche.

— Antony saura. Ou Zara.

— Sans doute. » Richard marqua une pause. « Fleur, reprit-il en fronçant les sourcils, nous n'avons jamais parlé d'argent, n'est-ce pas ?

— Non, jamais. D'ailleurs, j'y pense… Ça t'ennuie si je fais un virement sur ton compte ? J'ai de l'argent qui doit arriver et, si invraisemblable que ça puisse paraître, ce serait l'endroit le plus pratique où le déposer pour l'instant.

— Non, non, cela ne me dérange pas. Combien ?

— Oh, pas grand-chose, répondit Fleur négligemment. Autour de vingt mille livres. Je ne sais pas si ton banquier a l'habitude de telles transactions sur ton compte.

— Eh bien, pas tous les jours ! s'exclama Richard en riant. Mais ça ira. Tu es sûre que tu n'as pas un autre endroit ?

— Ce sera juste pour un petit moment. Le temps que je règle mes histoires de banque. Ça ne t'embête pas, hein ? » Elle finit de déchirer le papier et sortit la caméra de sa boîte. « Mon Dieu, regarde-moi tous ces boutons ! Ils m'ont assuré que c'était facile à utiliser !

— C'est peut-être plus facile qu'il n'y paraît. Où est le mode d'emploi ?

— Dans la boîte, je suppose. Le problème, poursuivit-elle tout en fouillant dans le carton, c'est que cet argent m'est tombé dessus de façon assez inattendue. Il provient d'un fonds en fidéicommis. Tu sais ce que c'est…

— Je suis justement en train d'apprendre.

— Je n'ai pas encore décidé pour quoi je voulais l'utiliser. Je pourrais payer d'avance une bonne partie des frais de scolarité de Zara, auquel cas je veux garder cet argent disponible. Ou bien en faire autre chose. Investir, peut-être… Voilà ! Manuel d'utilisation. » Ils examinèrent tous les deux l'épais volume cartonné. « Et voici le supplément pour la nouvelle version, ajouta Fleur en ramassant un autre fascicule au fond de la boîte.

— Je m'attendais plutôt à une petite brochure, plaisanta Richard. Un simple dépliant. » Il s'empara du manuel et le feuilleta rapidement. « Et c'est toi qui paies les frais de scolarité de Zara ?

— Mais bien sûr, répliqua Fleur. Qui veux-tu que ce soit ?

— Je me disais que la famille de son père avait peut-être…

— Non. On ne se parle pas tellement.

— Oh, mon Dieu. Je n'avais pas compris ça.

— Mais j'ai de l'argent de côté. Assez pour Zara et moi. »

Elle le regarda avec des yeux brillants, et Richard sentit soudain qu'il était en train d'empiéter sur un terrain privé. Quel droit avait-il de l'interroger sur des questions d'argent, alors qu'il ne l'avait pas encore demandée en mariage ? Qu'allait-elle penser de lui ?

« Pardonne ma curiosité, s'empressa-t-il de dire. Ce ne sont pas mes affaires.

— Regarde ! s'écria Fleur, rayonnante. Je crois que j'ai trouvé le zoom ! »

En revenant de la piscine, Antony et Zara tombèrent sur Richard et Fleur, assis dans le hall en train d'étudier le manuel d'instructions du Caméscope.

« Super ! s'exclama aussitôt Antony. On a le même à l'école. Je peux l'essayer ? » Il prit la caméra, recula de quelques pas et pointa l'objectif vers les autres. « Allez, souriez maintenant. Papa, souris ! Zara !

— J'ai pas envie de sourire, rétorqua-t-elle en grimpant l'escalier quatre à quatre.

— Je crois qu'elle est un peu contrariée, expliqua Antony à Fleur. C'est à cause de son père.

— Je vois, répondit Fleur. Je ferais peut-être mieux de monter lui parler.

— D'accord, dit Antony en disparaissant de nouveau derrière le viseur. Papa, prends un air plus naturel. »

Zara était dans sa chambre, assise sur le lit, les genoux remontés sous le menton.

« Alors, comme ça, mon père est mort ? lança-t-elle à l'instant où Fleur franchissait la porte. Fleur, t'es dégueulasse !

— Ne me parle pas comme ça !

— Sinon quoi ? »

Fleur l'observa pendant quelques secondes. Puis, de façon plutôt inattendue, elle adressa à sa fille un sourire bienveillant.

« Je sais que les choses sont un peu difficiles pour toi, en ce moment, ma chérie. C'est parfaitement normal d'avoir des sautes d'humeur à ton âge.

— Je n'ai pas de sautes d'humeur ! Et mon anniversaire n'est pas mercredi !

— Tu ne vas quand même pas te plaindre pour ça ! Des cadeaux en plus, une fête… Et puis, ce n'est pas la première fois. » Fleur examina son reflet dans la glace et se lissa le sourcil du bout du pouce. « Tu n'as pas râlé quand on a fêté tes dix ans deux fois de suite.

— C'est parce que j'avais dix ans. J'étais jeune. J'étais débile. Je croyais que ça n'avait pas d'importance.

— Ça n'en a pas.

— Si ! Je veux un anniversaire normal, comme tout le monde.

— Oui, eh bien, on veut tous des choses qu'on ne peut pas obtenir.

— Ah bon ? Et qu'est-ce que tu veux, toi ? » La voix de Zara était dure et hostile. Elle croisa le regard de sa mère dans le miroir. « Qu'est-ce que tu veux, Fleur ? Une grande maison ? Une grosse voiture ?

— Ma chérie…

211

— Parce que moi, ce que je veux, c'est qu'on reste ici. Avec Richard, Gillian et Antony. Je veux rester. » Sa voix tremblait légèrement. « Pourquoi est-ce qu'on ne peut pas rester ?

— C'est compliqué, ma puce. » Fleur sortit un rouge à lèvres qu'elle se mit à appliquer avec soin.

« Ça n'a rien de compliqué ! On pourrait très bien rester ici si tu voulais ! Richard est amoureux de toi, j'en suis sûre. Vous pourriez vous marier ensemble.

— Tu es encore une gamine. » Fleur reposa le tube de rouge et sourit tendrement à Zara. « Je sais que tu as toujours rêvé d'être demoiselle d'honneur. Quand est-ce qu'on t'avait acheté cette jolie robe rose, déjà ?

— C'était pour mes neuf ans ! Bon sang ! » Exaspérée, Zara se leva d'un bond.

« Parle moins fort, chérie.

— Mais tu ne comprends pas ? » Deux grosses larmes roulèrent sur ses joues, qu'elle essuya d'un geste impatient. « Maintenant, tout ce que je désire, c'est une maison. Une maison où j'habite. Pour ne plus devoir répondre quand les gens disent : "Tu habites où ? – Parfois à Londres et parfois ailleurs."

— Et alors, où est le problème ? C'est plutôt romanesque.

— Mais personne n'habite "ailleurs". Tout le monde a une maison !

— Ma puce, je sais que c'est dur pour toi.

— C'est dur pour moi parce que tu me rends la vie dure ! hurla Zara. Si tu voulais, on pourrait très bien rester quelque part. Et même avoir une maison.

— Un jour on en aura une, ma chérie, je te le promets. Quand on sera vraiment à l'aise, on s'installera quelque part, rien que toutes les deux.

— C'est pas vrai, répliqua Zara avec amertume. Tu m'avais dit qu'on serait installées quand j'aurais dix ans. Eh ben, regarde : j'ai treize... oups, désolée, quatorze ans. Et on habite toujours chez le type avec qui tu couches en ce moment.

— Maintenant, ça suffit ! siffla Fleur. Tu vas bien m'écouter : mis à part ton langage épouvantable, que nous ignorerons pour le moment, permets-moi de te faire remarquer, premièrement, que tu es encore une enfant et que tu ignores ce qu'il y a de mieux pour toi ; deuxièmement, que je suis ta mère ; troisièmement, que la vie n'a pas été facile pour moi non plus ; et enfin que, autant que je sache, tu as eu jusqu'ici une vie fantastique, pleine d'opportunités et de distractions que la plupart des filles de ton âge mourraient d'envie d'avoir.

— J'en ai rien à faire, de tes opportunités ! balbutia Zara, redoublant de sanglots. Je veux rester ici. Et je ne veux pas que tu racontes aux gens que mon père est mort.

— C'est vrai, je n'aurais pas dû dire ça, reconnut Fleur. Je suis désolée.

— Pour ça, mais pas pour le reste ! Le reste, tu t'en fous.

— Ma chérie. » Fleur s'approcha d'elle et essuya gentiment ses larmes. « Aie confiance, ma grande, ça va aller. Qu'est-ce que tu dirais si on déjeunait ensemble toutes les deux, demain ? Et ensuite, on ira chez la manucure ! Rien que toi et moi. On va bien s'amuser, tu verras. »

Zara haussa les épaules en silence. Les larmes dégoulinaient à présent dans son cou, laissant des marques sur son tee-shirt.

« Je n'arrive pas à croire que tu sois déjà une jeune fille. Parfois, on dirait que tu as encore dix ans. » Fleur attira Zara contre elle et lui déposa un baiser sur les cheveux. « Ne t'en fais pas, ma puce. Tout finira par s'arranger. » Zara fut secouée par une nouvelle crise de larmes ; elle avait du mal à parler.

« Tu es fatiguée, dit Fleur. Tu as dû trop en faire. Je vais te laisser te reposer. Prends un bon bain chaud, et rejoins-nous en bas plus tard. » Elle saisit une boucle blonde entre ses doigts, la souleva à la lumière avant de la laisser retomber. Puis, sans un autre regard pour sa fille, elle ramassa son rouge à lèvres, vérifia son apparence dans le miroir et quitta la pièce.

12

Philippa se faisait du souci pour Lambert. Depuis plusieurs semaines, il était en permanence maussade ; et toujours fâché après elle. Tout ce qu'elle disait était stupide ; tout ce qu'elle faisait l'énervait.

Cela avait commencé avec le fiasco de Briggs & Cie. La journée au golf s'était déjà assez mal passée en soi. Ensuite, son ami s'était fait traiter d'escroc par tous les journaux, et Lambert avait explosé de rage ; une rage qui semblait essentiellement dirigée contre Fleur. Philippa soupçonnait également son père d'avoir eu une explication avec Lambert au bureau, ce qui n'arrangeait rien. Désormais, il se réveillait tous les jours d'une humeur massacrante, revenait du travail chaque soir avec la mine renfrognée, et la rembarrait en criant si elle essayait de lui remonter le moral.

Au début, elle ne s'en était pas inquiétée. Elle avait presque pris ça comme un défi : aider son mari à traverser une période difficile. « Pour le meilleur et pour le pire, se répétait-elle plusieurs fois par jour. Dans l'amour et la tendresse. » Sauf que Lambert n'avait pas l'air de vouloir de son amour, ni de sa tendresse. À vrai dire, il n'avait même pas l'air de vouloir de sa présence auprès de lui.

Elle avait consulté des articles sur le sujet, feuilleté quelques ouvrages à la bibliothèque, avant de s'efforcer de mettre en pratique certaines de leurs suggestions : elle avait expérimenté de nouvelles recettes au dîner, proposé qu'ils commencent une activité ensemble ; elle lui avait demandé sérieusement s'il avait envie d'en discuter, et même essayé de le provoquer sexuellement. Mais chacune de ses tentatives était accueillie par la même grimace de mécontentement.

Elle n'avait personne avec qui en discuter. Si les filles de son bureau parlaient sans retenue de leurs maris ou de leurs petits amis, Philippa, elle, s'était toujours tenue en retrait. D'une part, sa pudeur naturelle l'empêchait de confier ses secrets d'alcôve autour de la machine à café ; d'autre part – et, si elle était honnête avec elle-même, c'était là la raison principale –, Lambert semblait tellement différent des autres hommes qu'elle était gênée de dire la vérité à ses collègues. Toutes paraissaient mariées à de joyeux lurons qui aimaient le football, la bière et le sexe, qui accompagnaient leurs femmes aux soirées de bureau et qui, même s'ils ne se connaissaient pas entre eux, trouvaient tout de suite un terrain d'entente en échangeant des blagues vaseuses. Lambert, lui, n'était pas comme ça. Il ne s'intéressait pas au football, n'allait pas au pub. Parfois, il aimait le sexe, mais la plupart du temps on aurait presque dit que ça le dégoûtait. Dans les réceptions où elle l'emmenait, il se tenait toujours à l'écart, fumant son cigare d'un air blasé. Sur le chemin du retour en voiture, il imitait les accents de chacun avec un sarcasme méprisant, et Philippa finissait par abandonner à regret son idée d'inviter deux ou trois couples à dîner chez eux.

Ils n'étaient pas retournés aux Érables depuis le jour de la partie de golf. Chaque fois qu'elle le lui avait proposé, Lambert avait fait la grimace en disant qu'il n'avait pas le temps. Et, bien qu'elle eût pu s'y rendre seule, elle n'y tenait pas particulièrement. Elle ne voulait pas laisser voir que quelque chose n'allait pas dans leur couple. Elle restait donc auprès de son mari, nuit après nuit, à regarder la télévision ou à lire des romans ; et, les week-ends, alors que tout le monde avait l'air d'avoir des projets, Lambert et elle en étaient dépourvus. Dès le réveil, Lambert s'enfermait dans son bureau pour lire le journal jusqu'à l'heure du déjeuner, après quoi Philippa sortait quelquefois faire un tour dans le quartier. Et chaque semaine qui passait l'isolait davantage.

Et puis, un beau jour, sans prévenir, Fleur lui téléphona.

« Philippa, c'est Fleur. Je dois venir à Londres vendredi pour un service funèbre. Tu veux qu'on déjeune ensemble ?

— Qu'on déjeune ! Mon Dieu ! » Philippa rougit et son cœur se mit à battre la chamade, comme s'il s'agissait d'un rendez-vous galant. « Oui, ça me ferait très plaisir.

— Je sais que tu travailles, reprit Fleur, sinon je t'aurais proposé qu'on se retrouve plus tôt et qu'on fasse un brin de shopping.

— Je peux prendre un jour de congé, répliqua Philippa sans hésiter. J'ai des tonnes de jours à prendre.

— Quelle chance ! Dans ce cas, tu n'as qu'à venir me chercher à la gare. Je te dirai par quel train j'arrive. Ensuite, on verra ce qu'on fait. »

En raccrochant, Philippa se sentait légère comme l'air. Fleur souhaitait devenir son amie. Elle s'imagina aussitôt la scène : Fleur et elle dans un grand restaurant, riant aux larmes tandis qu'on leur apportait le menu ; dans une boutique chic, s'amusant à essayer les tenues les plus extravagantes ; puis se séparant en prenant rendez-vous pour un autre jour… Philippa jubilait : Fleur était son amie !

« Je déjeune avec Fleur vendredi, annonça-t-elle à Lambert sur un ton détaché. Elle sera à Londres.

— Grand bien te fasse.

— Elle va à un service funèbre, ajouta Philippa, incapable de contenir son excitation. Je me demande de qui. Quelqu'un de sa famille, sans doute. Ou peut-être un ami. Elle sera sûrement bien habillée. Je me demande ce que je vais mettre. Peut-être que je devrais m'acheter une nouvelle tenue pour l'occasion… »

Tandis que Philippa continuait sur sa lancée, Lambert avait l'esprit ailleurs. Devant lui s'étalait une nouvelle lettre de sa banque, lui réclamant de fournir la preuve qu'il était en mesure de combler son découvert dans les meilleurs délais. Il fallait trouver de l'argent très vite. Et, pour cela, il devait retourner aux Érables et s'introduire de nouveau dans le bureau de Richard. Mais c'était risqué. D'autant qu'il n'était pas dans les bonnes grâces de Richard en ce moment. Lambert fit la grimace. Ce vieil imbécile l'avait convoqué au travail pour lui passer un savon parce qu'il avait insulté Fleur. C'était quand même le comble ! Et tant pis si Fleur avait complètement saboté leur partie ; si elle ne connaissait pas les règles élémentaires du comportement sur un terrain de golf. Bien entendu, il était inutile d'espérer raisonner Richard : il était tombé sous le charme de cette bonne femme, et il n'y avait rien d'autre à faire que d'attendre que ça passe, tout en évitant autant que possible de se rendre aux Érables d'ici là.

« Ce qu'il me faut, c'est un bermuda, disait Philippa dans la pièce d'à côté, croyant qu'il l'écoutait toujours. Pour les week-ends. Ajusté, mais pas trop chic non plus… »

Le problème, c'est qu'il ne pouvait pas se permettre d'attendre. Il avait besoin d'argent tout de suite. Lambert prit la lourde chope en grès sur son bureau et but une gorgée de bière avant de relire la lettre pour la énième fois. Avec cinquante mille livres, il pourrait les amadouer quelque temps. Et cette somme l'attendait aux Érables. Si seulement il avait la certitude qu'il ne ficherait pas tout en l'air ; qu'il ne se ferait pas prendre… Il se rappela soudain la voix de Fleur faisant irruption derrière lui, au moment où il était en train de fouiller dans les dossiers de Richard, et il sentit des sueurs froides lui monter dans le dos. Elle ne s'était probablement doutée de rien… Mais si ça avait été Richard…

La voix de Philippa le ramena subitement à la réalité :

« Papa a une réunion vendredi. Et Gillian va à son cours de bridge. » Lambert tendit l'oreille. « Sans cela, Fleur leur aurait proposé de venir avec nous. Mais je trouve ça plutôt sympathique, qu'on ne soit que toutes les deux, n'est-ce pas ? Ce sera l'occasion de faire connaissance… »

Lambert se leva et la rejoignit au salon.

« Qu'est-ce que tu viens de dire ? Ton père a une réunion vendredi ?

— Oui. Apparemment, il doit aller à Newcastle.

— Première nouvelle.

« — Oh, mon Dieu. Il ne t'a pas demandé de l'accompagner ? » Philippa se mordit la lèvre. « Tu peux déjeuner avec nous, suggéra-t-elle sans grande conviction. Si tu en as envie.

— Ne sois pas ridicule, allons. Tu me vois déjeuner avec deux pipelettes comme vous ? »

Philippa laissa échapper un gloussement, flattée à l'idée qu'on puisse mettre Fleur et elle dans le même lot, fût-ce celui des pipelettes. Saisi d'un brusque accès de générosité, Lambert ajouta avec un grand sourire : « Profitez de votre déjeuner, toutes les deux. J'ai des choses autrement plus importantes à faire, ce jour-là. »

Mercredi matin, le soleil se leva sur une journée radieuse. Quand Zara descendit de sa chambre, la table du petit déjeuner était déjà mise dans le jardin. Un énorme bouquet de fleurs était posé sur sa chaise, un ballon gonflé à l'hélium attaché au dossier, et son assiette ensevelie sous les cartes et les paquets.

« Bon anniversaire ! s'écria Antony dès qu'il la vit sortir de la maison. Gillian, Zara est là ! Apporte le champagne. C'est moi qui ai eu l'idée, expliqua-t-il à Zara. Du champagne au petit déjeuner. Et des pancakes. »

Zara ne répondit pas. Elle regardait la table décorée comme si elle n'avait jamais rien vu de semblable.

« C'est tout pour moi ? demanda-t-elle d'une voix émue.

— Bien sûr ! confirma Antony d'un ton fier. C'est ton anniversaire ! Assieds-toi. Tiens, sers-toi des fraises. »

Fleur apparut sur la pelouse avec une cafetière à la main.

« Bon anniversaire, ma chérie, lança-t-elle avec un grand sourire. Tu veux du café ?

— Non.

— Bon, à ta guise, répondit Fleur en haussant les épaules.

— Mais il faut que tu goûtes les fraises, insista Antony. Elles sont délicieuses. »

Zara s'assit et contempla la pile de cartes devant elle. Elle avait l'air complètement hébétée.

« Il est cool, le ballon, hein ? reprit Antony. C'est de la part de Xanthe et Mex.

— Quoi ? » Zara leva les yeux pour voir s'il plaisantait.

« Ils ont su que c'était ton anniv. Je crois même qu'ils t'ont écrit une carte. Et je leur ai dit qu'on irait peut-être boire un pot avec eux plus tard. Mais ça dépend de ce que tu as envie de faire.

— Ils m'ont envoyé un ballon ? » murmura Zara, stupéfaite. Elle tira sur la ficelle et le regarda s'élever tout seul. « Mais je les connais à peine. Et je croyais que tu les détestais.

— Xanthe n'est pas si nulle que ça, répondit Antony avec un sourire penaud. Allez, vas-y, ouvre tes cadeaux.

— Attendez ! cria Richard depuis la maison. Je veux filmer ça avec le Caméscope !

— Oh, la vache ! soupira Antony. On est là jusqu'à demain. »

Gillian arriva dans le jardin avec un plateau de coupes pleines de champagne.

« Joyeux anniversaire, Zara ! Quelle magnifique journée !

— Merci, marmonna Zara.

« — OK, indiqua Richard. Je filme. Tu peux commencer à ouvrir tes cadeaux.

— Ouvre le mien en premier, suggéra Antony, tout excité. C'est le rouge. »

Zara ramassa le paquet et l'examina pendant quelques secondes sans rien dire.

« Ça a l'air magnifique ! » s'exclama Fleur gaiement. Zara jeta un coup d'œil à sa mère et détourna aussitôt la tête. Puis, se mordant la lèvre, elle entreprit de déchirer le papier. Une petite gravure encadrée glissa sur ses genoux.

« C'est l'Amérique, expliqua Antony. C'est une carte de l'Amérique. Pour quand tu… quand tu iras là-bas. » Zara le regarda, le menton tremblotant.

« Merci, Antony », balbutia-t-elle. Et elle éclata en sanglots.

« Zara !

— Qu'est-ce qu'il y a, ma puce ?

— Ça ne te plaît pas ? s'inquiéta Antony.

— Si, c'est super, murmura Zara. Je suis désolée. C'est juste que…

— C'est juste que tu as besoin d'une bonne coupe de champagne et de trois ou quatre pancakes, compléta Gillian sans la laisser finir. Ce n'est pas facile d'avoir quatorze ans. Je m'en souviens très bien. Allez, Zara… » Elle lui tapota affectueusement l'épaule. « Viens m'aider à apporter le reste, et tu ouvriras tes autres cadeaux après. »

« Tu n'es pas contente que ce soit ton anniversaire ? » demanda Antony plus tard. Ils étaient assis au fond du jardin, au soleil, avec en fond sonore la musique qui sortait du nouveau poste radiocassette que Zara avait reçu en cadeau.

« Si.

— T'as pas l'air très contente.

— Ça va très bien, d'accord ? » affirma-t-elle sèchement.

Antony attendit quelques minutes et reprit, d'un ton anodin : « Zara, c'est quoi ton signe astrologique ?

— Sagi…, commença-t-elle avant de s'interrompre. Je ne crois pas à ces conneries-là.

— Alors pourquoi tu lisais ton horoscope, l'autre jour ?

— Ça ne veut pas dire que j'y crois. Si, chaque fois que tu lis un horoscope…

— Mais tu sais quand même de quel signe tu es, non ? C'est pas Sagittaire. Impossible. Alors, c'est quoi ?

— Qu'est-ce que ça peut bien te faire ? » Elle se redressa, et sa limonade se renversa sur sa veste. « Merde ! Je vais chercher une éponge.

— Non ! Tu restes ici ! N'essaie pas de changer de sujet, Zara. De quel signe es-tu ?

— Écoute, ma veste est trempée.

— Et alors ? Tu l'as fait exprès, de toute façon. Bon sang, tu me prends vraiment pour un imbécile. » Elle fit un pas pour s'éloigner et il la retint par le poignet. « Zara, c'est quoi ton signe ? Dis-le-moi !

— Mais c'est pas vrai, à la fin ! » Elle le regarda d'un air dédaigneux et rejeta ses cheveux en arrière. « Très bien, finit-elle par dire. C'est Scorpion.

— Faux, rétorqua-t-il en s'allongeant sur la pelouse. C'est Lion.

— Et après ? s'écria Zara. Scorpion, Lion. Qu'est-ce que ça peut foutre ?

— Zara, qu'est-ce qui se passe ?

— Ne me demande pas. C'est toi qui te comportes comme un con.

— C'est pas ton anniversaire, aujourd'hui, n'est-ce pas ?

— Bien sûr que si. » Elle détourna la tête et sortit un chewing-gum de sa poche.

« Je suis sûr que non ! Ton anniversaire est entre le 22 novembre et le 21 décembre. J'ai regardé à Sagittaire. Zara, que se passe-t-il ? demanda-t-il d'un ton implorant. Je te jure que je ne le répéterai à personne. Zara, je suis ton ami, oui ou non ? »

Elle haussa les épaules en silence et mit le chewing-gum dans sa bouche.

Antony l'observa un moment, avant d'ajouter, sans la quitter des yeux : « Et je ne crois pas que ton père soit mort. Je crois qu'il est toujours vivant. Je crois que ta mère nous a menti là-dessus aussi. »

Zara mâchait à toute vitesse, comme par désespoir, en évitant soigneusement de croiser le regard d'Antony.

« Dis-moi ! supplia le garçon. Je ne le répéterai à personne. À qui je pourrais le répéter, de toute façon ? Je ne connais personne. »

Zara eut un petit rire sarcastique.

« Il y a plein de gens à qui tu pourrais le répéter. Ton père… Gillian…

— Mais je te jure que non ! » protesta Antony. Puis, en baissant la voix : « Je te jure que je ne raconterai rien. Mais je veux savoir la vérité. Je veux savoir la vraie date de ton anniversaire. Et pourquoi tu fais croire que c'est aujourd'hui. Et… tout le reste. »

Il y eut une longue pause, puis Zara se tourna vers lui.

« D'accord, dit-elle tout bas. Mais si tu répètes à qui que ce soit ce que je vais te raconter, je dirai que tu as essayé de me violer.

— Quoi ? » Antony la dévisagea avec horreur.

« Je dirai que tu m'as entraînée au fond du jardin et que tu m'as clouée au sol. En me tenant par les poignets. » Elle s'arrêta et regarda la main d'Antony... cette main avec laquelle, quelques minutes plus tôt, il lui avait saisi le poignet. Les joues d'Antony s'empourprèrent. « Et je dirai qu'ensuite tu as cherché à me violer.

— Espèce de...

— Ils n'engageront sans doute pas de poursuites, mais ils t'interrogeront. Ce ne sera pas très agréable. Et certaines personnes penseront que tu es coupable. Il y a toujours des gens qui y croient.

— Je n'arrive pas à croire que... » Il la regardait, ahuri.

« Tu vois. Je suis très sérieuse. Tu n'as pas le droit de le répéter. Si tu dis quoi que ce soit à ton père, à Gillian, ou à n'importe qui d'autre, je vais directement à la police. Et tu seras bien emmerdé. » Elle cracha son chewing-gum. « Bon, maintenant, tu veux savoir ou non ? »

Richard avait la sensation que sa vie prenait enfin sens. Assis dans une chaise longue, il regardait Fleur examiner un catalogue de motifs de papiers peints, en se demandant comment il avait pu prendre pour de l'amour ce qu'il avait ressenti à l'égard d'Emily. L'idée de toutes ces années gâchées lui était insupportable ; des années vécues dans les ténèbres. Désormais, il vivait une vie de lumière, de couleur.

« Il faudra que tu décides si tu veux de la peinture ou du papier peint, pour ton bureau, déclara Fleur en lui jetant un coup d'œil par-dessus ses lunettes de soleil. Et tu dois aussi me donner un budget.

— Je te donnerai tout ce que tu veux », répondit Richard. Leurs regards se croisèrent, et elle lui sourit malicieusement. En réponse, il sentit sa peau le picoter légèrement sous sa chemise, comme en prévision d'une autre nuit de plaisir à venir.

Fleur ne faisait plus chambre à part. Dorénavant, elle dormait avec lui toutes les nuits, le corps recroquevillé contre le sien, les cheveux éparpillés sur son oreiller. Chaque matin, elle se réveillait avec le sourire, et le cœur de Richard bondissait en la voyant. Ils parlaient des heures durant, Richard se sentait plus heureux que jamais, et Fleur avait les yeux qui pétillaient dix fois plus que d'habitude. Elle semblait rayonner de bonheur et d'excitation, songea Richard, et il y avait dans sa démarche un entrain nouveau. Un entrain – Richard ne put réprimer un léger rictus de satisfaction – dont il était la cause, lui, Richard.

Et, pour couronner le tout, il ne restait plus qu'à la demander en mariage. Dès qu'Oliver serait rentré de vacances, qu'il aurait réglé les histoires d'argent, et que, enfin, il aurait refermé le chapitre Emily. Il choisirait le bon moment, le bon endroit, la bonne bague… Et puis une cérémonie discrète et tranquille, avant une lune de miel tonitruante et joyeuse. La lune de miel qu'il avait attendue toute sa vie.

Quand Zara eut terminé son récit, Antony se laissa retomber sur l'herbe, les yeux perdus dans le vague.

« Ce n'est pas possible, murmura-t-il. Elle se donne tout ce mal pour une Gold Card ?

— Tu peux faire beaucoup de dégâts avec une Gold Card, tu sais, expliqua Zara.

— Mais, je veux dire... » Il s'interrompit et fronça les sourcils. « Je ne comprends pas. Qu'est-ce que ça a à voir avec ton père, tout ça ?

— Elle a dit à ton père qu'elle était veuve. Elle doit penser que ça la rend plus attirante. »

Antony se tut pendant un moment avant de constater : « Alors, depuis le début, elle n'en a qu'après son argent ? » Soudain, il se redressa. « Mais c'est complètement fou ! Je veux dire, on n'est pas si riches que ça.

— Elle s'est peut-être trompée. Ou peut-être que vous êtes plus riches que tu ne penses.

— Mon Dieu, pauvre papa. Et dire qu'il ne se doute de rien ! Zara, il faut que je l'avertisse.

— "Et ensuite il m'a maintenue par terre en m'appuyant sur les poignets, votre honneur, récita Zara d'un ton plat. J'ai essayé de me débattre, mais il était plus fort que moi."

— D'accord, d'accord ! s'exclama Antony avec une légère pointe d'agacement. Je ne dirai rien. Mais quand même, bon sang ! Je ne peux pas laisser mon père se faire arnaquer de la sorte !

— Considère ça comme un paiement. C'est toujours ainsi que Fleur voit les choses.

— Quoi, parce qu'elle a déjà fait ça ? Elle sort avec des types pour leur argent ? »

Zara détourna le regard en haussant les épaules. Elle avait fourni à Antony une version édulcorée de la vérité, de sorte que, même s'il parlait, tout ne serait pas perdu pour Fleur. Elle avait décrit sa mère comme une petite gourde dépensière qui courait après une Gold

Card et qui risquait de dilapider l'argent de Richard en robes du soir et en coiffeurs. Et Antony était déjà choqué. Alors, elle n'osait pas imaginer sa réaction si elle lui révélait l'intégralité des faits… Si elle lui expliquait froidement que Fleur était un escroc cynique et sans cœur, qui s'introduisait dans la vie des gens en profitant de leur désespoir et de leur faiblesse, et qui s'en tirait toujours en misant sur leur honte et leur fierté blessée.

Car la vérité était là, à portée de main ; c'était comme si un fin rideau la dissimulait au reste du monde. Il aurait suffi qu'Antony tire un petit coup sec sur le tissu pour qu'il s'effondre, laissant voir les supercheries, les mensonges et les affreuses histoires lovés tels des serpents dans le cerveau de la jeune fille. Mais Antony n'en ferait rien. Il croyait déjà lui avoir extorqué la vérité. Jamais il ne songerait qu'il y avait pire à découvrir.

« C'est juste une prostituée, en fait ! lança-t-il avec rage.

— Elle fait payer ses services, rectifia Zara posément. C'est normal. Est-ce que ton père n'a pas eu du bon temps pendant ces derniers mois ? » Antony la dévisagea, incrédule.

« Mais il croit vraiment qu'elle l'aime. Et moi aussi, je croyais. Je croyais qu'elle l'aimait !

— C'est possible…

— Non. Les gens qui s'aiment ne s'intéressent pas à l'argent !

— Mais bien sûr que si ! rétorqua Zara avec mépris. Tu ne préférerais pas avoir une copine qui puisse t'offrir une Porsche ? Si tu dis non, c'est que tu es un menteur.

— D'accord, mais le vrai amour, c'est différent. Ce qui compte, c'est la personne.

— C'est un tout : d'abord une question d'argent, ensuite de physique, et en dernier de personnalité.

— Mais c'est pas vrai, t'es complètement tordue, ma parole ! L'argent n'a rien à voir là-dedans. Je veux dire… Suppose que tu épouses un type très riche et qu'il y ait un krach boursier et qu'il perde tout son argent !

— Suppose que tu épouses une fille très gentille et qu'elle ait un accident de voiture et qu'elle perde toute sa personnalité ! Quelle est la différence ?

— C'est pas pareil ! Tu le sais très bien. Pourquoi est-ce que tu défends ta mère ?

— Je n'en sais rien ! s'écria-t-elle. Parce que c'est ma mère, sans doute ! Je n'en ai jamais parlé à personne jusqu'ici. Je ne m'étais jamais rendu compte… » Elle se tut. « Oh, bon sang, maintenant je regrette de t'avoir dit tout ça.

— Eh ben, moi aussi ! Quel merdier ! »

Ils se regardèrent en silence.

« Écoute, finit par déclarer Zara. Ton père n'est pas débile. Il ne va pas se laisser plumer, pas vrai ?

— Non, soupira Antony. J'imagine que non.

— Et ça te plaît, que Fleur soit là, non ?

— Bien sûr ! Je l'adore. Et j'aime bien aussi… j'aime bien aussi quand tu es là.

— Tant mieux, répondit Zara en souriant. Parce que moi aussi j'aime bien être ici. »

Quand ils rentrèrent à la maison, ils trouvèrent Fleur et Richard en pleine discussion sur la couleur du papier peint.

« Antony ! s'écria Fleur. Voyons voir si tu peux ramener ton père à la raison. Il commence par me donner carte blanche pour redécorer son bureau, et ensuite il me dit qu'il ne veut que des rayures ou des fleurs de lis.

— C'est quoi, des fleurs de lis ? » Il observa Fleur avec attention. L'image qu'il avait d'elle avait changé maintenant qu'il connaissait la vérité. Comme il s'approchait d'elle, il s'attendait à la trouver différente. Presque monstrueuse. Il redoutait l'instant où il allait croiser son regard. Mais elle était là, sous ses yeux, égale à elle-même, chaleureuse, jolie, animée. Et voilà qu'elle lui souriait, à présent. Malgré lui, il lui rendit son sourire, tout en se demandant si ce que Zara lui avait raconté était vrai.

« Écoute, Fleur, suggéra Richard. Tu n'as qu'à prendre d'autres catalogues quand tu iras à Londres. Je suis sûr qu'on peut s'entendre. N'oublie pas que c'est moi qui passe mes journées dans cette pièce à essayer de travailler. » Il se tourna vers Antony et Zara pour ajouter : « Fleur a un faible pour les murs orange.

— Pas orange. Terracotta.

— Quand est-ce que tu vas à Londres ? demanda Zara.

— Vendredi, répondit Fleur. Après-demain.

— Ta mère doit se rendre à un service funèbre », expliqua Richard.

Zara se paralysa sur place ; son visage devint blême.

« Tu vas à un service funèbre ?

— C'est ça.

— Un service funèbre ? répéta Zara, incrédule. Tu vas à un service funèbre ?

— Oui, ma chérie, confirma Fleur avec une note d'impatience dans la voix. Et ce n'est pas la peine de te mettre dans cet état. Je ne m'absenterai que pour la journée. C'est cette pauvre Hattie Fairbrother. Tu te souviens de Hattie, n'est-ce pas ma chérie ? » Zara se mit à trembler et fit demi-tour pour s'éloigner.

« Zara ! cria Gillian du pas de la porte. Le téléphone, pour toi. Un certain Johnny.

— Johnny ? s'exclama Zara en relevant vivement la tête. C'est Johnny au téléphone ? D'accord, j'arrive ! J'arrive ! Ne le laisse pas raccrocher ! » Et, sans un regard vers sa mère, elle se précipita dans la maison.

« Tu veux un Coca light ? » proposa Antony. Mais elle était déjà trop loin pour l'entendre. « Je vais juste voir si elle veut un Coca », lança-t-il aux autres avant de s'élancer après elle.

Richard regarda Fleur.

« Zara a eu l'air très perturbée à l'idée que tu ailles à un service funèbre, dit-il.

— Je sais. Depuis qu'elle a perdu son père, tout ce qui a rapport avec la mort la perturbe. J'essaie de ne pas le relever.

— Bien sûr, approuva Gillian. C'est tout à fait compréhensible.

— Pauvre petite, soupira Richard, les yeux légèrement humides. Et qui est Johnny ? Un ami de Zara ?

— Un ami de nous deux », rectifia Fleur. Son visage se ferma de façon imperceptible. « Je le connais depuis des années.

— Tu devrais lui proposer de passer, suggéra Richard. J'aimerais bien rencontrer tes amis.

— Peut-être », répondit Fleur d'un ton évasif, avant de changer de sujet.

Zara s'était engouffrée dans la petite pièce qui donnait sur le hall et qui ne renfermait rien d'autre qu'un téléphone, une chaise et une petite table pour prendre les messages. Quand elle en ressortit, Antony l'attendait. Il la dévisagea attentivement : elle avait les yeux pétillants, et elle semblait avoir retrouvé sa bonne humeur.

« C'est qui, Johnny ? demanda-t-il sans détour. Ton petit copain ?

— Ne sois pas stupide ! s'exclama Zara. Je n'ai pas de petit copain. Johnny est juste un ami. Un très bon ami.

— Ah ouais ? reprit Antony d'un ton qu'il voulait léger et moqueur. On m'a déjà fait le coup.

— Antony, Johnny a cinquante-six ans !

— Ah, répondit Antony, se sentant tout à coup ridicule.

— Et, en plus, il est homo !

— Homo ?

— Oui, dit-elle en riant. Tu es content, maintenant ? » Elle se mit à courir vers la porte.

« Tu vas où ? cria Antony en lui emboîtant le pas.

— J'ai un message pour Fleur de la part de Johnny. »

Ils arrivèrent ensemble dans le jardin, à bout de souffle.

« OK, Johnny espère que tu as changé d'avis et il demande que tu lui passes un coup de fil, annonça Zara d'une seule traite.

— À quel sujet ? répliqua Fleur.

— Il a dit que tu saurais de quoi je parle. Et aussi… qu'il allait peut-être m'emmener à New York ! Comme cadeau pour mes quatorze ans ! » Elle jeta un regard triomphant à sa mère.

« New York ! exulta Antony. Mais c'est génial !

— Fantastique, commenta Fleur d'un ton acide.

— Enfin, voilà, c'était le message. » Zara prit un chewing-gum dans sa poche et se mit à le mastiquer avec entrain. « Alors, tu vas l'appeler ?

— Non, rétorqua Fleur en refermant le catalogue de papiers peints d'un coup sec. Certainement pas. »

13

Le vendredi matin, Richard partit de bonne heure pour sa réunion, et Fleur poussa un soupir de soulagement. Elle commençait à trouver quelque peu oppressante sa présence continuelle. Comme l'été s'installait pour de bon, il s'accordait de grandes plages de temps libre – des jours de vacances bien mérités – disait-il – qu'il passait entièrement à la maison. La première fois qu'il avait prononcé le mot. « vacances », Fleur lui avait adressé un charmant sourire en se demandant si elle parviendrait à le persuader de l'emmener à la Barbade. Mais Richard ne voulait pas voyager. Tel un adolescent pétri d'amour, il ne souhaitait qu'une chose : être avec elle. Il passait ses nuits avec elle, ne la quittait pas d'une semelle le jour ; elle ne pouvait pas lui échapper. La veille, elle lui avait d'ailleurs proposé qu'ils fassent une partie de golf ensemble. N'importe quoi, pourvu que cela brise la monotonie. Il va falloir faire attention, songea-t-elle en avalant la dernière gorgée de son café du matin, ou bien ça va tourner à la routine.

Et puis, brusquement, elle se ressaisit. Non, elle n'allait pas tomber dans la routine avec Richard, pour la simple et bonne raison qu'elle n'allait pas rester avec Richard. À trois heures cet après-midi, elle assisterait au service funèbre de Hattie Fairbrother, épouse du magnat de la finance Edward Fairbrother ; et, dès la fin de la réception qui suivrait, il se pouvait bien qu'elle ait de nouveaux plans d'avenir.

Elle se leva, rectifia le tombé de son tailleur noir et monta à l'étage. Alors qu'elle passait devant la porte du bureau, elle hésita un instant. Elle n'avait pas encore eu l'occasion d'explorer les dossiers de Richard. Maintenant qu'elle était officiellement chargée de la décoration de la pièce, cela aurait pourtant dû être facile. Elle pouvait désormais entrer et sortir à sa guise, fouiller partout, ouvrir et fermer les tiroirs, chercher tout ce dont elle avait besoin sans susciter de soupçons. Mais, avec Richard qui ne la lâchait pas d'un pouce, la tâche s'était révélée plus ardue que prévu. En outre, elle était presque convaincue qu'il n'était pas aussi riche qu'elle l'avait d'abord espéré. Johnny s'était trompé : Richard Favour n'était rien d'autre qu'un homme modérément aisé, dont la Gold Card lui rapporterait quinze ou vingt mille livres au maximum. Pas de quoi perdre son temps à passer en revue tous ses documents.

La force de l'habitude lui fit cependant pousser la porte du bureau. Le taxi qui devait la déposer à la gare allait arriver dans quelques minutes, ce qui lui laissait le temps de jeter un œil à sa correspondance récente. Après tout, elle était censée s'occuper de la décoration... Elle pénétra dans la pièce et contempla les murs vides en frissonnant. Ses yeux tombèrent sur la grande fenêtre derrière la table de travail ; elle imagina aussitôt un majestueux drapé de rideaux en velours vert, auxquels elle assortirait une épaisse moquette de la même couleur. Et, dans des cadres, une série de gravures anciennes représentant des scènes de golf ; elle en trouverait peut-être dans une brocante…

Sauf que, bien sûr, elle ne ferait rien de tout ça. Fleur reprit ses esprits, s'installa à son aise dans le fauteuil de Richard et pivota sur elle-même, machinalement. Par la fenêtre, elle pouvait voir le jardin : la pelouse, le poirier, le filet de badminton qu'Antony et Zara avaient planté la veille. Ce paysage lui était devenu familier. Trop familier, même. Elle aurait sans doute un peu de mal à quitter cet endroit. D'ailleurs, pour être honnête, elle aurait aussi du mal à quitter Richard.

Mais bon, c'était comme ça, la vie n'était pas toujours facile. Fleur redressa la tête et se mit à pianoter sur le bois ciré du bureau, d'un geste impatient. Elle n'avait pas encore atteint son but : elle n'était pas riche. Il fallait donc qu'elle continue, elle n'avait pas le choix. Il était inutile de s'attarder plus longtemps aux Érables pour récolter quelques miettes misérables par-ci par-là. Richard n'était pas du genre à faire des folies et à lui offrir par surprise une robe haute couture ou un bracelet en diamants. Dès qu'elle aurait réussi à savoir combien elle pouvait espérer lui subtiliser, elle ferait « rebondir » sa Gold Card jusqu'à la limite, et elle disparaîtrait avec l'argent. Si elle ne se trompait pas sur le montant, il accepterait de payer en silence, il ne dirait rien à personne, soignerait ses blessures en privé et digérerait l'histoire en en tirant les leçons. C'était toujours ainsi que ça se passait. Quant à elle, elle serait déjà dans une autre famille, une autre maison, peut-être même un autre pays.

Avec un soupir las, elle tira vers elle le casier dans lequel Richard rangeait son courrier récent et se mit à fouiller sans grande conviction. Elle n'était qu'à moitié concentrée sur ce qu'elle faisait, ne sachant pas très bien ce qu'elle cherchait à découvrir. La perspective de l'inconnu ne semblait plus lui procurer la moindre excitation ; elle avait perdu tout son enthousiasme. À une époque, elle aurait examiné chaque lettre une par une, à la recherche du plus petit indice, traquant les opportunités d'un enrichissement financier. Mais, à présent, elle parcourait les pages d'un œil distrait, s'arrêtant au hasard sur quelques lignes avant de poursuivre, mécaniquement. Il y avait une lettre concernant le bail de l'appartement de Richard à Londres, une demande de don émanant d'une organisation caritative, et un relevé de banque.

Tandis qu'elle le sortait de l'enveloppe, Fleur sentit un léger pincement au cœur : enfin, quelque chose d'intéressant. Elle déplia la feuille, et ses yeux se posèrent automatiquement sur la case en bas de la colonne de droite : le solde final. Et, tout à coup, alors qu'elle estimait déjà mentalement l'ordre de grandeur du chiffre qu'elle s'attendait à lire, elle prit conscience de ce qu'elle était en train de voir et elle se figea de stupéfaction. Ses doigts se mirent à trembler ; son ventre se noua ; elle avait du mal à respirer.

Non, pensa-t-elle en s'efforçant de garder son sang-froid. C'est impossible. Parfaitement impossible. À moins que… Elle en avait quasi le vertige. Peut-être avait-elle mal lu ? Elle ferma les yeux, avala sa salive, prit une profonde inspiration et les rouvrit : le même montant s'affichait, provocant, dans la colonne crédit. Elle le contempla un bon moment, savourant sa découverte. Était-ce bien vrai ? Était-elle réellement en train de lire…

« Fleur ! » cria Gillian du rez-de-chaussée. La jeune femme sursauta ; son regard vola vers la porte. « Votre taxi est là.

— Merci ! » répondit Fleur d'une voix si aiguë qu'elle en fut surprise. Elle s'aperçut soudain qu'elle avait les mains moites. Elle regarda le chiffre encore une fois, toujours près de défaillir. Dans quoi avait-elle mis le nez ? Personne, absolument personne, ne laissait une somme pareille dormir sur un compte en banque. À moins d'être stupide – ce qui n'était pas le cas de Richard – ou extrêmement, mais alors extrêmement riche...

« Fleur ! Vous allez rater votre train !

— J'arrive ! » En un clin d'œil, avant que Gillian ne décide de venir la chercher, Fleur remit le relevé de banque où elle l'avait pris. Il fallait qu'elle réfléchisse à tout ça. Qu'elle y réfléchisse sérieusement...

Philippa s'était acheté une nouvelle tenue en prévision de sa journée avec Fleur. Debout devant le panneau des arrivées de la gare de Waterloo, elle se trouvait un peu ridicule dans son ensemble rose pâle et se demandait si elle n'aurait pas dû choisir quelque chose d'un peu plus discret. Mais, dès qu'elle vit Fleur descendre du train, elle fut soulagée, car la jeune femme était encore plus habillée qu'elle. Elle portait le même tailleur noir que la première fois que Philippa l'avait vue, au service funèbre de sa mère, et un somptueux chapeau noir parsemé de petites fleurs violettes. Les gens se retournaient sur son passage tandis qu'elle traversait le hall, et Philippa sentit un élan de fierté : cette femme élégante et admirée de tous était son amie. Son amie !

« Ma chérie ! » Fleur l'embrassa avec plus d'ostentation que de sincérité, mais Philippa s'en fichait pas mal. Elle imaginait avec euphorie le tableau qu'elles devaient former, toutes les deux dans leurs beaux vêtements, l'une en rose, l'autre en noir. Deux jolies femmes qui se retrouvaient pour déjeuner. Si, la veille, elle avait assisté à une scène semblable, elle en aurait été malade de jalousie ; aujourd'hui, elle était elle-même l'héroïne de cette scène. C'était elle, la jolie fille.

« Par où veux-tu commencer ? demanda Fleur. J'ai réservé une table chez Harvey Nichols pour midi et demi, mais on peut faire autre chose avant. Quel genre de boutiques veux-tu voir ?

— Je ne sais pas ! s'exclama Philippa, tout excitée. Regardons sur la carte. J'ai des tickets de métro…

— Je pensais plutôt prendre un taxi, coupa Fleur. Je ne me déplace jamais en métro si je peux éviter. » Philippa leva les yeux et rougit. L'espace d'un instant, elle eut l'impression que la journée était déjà gâchée. Mais Fleur éclata de rire et saisit Philippa par le bras.

« Je ne devrais pas chipoter comme ça, dit-elle. J'imagine que tu prends souvent le métro, non ?

— Tous les jours, répondit Philippa en se forçant à sourire. Mais je suis toute disposée à changer mes habitudes.

— Bravo ! » lança Fleur en entraînant Philippa vers la station de taxis. Philippa se laissa faire, ivre de bonheur, se préparant presque à vivre une grande histoire d'amour.

Dans le taxi, elle se tourna vers Fleur, pleine d'espoir, n'attendant que son signal pour se lancer dans une discussion à bâtons rompus sur les derniers potins en vue. Elle sentait déjà au fond de sa gorge un fou rire prêt à éclater ; elle avait même prévu sa réaction : « Oh, Fleur ! s'écrierait-elle au moment opportun. Tu es vraiment trop drôle ! » Et elle lui serrerait tendrement le bras, comme à une vieille copine. Le chauffeur de taxi qui les observerait dans son rétroviseur penserait que c'étaient des amies d'enfance. Ou même des sœurs.

Mais Fleur regardait par la fenêtre sans dire un mot. Le front plissé, elle se mordait la lèvre d'un air pensif, et Philippa eut l'impression qu'elle ne voulait pas être dérangée. Comme si elle était en train de réfléchir à quelque chose d'important ; comme si elle aurait préféré être ailleurs.

Et puis, brusquement, Fleur se tourna vers Philippa.

« Dis-moi, vous êtes heureux, avec Lambert ? » demanda-t-elle de but en blanc. Philippa sursauta légèrement. Elle n'avait pas envie de penser à Lambert. Mais Fleur attendait une réponse.

« Oh oui, affirma-t-elle avec un sourire courageux. Nous formons un couple heureux.

— Un couple heureux, répéta Fleur. Et qu'est-ce qui fait un couple heureux, exactement ?

— Ben…, hésita Philippa. Tu sais bien.

— Ah bon ? Non, je ne suis pas sûre de savoir…

— Mais tu as déjà été mariée, non ? Avec le père de Zara ?

— Oui, oui, répondit Fleur d'un air évasif. Bien sûr. Mais nous n'étions pas heureux.

— Ah non ? Je l'ignorais. » Philippa observa Fleur du coin de l'œil, en se demandant si elle devait lui poser plus de questions sur son mariage malheureux. Mais Fleur eut un geste impatient de la main.

« Enfin, ce que je me demande, c'est pourquoi on décide d'épouser quelqu'un. » Elle regarda Philippa avec intensité. « Qu'est-ce qui t'a poussée à épouser Lambert ? »

Une vague de panique s'empara de Philippa, on aurait dit qu'on l'interrogeait sur le seul sujet qu'elle n'avait pas révisé. Une série d'images lui traversa l'esprit : Lambert et elle le jour de leur mariage ; leur lune de miel dans les Maldives ; Lambert bronzé et gentil avec elle ; des après-midi entiers à faire l'amour sous la moustiquaire…

« Eh bien…, finit-elle par répondre. J'aime Lambert. Il est fort, il veille sur moi… » Elle s'arrêta pour jeter un regard à Fleur.

« Et ? demanda Fleur. Quoi d'autre ?

— Et on s'entend bien.

— Mais comment savais-tu que c'était la bonne personne ? insista Fleur. Comment savais-tu que c'était le moment d'arrêter de chercher ailleurs et de te caser pour de bon ?

— Je savais, voilà tout », murmura Philippa d'un ton incertain, comme sur la défensive.

Elle se souvint alors de sa mère ; un souvenir qu'elle croyait pourtant avoir étouffé à jamais : Emily, assise dans son lit, fixant Philippa de son regard glacé et disant : « Tu dis oui à Lambert, Philippa. Et tu peux lui être reconnaissante. Quel autre homme voudrait d'une fille comme toi ?

— Jim voulait bien de moi, avait rétorqué Philippa d'une voix chevrotante.

— Jim ? Ton père le méprise. Il ne te laissera jamais épouser Jim. Tu ferais mieux d'accepter Lambert.

— Mais…

— Il n'y a pas de mais. C'est ta seule chance. Regarde-toi un peu ! Tu n'es pas jolie, tu n'as pas de charme, et tu n'es même pas vierge ! Qui voudra de toi ? »

En entendant sa mère, Philippa s'était trouvée mal, comme si on l'agressait physiquement, dans sa chair. À présent, elle avait l'impression de revivre ce moment pénible.

« Tu savais, hein ? » Fleur n'avait pas l'air satisfaite de sa réponse. « C'est comme ce chapeau, poursuivit-elle en désignant le couvre-chef qu'elle portait. Je savais que c'était le bon. Mais ensuite, après l'avoir acheté, j'en ai vu un autre plus joli.

— C'est un très beau chapeau, approuva timidement Philippa.

— Le problème, c'est que tu peux avoir plus d'un chapeau si tu le désires. Tu peux en avoir vingt différents. Mais tu ne peux pas avoir vingt maris. Tu ne te dis jamais que tu as peut-être choisi trop tôt ?

— Non ! protesta Philippa un peu trop vite. Jamais. Lambert est parfait pour moi.

— Tant mieux, affirma Fleur en souriant gentiment. Je suis contente pour toi. »

Philippa regarda son amie, et son joyeux sourire forcé s'estompa peu à peu. Pour la première fois de sa vie, elle regretta de ne pas avoir été honnête. Elle aurait pu se confier à Fleur ; elle aurait pu lui faire partager ses soucis et lui demander son avis. Mais, d'instinct, elle avait préféré lui renvoyer d'elle une image dorée, romantique ; une image que Fleur pouvait apprécier et peut-être même envier. Et, maintenant, l'occasion de lui dire la vérité était passée.

Lambert arriva aux Érables peu de temps après que Gillian fut partie à son cours de bridge. Il gara sa voiture, entra dans la maison et resta un instant immobile dans le hall, l'oreille tendue. Tout était calme, comme prévu. La veille au soir, il avait téléphoné pour prévenir Gillian qu'il ferait peut-être un saut entre deux réunions.

« Mais il n'y aura personne, avait-elle répondu. Richard va à Newcastle, moi je serai au bridge, et Antony sera sans doute au club, avec Zara, pour s'entraîner avant le championnat.

— Je passerai quand même, avait rétorqué Lambert d'un air détaché, puisque je serai dans les parages. »

Aussi monta-t-il, sans plus hésiter, jusqu'au bureau de Richard. Il n'aurait pas de mal à trouver les informations dont il avait besoin ni, une fois rentré chez lui, à transférer sur son compte les sommes d'argent appropriées. Il serait en mesure de faire un chèque à sa banque d'ici à une semaine, ce qui lui permettrait de gagner quelques mois. Et puis, à Noël, Philippa aurait vingt-neuf ans ; l'héritage serait alors à portée de main, et ce serait la fin de tous ses petits tracas financiers.

En entrant dans la pièce, il ne put s'empêcher de vérifier sous le bureau. Comme s'il ne savait pas que Fleur était à Londres, avec sa femme. Pour aller à un service funèbre. Cette bonne femme n'avait-elle vraiment rien de mieux à faire de son temps que d'assister à ce genre de cérémonie ? Il constata que la moquette était sale, se redressa, se dirigea d'un pas décidé vers le meuble en métal et en ouvrit le troisième tiroir ; celui qu'il n'avait pas eu le temps de fouiller la semaine passée. Et sous ses yeux, comme une récompense bien méritée, s'alignaient toutes les chemises contenant les relevés de comptes de Richard.

« Bingo », murmura-t-il. Il s'agenouilla et, au hasard, sortit le dossier intitulé « Maison ». Tous les relevés étaient soigneusement attachés avec un trombone. Comme il les feuilletait en vitesse, il fut pris d'une brusque euphorie : devant lui s'étalait la vie financière de Richard. Toute la fortune qui, un jour, leur appartiendrait, à Philippa et lui. Sauf que, sur ce compte-là, il n'y avait pas grand-chose. Le solde semblait ne jamais dépasser trois mille livres. Il n'irait pas bien loin avec ça !

Il replaça la pochette d'un geste agacé et en sortit une autre, dont l'étiquette disait « Enfants ». L'argent de poche, pensa Lambert avec mépris, avant de jeter le dossier par terre, où il tomba grand ouvert. La main déjà tendue pour attraper un autre classeur, il jeta négligemment un coup d'œil vers les feuilles éparpillées sur le sol. Ce qu'il vit alors le paralysa de stupeur. Le relevé était daté du mois précédent, et le solde avoisinait les dix millions de livres.

« Combien de plats veux-tu commander ? demanda Philippa en examinant le menu. Trois ?

— Dix millions, répondit Fleur d'un air absent.

— Comment ? » Philippa, interloquée, releva les yeux.

« Non, rien, reprit Fleur avec un sourire. Excuse-moi, j'avais la tête à des kilomètres d'ici. » Elle enleva son chapeau et secoua ses longs cheveux roux. Depuis un coin du restaurant, un jeune serveur la dévorait du regard.

« À dix millions de kilomètres ! » plaisanta Philippa. Jusqu'à présent, la journée avait été à la hauteur de ses espérances. Elles avaient flâné d'une boutique à l'autre, essayant des vêtements, s'aspergeant de parfums pour en tester l'odeur, le tout dans une effusion de fous rires qui attiraient vers elles de nombreux regards. Les magazines avaient tout faux, songea Philippa. Ils disaient que, pour appâter les hommes, il fallait se promener en compagnie de quelqu'un de plus laid que soi. Mais ce n'était pas vrai. La preuve : Fleur était beaucoup plus jolie qu'elle, bien qu'elle fût aussi plus âgée, et pourtant, ce jour-là, au lieu de se sentir rabaissée, Philippa avait l'impression de s'élever au niveau de Fleur. D'ailleurs, les gens la traitaient autrement : ils lui souriaient, les hommes lui tenaient la porte, les jeunes femmes se retournaient sur son passage en la dévisageant avec envie. Et Philippa avait savouré chaque instant.

« Oh, et puis je ne sais pas ! s'exclama soudain Fleur. C'est trop compliqué. Pourquoi la vie ne peut-elle pas être plus simple ? Allez, buvons un cocktail. » Elle fit un signe au jeune serveur, qui accourut aussitôt.

« Un manhattan, annonça Fleur gaiement.

— Deux », rectifia Philippa. Le serveur leur sourit. Philippa le trouvait très séduisant. À vrai dire, les gens qui travaillaient dans les boutiques de luxe étaient tous beaux.

« Excusez-moi, mesdames. » Un autre serveur s'approchait d'elles avec un plateau en argent sur lequel était posée une bouteille de champagne. « On a commandé ça pour vous.

— Non ! » Fleur éclata de rire. « Du champagne ! » Elle étudia la bouteille de plus près. « Et du très bon champagne, en plus. Qui nous envoie ça ? demanda-t-elle en balayant la salle d'un regard inquisiteur. A-t-on le droit de savoir ?

— C'est comme dans un film ! lança Philippa, tout émoustillée.

— J'ai un message pour Mme Daxeny, dit le maître d'hôtel en lui tendant une petite carte.

— Ha, ha ! fit Fleur, amusée. Il connaît mon nom, alors ?

— Lis-le ! » exhorta Philippa, impatiente.

Fleur déchira l'enveloppe.

« Profitez bien de votre déjeuner, mes chéries, commença-t-elle à lire. Je regrette de ne pas être avec vous. Signé : Richard. » Elle releva la tête. « C'est de la part de ton père, dit-elle, abasourdie. Ton père nous a fait porter du champagne.

— Je croyais que ça venait d'un prince anonyme, rétorqua Philippa avec une pointe de déception. Comment a-t-il su que nous étions là ?

— J'ai dû lui en parler. Il a dû s'en souvenir et commander une bouteille par téléphone, en espérant qu'on ne changerait pas nos plans. Et, pendant tout ce temps, il n'a rien dit !

— Je vous l'ouvre ? proposa le serveur.

— Bien sûr ! s'exclama Philippa.

— Oui, s'il vous plaît », ajouta Fleur. Elle ramassa la petite carte et la contempla un moment. « Quel homme attentionné…, murmura-t-elle.

— En fait, reprit Philippa, je crois que je vais quand même prendre un manhattan. Et ensuite, du champagne ! Heureusement que je ne conduis pas ! » Elle jeta un coup d'œil à son amie. « Fleur, ça va ?

— Ça va…, répondit Fleur en fronçant les sourcils. J'étais juste en train de penser à quelque chose… »

Elles regardèrent le maître d'hôtel ouvrir la bouteille de champagne avec dextérité avant de servir une coupe, qu'il tendit à Fleur d'un geste cérémonieux.

« Tu sais, confia-t-elle à mi-voix, les hommes parviennent rarement à me surprendre. Mais aujourd'hui… » Elle but une gorgée. « Hmm, il est délicieux.

— Aujourd'hui, tu as été surprise ! compléta Philippa d'un ton triomphant.

— Oui, aujourd'hui, j'ai été surprise, acquiesça Fleur en regardant son verre d'un air pensif. Deux fois de suite. »

Le bruit de la clé dans la porte d'entrée fit sursauter Lambert. C'était la femme de ménage. Les mains tremblantes, il replaça les divers dossiers dans le tiroir, sortit précipitamment du bureau et dévala l'escalier. En passant devant la femme de ménage dans le hall, il lui adressa un sourire chaleureux, mais son cœur battait à toute vitesse et il avait des sueurs froides dans le dos.

Dix millions en liquide… C'était de toute évidence l'argent destiné au compte en fidéicommis. Pourtant, il était toujours au nom de Richard. Que se passait-il ? Arrivé près de sa voiture, il fit une pause, respirant profondément pour tenter de recouvrer son calme. L'argent n'était pas placé en fidéicommis. Ce qui signifiait que Philippa n'était pas millionnaire comme il le pensait. Et lui, il avait un découvert énorme, et son seul moyen de le combler, c'était elle.

Paniqué, il ouvrit la portière, prit place sur le siège et posa la tête sur le volant. Quelque chose lui échappait. Est-ce qu'Emily lui aurait menti ? Elle lui avait promis que Philippa allait devenir riche. Elle lui avait dit qu'ils allaient s'en occuper tout de suite ; que l'argent serait placé sous le nom de Philippa ; que, dès qu'elle aurait trente ans, elle pourrait le toucher. Et, en vérité, tout était encore sur le compte de Richard. D'autre part, il semblait que, depuis plusieurs mois,

Richard avait entrepris de liquider systématiquement toutes ses actions. Il avait donc l'intention de faire quelque chose de cet argent... Mais quoi ? Le donner à Philippa ? Ou bien le balancer par les fenêtres ? Rien ne pouvait plus surprendre Lambert, à présent. Et le pire, c'était qu'il ne pouvait absolument rien y faire.

Au moment où les desserts arrivaient, Philippa se pencha par-dessus la table et plongea les yeux dans ceux de Fleur, qui en profita pour l'observer discrètement. Philippa avait bu deux manhattans et la moitié de la bouteille de champagne ; au fil du repas, elle était devenue de plus en plus volubile et de moins en moins claire. Les joues rouges et les cheveux en bataille, elle avait l'air d'avoir quelque chose d'important à dire.

« Je t'ai menti. » Elle avait la voix quelque peu pâteuse, et Fleur la regarda avec surprise.

« Pardon ?

— Non, c'est moi qui te demande pardon. C'est vrai, tu es ma meilleure amie et je t'ai menti. Tu es ma meilleure amie, répéta Philippa avec emphase. Et je t'ai menti. » Elle attrapa la main de Fleur et cligna plusieurs fois des yeux pour retenir une larme. « Sur Lambert.

— Ah bon ? Et qu'est-ce que tu m'as dit sur Lambert ? demanda Fleur tout en dégageant sa main pour prendre sa cuillère. Mange ton dessert. »

Docile, Philippa ramassa sa cuillère et attaqua la surface caramélisée de sa crème brûlée.

« Je t'ai dit que je l'aimais », répondit-elle en relevant la tête.

Fleur finit sans se presser sa bouchée de mousse au chocolat.

« Et tu ne l'aimes pas ?

— Parfois, je pense que oui… mais en fait non.

— Ça, je te comprends…

— Je suis prisonnière d'un mariage sans amour. »
Philippa regarda Fleur avec des yeux rouges.

« Eh bien, dans ce cas, quitte-le, suggéra Fleur tout
en reprenant une cuillerée de mousse.

— Tu penses que je devrais quitter Lambert ?

— S'il ne te rend pas heureuse, oui.

— Tu ne crois pas que je devrais plutôt prendre un
amant ?

— Non, rétorqua Fleur sèchement. Sûrement pas. »
Philippa prit une bouchée de crème brûlée, qu'elle
avala sans enthousiasme, puis une deuxième. Une
larme roula sur sa joue.

« Mais… si je quitte Lambert et que je me rende
compte après qu'en fait je l'aime ?

— Au moins, tu seras fixée.

— Et s'il ne veut pas que je revienne ? Je resterai
toute seule !

— Et alors ? dit Fleur en haussant les épaules.

— Et alors ? Mais je ne pourrais jamais vivre seule !
s'écria-t-elle d'une voix suraiguë. Tu sais comme il est
difficile de rencontrer des gens, de nos jours ?

— Oui, je sais, acquiesça Fleur avec un sourire discret. Pourtant, il suffit de chercher aux bons endroits.

— Je ne pourrais jamais vivre seule », répéta Philippa avec obstination.

Fleur laissa échapper un soupir d'impatience.

« Dans ce cas, reste avec Lambert. Philippa, tu as
beaucoup bu…

— Non, tu as raison, coupa Philippa. Je vais le quitter. Il me dégoûte.

— Là, j'avoue que je suis d'accord avec toi.

— Je ne voulais pas l'épouser, confia Philippa en redoublant de sanglots.

— Et maintenant tu vas le quitter, conclut Fleur en réprimant un bâillement. Comme ça, tout est en ordre. On demande l'addition ?

— Tu vas m'aider, hein ?

— Bien sûr. » Fleur leva la main, et deux serveurs blonds à la coupe de cheveux identique se précipitèrent à leur table.

« L'addition, s'il vous plaît. »

Philippa regarda sa montre. « Tu dois aller à ton service, non ? Ton service funèbre.

— Je ne sais pas…, répondit Fleur d'un ton hésitant. Je ne vais peut-être pas y aller, finalement. Je ne suis pas sûre… » Elle s'interrompit un instant. « Hattie n'était pas une amie très proche. Et je ne suis pas tellement d'humeur. C'est une situation un peu… un peu délicate. »

Philippa ne l'écoutait pas.

« Fleur ? dit-elle en s'essuyant les yeux. Je t'aime vraiment beaucoup, tu sais ?

— C'est vrai, ma chérie ? » Fleur lui adressa un gentil sourire. Comment diable un homme tel que Richard pouvait-il avoir engendré une telle empotée ?

« Et tu vas épouser papa ? questionna Philippa en reniflant.

— Il ne me l'a pas proposé. »

On leur apporta l'addition dans un petit étui en cuir ; sans même en vérifier le montant, Fleur y déposa la Gold Card de Richard. Elles attendirent que l'un des deux serveurs siamois vienne la chercher.

« Mais s'il te le propose, insista Philippa. Tu l'épouseras ?

— Eh bien… », commença Fleur. Elle se laissa aller contre le dossier de sa chaise. Dix millions, pensa-t-elle. L'idée lui tournait dans la tête comme une toupie. Dix millions de livres. Une fortune. « Qui sait ? » finit-elle par répondre, avant de vider son verre d'un seul trait.

« Tu crois que ta mère va épouser mon père ? demanda Antony en s'asseyant sur la pelouse impeccable du green.

— Mais j'en sais rien ! grommela Zara d'un ton agacé. Arrête de me poser des questions débiles, je n'arrive pas à me concentrer. » Elle plissa le nez, prit une profonde inspiration et frappa la balle avec son putter. La petite boule blanche roula péniblement en direction du trou et s'arrêta après quelques mètres. « Voilà ! Regarde ce que tu m'as fait faire ! C'est nul !

— Non, c'est pas nul. Tu apprends vite.

— N'importe quoi. De toute façon, c'est un jeu idiot. » Énervée, elle donna un grand coup de putter dans l'herbe, et Antony jeta un coup d'œil autour de lui pour s'assurer que personne ne l'avait vue. C'était un endroit peu fréquenté. Ils étaient sur le green des juniors, un terrain à l'écart, protégé par de grands pins et la plupart du temps désert. Antony avait passé la moitié de la matinée à s'entraîner pour le championnat du club, l'événement majeur de la saison. Le reste du temps, il avait couru partout pour récupérer les balles que Zara ne semblait pas pouvoir s'empêcher d'envoyer par-dessus la haie toutes les cinq minutes.

« Quand tu frappes, expliqua Antony, tu dois vraiment contrôler ton geste. Tu n'as qu'à imaginer que tu…

— Il n'y a rien à imaginer, rétorqua Zara. Je sais très bien ce que j'ai à faire : mettre cette foutue balle dans le trou. J'y arrive pas, c'est tout. » Elle jeta son putter par terre et s'installa à côté d'Antony. « Je me demande comment tu peux jouer à un jeu aussi con. Ça ne fait même pas maigrir.

— Je ne sais pas, on devient accro. Et, à part ça, tu n'as pas besoin de maigrir. » Zara ignora sa remarque et rentra la tête dans les épaules. Ils demeurèrent silencieux pendant quelques instants.

« Dis-moi, risqua finalement Antony. Pourquoi es-tu de si mauvaise humeur, aujourd'hui ?

— Je ne suis pas de mauvaise humeur.

— Si. Depuis ce matin. Depuis que ta mère est partie. Est-ce que c'est parce que... » Il s'interrompit, gêné.

« Quoi ?

— Non, rien. Je me demandais si tu connaissais la personne pour laquelle ta mère va à un service funèbre cet après-midi... Je me disais que c'était peut-être pour ça que...

— Non, coupa Zara. C'est pas ça. » Elle se détourna légèrement, le visage plus dur que jamais.

« Ce sera super quand tu iras à New York, lança joyeusement Antony.

— Si j'y vais.

— Mais bien sûr, que tu vas y aller ! Ton ami Johnny a dit qu'il t'emmènerait. »

La jeune fille haussa les épaules.

« Je ne suis pas sûre que ça se fera.

— Pourquoi ?

— Je sais pas.

— T'as juste un peu le cafard aujourd'hui, suggéra Antony d'un ton rassurant.

— Je n'ai pas le cafard. J'ai juste envie de...

— Quoi ? s'enquit Antony avec une impatience non dissimulée. De quoi tu as envie ?

— J'ai envie de savoir ce qui va se passer, d'accord ? J'ai juste envie de savoir.

— Entre mon père et ta mère, c'est ça ?

— Ouais, marmonna-t-elle.

— Moi, je crois qu'ils vont se marier, affirma Antony, débordant d'excitation. Je parie que papa va le lui demander bientôt. Et après, toute cette histoire de Gold Card... » Il baissa la voix. « Eh ben, ça n'aura plus aucune importance, pas vrai ? Je veux dire, si c'est sa femme... ils partageront tout, alors... »

Zara le regarda d'un air impassible.

« T'as déjà tout prévu dans ta tête, c'est ça ?

— Ben... » Se sentant rougir, il se mit à arracher des brins d'herbe autour de lui pour se donner une contenance.

« Antony, qu'est-ce que tu peux être rangé !

— C'est pas vrai ! »

Zara laissa échapper un bref éclat de rire. « C'est pas grave, tu sais.

— On dirait que tu me trouves coincé. Mais c'est pas vrai. J'ai fait des tas de... de trucs.

— Ah bon ? Et qu'est-ce que t'as fait ? T'as volé dans les magasins ?

— Non ! T'es folle !

— Tu as joué à des jeux d'argent ? Et le sexe ? » Antony devint rouge écarlate, et Zara se rapprocha de lui. « T'as déjà fait l'amour, Antony ?

— Et toi ? riposta-t-il.

— Ne sois pas idiot. Je n'ai que treize ans. »

Antony éprouva un immense soulagement.

« Et alors ? dit-il. Comment je peux savoir ? T'aurais pu. Tu fumes bien de l'herbe, non ?

— C'est pas pareil. En plus, ajouta-t-elle, si tu fais l'amour trop jeune, tu peux attraper un cancer de l'utérus.

— Un cancer de l'ulcère russe ? Qu'est-ce que c'est que ça ?

— De l'utérus, idiot ! Tu sais ce que c'est, l'utérus ? C'est juste là. » Elle désigna un point au-dessus de la braguette de son jean. « À l'intérieur. » Comme il suivait des yeux son geste, Antony sentit un afflux de sang lui monter à la tête. Troublé, il leva inconsciemment la main vers sa tache de naissance.

« Ne la cache pas ! cria Zara.

— Quoi ? » Il parlait d'une voix étranglée.

« Ta tache. Je la trouve jolie. Ne la cache pas.

— Tu la trouves jolie ?

— Ben oui. Pas toi ? » Antony détourna le regard, ne sachant que répondre. Personne jusque-là n'avait jamais fait référence ouvertement à cette tache ; il avait donc pris l'habitude de faire comme si elle n'existait pas.

« Je trouve ça sexy », ajouta Zara d'une voix douce et sensuelle. La respiration d'Antony s'accéléra. Personne n'avait jamais dit de lui qu'il était sexy !

« Ma mère la détestait, dit-il sans même réfléchir.

— Je suis sûre que non.

— Si ! Elle… » Il ne termina pas sa phrase. « Non, ça ne fait rien.

— Mais si, ça fait. »

Pendant quelques secondes interminables, Antony garda les yeux baissés. Des années de loyauté envers sa mère luttaient soudain contre un violent désir de dire la vérité.

« Elle voulait que je porte un bandeau, pour la cacher, confessa-t-il de but en blanc.

— Un bandeau ? »

Antony se tourna vers Zara, qui le dévisageait, l'air abasourdi.

« Quand j'avais sept ans, elle m'a demandé si je ne trouverais pas ça rigolo de porter un bandeau. Comme un pirate, elle disait. Et elle a sorti de son sac ce… ce truc en plastique noir horrible, avec un élastique.

— Et qu'est-ce que tu as fait ? »

Antony ferma les yeux et se remémora sa mère, qui l'observait avec une expression de dégoût à demi dissimulée par un sourire forcé. Une douleur lui déchira la poitrine et il prit une profonde inspiration pour s'empêcher de pleurer.

« Je l'ai regardée et j'ai dit : "Mais je ne verrai plus rien si je porte un bandeau sur l'œil." Alors, elle a éclaté de rire et elle a fait semblant que c'était une blague. Mais… » Il déglutit péniblement. « Je sais qu'elle ne plaisantait pas, en fait. Elle voulait que je me couvre l'œil pour que personne ne voie ma tache de naissance.

— La vache ! Quelle salope !

— C'était pas une salope ! Elle était juste un peu… » Il se mordit la lèvre.

« Tu sais quoi ? Moi, je trouve ça sexy. » Zara se rapprocha encore de lui. « Très sexy, même. » Il y eut une pause infinitésimale, et leurs regards se croisèrent.

« Est-ce que… Est-ce que ça donne aussi le cancer de l'utérus, quand on s'embrasse ? demanda Antony d'une voix tremblante.

— Je ne crois pas, répondit Zara.

— Tant mieux. »

Alors, lentement, il lui passa un bras autour du cou et l'attira vers lui. Ses lèvres avaient le goût de menthe et de Coca light ; leurs langues se rencontrèrent tout de suite. Elle a déjà embrassé, pensa-t-il dans une sorte de brouillard sucré. Elle a dû embrasser plein de fois. Plus que moi, en tout cas. Comme ils se reculaient, il la regarda prudemment, s'attendant qu'elle se moque de lui, ou qu'elle l'humilie avec un commentaire expert.

Mais, à sa grande stupeur, elle avait les yeux dans le vide, et une larme coulait sur sa joue. Des cris d'accusation et de démentis inutiles résonnèrent dans sa tête.

« Zara ! s'exclama-t-il. Je suis désolé. Je ne voulais pas...

— Ne t'inquiète pas, murmura-t-elle. Ce n'est pas toi. Ça n'a rien à voir avec toi.

— Ça ne t'a pas embêtée, alors, qu'on... ?

— Bien sûr que non ! J'avais envie que tu m'embrasses. Et tu le savais très bien. » Elle s'essuya le visage du revers de la main, releva la tête et lui sourit bravement. « Et tu sais quoi ? J'en ai encore envie. »

Philippa rentra chez elle avec un mal au crâne épouvantable. Après que Fleur eut pris un taxi pour la gare, elle avait continué à faire les magasins toute seule, choisissant les boutiques bon marché que Fleur avait ignorées et qui étaient secrètement ses favorites à elle. À présent, elle avait les pieds gonflés, les cheveux ébouriffés, et elle se sentait couverte de poussière. En franchissant la porte de son appartement, elle entendit en provenance du bureau une voix qu'elle ne reconnut pas, et son cœur s'emballa : peut-être Lambert avait-il invité des amis ; peut-être resteraient-ils dîner à l'improviste... Quel heureux hasard qu'elle porte son ensemble rose ! Ils penseraient sans doute qu'elle s'habillait comme ça tous les jours. Elle traversa le hall à vive allure, vérifia son apparence dans une glace, se composa une expression à la fois distinguée et accueillante, et ouvrit la porte du bureau.

Mais Lambert était seul. Affalé dans un fauteuil près de la cheminée, il écoutait un message sur le répondeur. Une voix de femme disait : « Il est absolument impératif que nous nous rencontrions au plus vite pour discuter de votre situation. »

« Quelle situation ? demanda Philippa.

— Rien », rétorqua Lambert.

Philippa remarqua le voyant rouge du répondeur.

« Elle est en ligne, là ? Pourquoi tu ne décroches pas ?

— Tu ne peux pas la fermer ? » grogna Lambert.

Philippa l'observa avec attention. Au fil de l'après-midi, elle s'était surprise à penser que son mariage n'était peut-être pas ce gouffre sans amour qu'elle avait décrit à Fleur ; que peut-être il restait de l'espoir. Sa volonté de quitter Lambert s'était érodée petit à petit, pour ne laisser subsister qu'une légère déception, le sentiment familier que sa vie n'avait pas exactement tourné comme elle l'aurait voulu.

Mais, tout à coup, elle sentait sa résolution revenir. Elle prit une grande inspiration et serra les poings.

« Pourquoi es-tu toujours aussi méchant avec moi ? s'exclama-t-elle.

— Quoi ? » Lambert tourna lentement la tête et la dévisagea avec stupeur.

« J'en ai ras le bol ! » Elle s'avança dans la pièce, s'aperçut qu'elle avait toujours ses sacs de courses à la main et les posa par terre. « J'en ai ras le bol de la façon dont tu me traites ! Comme un chien. Ou la dernière des idiotes. J'exige du respect, maintenant ! »

Elle tapa du pied avec un air triomphant, en regrettant de ne pas avoir un peu plus de public. Les phrases se bousculaient à ses lèvres comme si elle les savait par cœur ; des dizaines de scènes de ménage qu'elle avait lues dans des romans lui revenaient en mémoire. Elle avait l'impression d'être une héroïne romantique. « Je t'ai épousé par amour, Lambert, poursuivit-elle en réduisant sa voix à un murmure tremblé. Je voulais partager ta vie. Tes espoirs, tes rêves. Et toi, tu me repousses, tu m'ignores…

— Je ne t'ignore pas ! rétorqua Lambert. De quoi parles-tu, voyons ?

— Tu me traites mal, Lambert, reprit-elle en rejetant ses cheveux en arrière. Eh bien, j'en ai marre. Je te quitte.

— Pardon ? s'écria Lambert d'une voix suraiguë. Philippa, qu'est-ce qui te prend, bon sang ?

— Pose-toi la question toi-même. Je te quitte, Lambert. » Elle releva le menton, ramassa ses sacs et se dirigea vers la porte d'un pas digne. « Je te quitte, et tu ne pourras rien faire pour m'en empêcher. »

14

À son retour de Londres, Fleur trouva Richard sur le perron en compagnie de Geoffrey Forrester, le capitaine du club de golf de Greyworth.

« Ah ah ! s'exclama Geoffrey en la voyant. Vous arrivez juste à temps pour entendre la bonne nouvelle. Est-ce que je peux le dire à Fleur, Richard, ou tu veux lui annoncer toi-même ?

— Qu'est-ce qu'il y a ? demanda Fleur.

— Geoffrey vient juste de m'apprendre que, si je le souhaite, je peux être nommé capitaine du club », expliqua Richard. Fleur l'observa à la dérobée. Il s'efforçait manifestement de conserver une expression neutre, mais sa bouche esquissait un sourire malgré lui et ses yeux brillaient d'excitation.

« Comme je l'ai raconté à Richard, indiqua Geoffrey, le comité a voté pour lui à l'unanimité. Ce qui ne se produit pas tous les jours, croyez-moi.

— Bravo, mon chéri ! s'écria Fleur. Je suis fière de toi.

— Bon, il faut que j'y aille, dit Geoffrey en regardant sa montre. Richard, tu me feras savoir ta décision demain matin ?

— Bien sûr. Bonsoir, Geoffrey.

— Et j'espère bien vous voir tous les deux au championnat du club. Plus d'excuses, à présent, Richard ! » Il lança à Fleur un sourire radieux. « Quant à vous, Fleur, vous ne croyez pas qu'il serait temps de vous y mettre aussi ?

— Je ne suis pas sûre d'avoir un tempérament de golfeuse, répondit-elle en souriant.

— Il n'est jamais trop tard pour commencer ! On va vous initier ; pas vrai, Richard ?

— J'espère bien, acquiesça Richard en attrapant la main de Fleur. J'espère. »

Ils regardèrent la voiture de Geoffrey s'éloigner dans l'allée puis rentrèrent dans la maison.

« De quelle décision parlait-il ? demanda Fleur.

— J'ai dit à Geoffrey que je ne pouvais pas accepter cette nomination sans t'en parler d'abord.

— Quoi ? Mais pourquoi ? Tu veux devenir capitaine, non ? »

Richard laissa échapper un soupir.

« Bien sûr, j'en ai envie… d'un côté. Mais ce n'est pas si simple. Être capitaine, c'est à la fois un grand privilège et un engagement très lourd. » Il prit entre ses doigts une mèche de cheveux de Fleur et s'en caressa les lèvres. « Si j'accepte, je devrai passer beaucoup plus de temps au club que je ne le fais actuellement. Il faudra que je joue plus souvent, que je retrouve un bon niveau, que j'assiste à toutes les compétitions… C'est un gros travail. Et ça veut dire que j'aurai moins de temps à te consacrer.

— Mais tu dois accepter ! Tu ne crois pas que ça en vaut la peine ? Est-ce que tu n'as pas toujours rêvé de devenir capitaine de Greyworth ?

— C'est drôle, pendant des année, j'ai pensé que c'était ce que je désirais. Devenir capitaine de

Greyworth était… mon but dans la vie. Et, maintenant que c'est à ma portée, je n'arrive pas à me souvenir pourquoi j'en avais tellement envie. Mes objectifs ont changé.

— Mais tu ne peux pas abandonner comme ça ! protesta Fleur en fronçant les sourcils. C'est quelque chose que tu as attendu toute ta vie.

— Et alors ? La question est plutôt de savoir pourquoi j'ai attendu ça ma vie durant. Et si ça ne m'apparaissait plus du tout primordial, soudain ? Peut-être que je préfère passer mon temps avec toi plutôt que d'arpenter un terrain de golf avec un vieux raseur du coin…

— Richard, tu ne peux pas te dégonfler comme ça ! Tu ne peux pas te contenter d'une petite vie rangée ! Tu as toujours rêvé de devenir capitaine de Greyworth, et voilà que cette opportunité s'offre à toi. Il faut saisir les occasions quand elles se présentent. Même si ça va à l'encontre de… » Elle s'interrompit, haletante.

« Même si ça va à l'encontre de son bonheur ? compléta Richard en riant.

— Peut-être, oui ! Il vaut mieux saisir une opportunité et être malheureux que la laisser passer et le regretter le reste de sa vie.

— Fleur, murmura-t-il en lui prenant les mains pour les embrasser l'une après l'autre. Tu es formidable. Absolument formidable ! Je n'ai jamais vu d'épouse aussi encourageante, attentive… »

Il y eut un bref silence.

« Sauf que je ne suis pas ton épouse », rectifia Fleur d'une voix posée.

Richard baissa la tête et prit une grande inspiration. « Fleur…, commença-t-il.

— Richard, j'ai besoin de prendre une douche, coupa Fleur avant de le laisser finir. Je dégouline de sueur. » Elle se dégagea de son étreinte et se dirigea vers les marches.

« Bien sûr, répondit Richard en souriant. Tu dois être épuisée. Et je ne t'ai même pas demandé comment s'est passé le service funèbre.

— Je n'y suis pas allée, finalement. Je m'amusais trop avec Philippa.

— Ah, tant mieux ! Je suis très heureux que vous deveniez amies.

— Et merci pour le champagne, au fait, ajouta Fleur, parvenue à la moitié de l'escalier. Ç'a vraiment été une surprise.

— Oui, dit Richard. Je m'en doutais. »

Fleur se rendit directement à la salle de bains, ouvrit le robinet de la baignoire à fond et ferma la porte à clé. Ses idées étaient confuses, et elle avait besoin de réfléchir. Exténuée, elle se laissa tomber dans un fauteuil et observa son reflet dans la glace.

Et elle, quel était son but dans la vie ? La réponse lui vint aussitôt, sans l'ombre d'une hésitation : son but était d'acquérir une grosse somme d'argent. Qu'est-ce que ça voulait dire, une grosse somme d'argent ? Dix millions de livres, c'en était une. Si elle épousait Richard, elle serait donc en possession d'une grosse somme d'argent.

« Mais pas à mes conditions », dit-elle tout haut. Elle ôta ses chaussures en soupirant. Elle avait un peu mal aux pieds d'avoir tant marché, malgré le cuir souple de ses escarpins de luxe ; malgré les nombreux taxis qu'elles avaient pris tout au long de la journée.

Pourrait-elle supporter d'être la femme de Richard ? Mme Richard Favour, de Greyworth. Fleur frémit ; rien que l'idée lui donnait froid dans le dos. Les hommes changeaient toujours après le mariage. Richard lui achèterait des pantalons écossais et exigerait d'elle qu'elle apprenne le golf. Il lui allouerait de l'argent de poche. Et tous les matins, au réveil, il serait là à la regarder avec son sourire béat. Si elle décidait de partir en voyage, il viendrait avec elle.

Mais, en même temps… Fleur plissa le nez. En même temps, il avait beaucoup d'argent. C'était une opportunité qui ne se représenterait peut-être jamais. Elle retira sa veste et la posa sur le porte-serviettes. La soie noire lui rappela soudain le service funèbre qu'elle avait raté cet après-midi-là. Une chance en moins. Avec qui aurait-elle pu lier connaissance à cette cérémonie ? Quelle rencontre heureuse aurait-elle pu y faire ?

« Décide-toi, lança Fleur à son double dans le miroir, tout en finissant de se déshabiller. Ou bien tu prends ce qu'il y a à prendre, ou bien tu t'en vas. »

Elle enleva ses bas, s'avança sur la pointe des pieds jusqu'à la baignoire et passa ses jambes par-dessus le rebord. Au fur et à mesure qu'elle s'enfonçait dans l'eau chaude et mousseuse, elle sentait son corps se détendre et sa tête se vider.

Un coup à la porte la fit sursauter.

« C'est moi ! » Elle reconnut la voix de Richard. « Je t'ai apporté un verre de vin.

— Merci, chéri. Je viendrai le prendre dans une seconde.

— Et j'ai Philippa au bout du fil. Elle veut te parler. »

Fleur leva les yeux au ciel. Elle avait eu sa dose de Philippa pour la journée.

« Dis-lui que je la rappellerai.

— D'accord. Je te laisse le verre ici, juste devant la porte. »

Elle l'imagina en train de se baisser pour déposer soigneusement le verre de vin sur la moquette du couloir, vérifier qu'elle ne risquait pas de le renverser en ouvrant la porte, puis se baisser de nouveau pour le déplacer de quelques centimètres avant de s'éloigner à pas de loup. Un homme prudent et attentif. La laisserait-il dilapider tout son argent ? Peut-être pas. Et, dans ce cas, elle l'aurait épousé pour rien.

Philippa raccrocha le combiné en se mordant la lèvre. Un nouveau flot de larmes inonda son visage rougi. Elle avait l'impression qu'on lui arrachait les entrailles. Elle n'avait personne d'autre à qui téléphoner. Personne d'autre à qui elle pouvait se confier. Il fallait absolument qu'elle parle à Fleur, et Fleur était dans son bain.

« Oh, Seigneur, dit-elle à voix haute. Seigneur, aidez-moi. »

Elle se laissa glisser du canapé et atterrit sur le tapis, où elle se mit à sangloter frénétiquement, les mains plaquées sur son ventre, se balançant d'avant en arrière. Son tailleur rose était tout froissé et mouillé de larmes, mais elle se fichait pas mal de son apparence, désormais, puisque de toute façon il n'y avait personne pour la voir, personne pour l'entendre.

Lambert était parti en claquant la porte, l'abandonnant à son sort. Pendant un long moment, elle était restée recroquevillée en silence, mortifiée, incapable de bouger sans que cela lui déclenche de terribles douleurs au ventre et un nouvel accès de larmes. Et puis, comme elle recouvrait peu à peu son calme, elle avait réussi à se traîner jusqu'au téléphone, où elle avait composé le numéro des Érables avant de demander à parler à Fleur de la voix la plus normale possible. Fleur, pensait-elle avec désespoir. Fleur. Si seulement je pouvais parler à Fleur.

Mais Fleur prenait son bain… Alors, après avoir dit au revoir à son père, ses sanglots avaient redoublé, elle s'était effondrée par terre en se demandant comment une journée qui avait si bien commencé pouvait finir par un tel désastre d'humiliation.

Il lui avait ri au nez. Lambert lui avait ri au nez. Un rire méchant et méprisant, auquel elle avait réagi en redressant les épaules et en le regardant droit dans les yeux pour lui répéter, d'une voix encore plus solennelle que la première fois : « Je te quitte ! » Elle avait senti l'adrénaline monter, un sourire se dessiner sur ses lèvres, et elle s'était rendu compte qu'elle aurait dû faire ça bien des années auparavant. « Je suppose que je vais aller m'installer chez mon père, avait-elle ajouté d'un air décidé. En attendant de me trouver un appartement. » Lambert avait aussitôt relevé la tête en répliquant :

« Philippa, tais-toi, veux-tu ?

— Lambert, tu ne comprends pas ? Je te quitte !

— Mais non.

— Mais si !

— Je te dis que non, bon sang !

— Je te quitte. Tu ne m'aimes pas, alors à quoi ça rime de rester ensemble ?

— À quoi ça rime ? Mais on est mariés, bordel ! Tu comprends, ça ?

— Eh bien, peut-être que je n'ai plus envie d'être mariée, bordel !

— Et peut-être que moi, oui ! »

Lambert s'était levé, il s'était avancé vers elle et l'avait attrapée par le poignet. « Tu ne me quitteras pas, Philippa », avait-il dit d'une voix qu'elle reconnaissait à peine ; une voix presque effrayante. Il était écarlate, tremblant de rage, comme possédé. « Tu ne me quitteras pas. C'est compris ? »

Alors, elle avait fléchi. En voyant son regard désespéré, elle avait pensé : « Ça, c'est de l'amour. Il m'aime vraiment. » Elle était déjà prête à succomber, à lui caresser le menton en l'appelant « Chouchou ». Lorsqu'il s'était approché d'elle, elle n'avait pu réprimer un sourire tout en se préparant à une étreinte passionnée, réparatrice. Mais, brusquement, il l'avait saisie à la gorge.

« Tu ne vas pas me quitter ! avait-il susurré entre ses dents. Jamais, c'est compris ? » Et ses mains avaient resserré leur étau jusqu'à ce qu'elle ait du mal à respirer et qu'elle soit prise de vertiges.

« Dis-moi que tu ne me quitteras jamais ! Dis-le !

— Je ne te quitterai jamais, avait réussi à articuler Philippa d'une voix étranglée.

— Ah bon. Je préfère. »

Ensuite, il l'avait lâchée, la laissant s'affaler sur le canapé comme une vieille poupée de chiffon. Elle n'avait pas osé lever les yeux quand il était parti ; elle ne lui avait pas demandé où il allait. Son corps était paralysé de frayeur. En entendant la porte claquer, elle avait senti des larmes de soulagement couler en silence sur ses joues. Finalement, elle était parvenue à atteindre le téléphone, à composer le numéro des Érables et à demander la seule personne au monde à qui elle aurait pu tout raconter. Par miracle, elle avait réussi à feindre un ton léger, qui ne trahissait rien de son état. Elle avait aussi eu la force de dire que non, tant pis, ça ne faisait rien, au revoir papa, à bientôt. Mais, dès qu'elle avait raccroché, elle s'était écroulée sur le tapis, dans la plus effroyable des solitudes. Parce que Fleur n'était pas disponible, et qu'il n'y avait personne d'autre vers qui se tourner.

Richard raccrocha le téléphone avec un sourire attendri.

Il trouvait très encourageant que Philippa ait appelé en demandant à parler à Fleur plutôt qu'à lui. Cela prouvait que Fleur devenait un membre de la famille à part entière, rattachée non seulement à lui mais à tous les autres. Gillian s'entendait très bien avec elle, cela ne faisait aucun doute. Quant à Antony, il semblait apprécier sa présence et, surtout, il avait l'air de beaucoup aimer la petite Zara.

En l'espace d'un seul été, Fleur avait pris une telle place dans leur existence qu'il avait du mal à se remémorer leur existence d'autrefois. Au début, pourtant, elle lui paraissait une créature étrange, presque exotique, pleine d'idées farfelues, en opposition complète avec la vie qu'il menait ; avec leur vie à tous, d'ailleurs. Mais, à présent… Richard fronça les sourcils. À présent, il la trouvait tout à fait normale. C'était Fleur, tout simplement. Était-ce elle qui avait changé ? Ou bien eux ? Il avait du mal à le savoir.

Et ce n'était pas juste au sein de la famille que la transformation avait eu lieu, songea Richard en se servant un verre de vin. Tous les regards en biais qu'on lui jetait au club de golf avaient désormais disparu. Les ragots malveillants s'étaient tus. Fleur était maintenant autant respectée que lui à Greyworth. Sa nomination au poste de capitaine était un honneur pour elle autant que pour lui.

Richard poussa un profond soupir. Il était temps qu'il l'honore à son tour. Il était temps de mettre toutes ses affaires en ordre ; d'acheter une bague de fiançailles ; et de demander Fleur en mariage, dans les règles de l'art.

Le lendemain, à l'heure du déjeuner, Fleur n'avait toujours pas trouvé un moment pour rappeler Philippa.

« Elle a encore téléphoné, annonça Gillian en coupant des tomates dans la cuisine. Pendant que vous étiez à votre évaluation au club de gym. Elle avait l'air très déçue de vous rater pour la troisième fois.

— J'ai une excellente endurance, commenta Fleur en contemplant sa feuille de résultats. Mais ma capacité pulmonaire est exécrable. Je me demande d'où ça peut venir…

— Trop de cigarettes, suggéra Zara.

— Je ne fume pas !

— Plus maintenant, mais avant, si.

— Pas longtemps. Et j'ai vécu dans les Alpes suisses pendant six mois. Ça aurait dû remettre mes poumons en état, non ?

— Il y a aussi eu un autre coup de fil de votre ami Johnny, ajouta Gillian en jetant un œil au bloc de papier posé à côté du téléphone. C'est la quatrième fois qu'il appelle cette semaine, vous savez ?

— Quoi ! s'exclama Zara. Vous n'avez pas encore réussi à vous parler ?

— Il a vraiment insisté pour que vous le rappeliez, dit Gillian. J'ai promis d'essayer de vous convaincre.

— Je ne suis pas d'humeur pour parler à Johnny, répondit Fleur en fronçant les sourcils. Je l'appellerai plus tard.

— Non ! protesta Zara. Tu l'appelles tout de suite ! S'il veut que tu téléphones, c'est qu'il a une bonne raison. Et si c'était urgent ?

— Il n'y a jamais rien d'urgent dans la vie de Johnny, rétorqua Fleur d'un ton cinglant. Il n'a pas le moindre souci.

— Parce que toi oui, peut-être ? s'offusqua Zara.

— Zara, intervint Gillian avec diplomatie. Pourquoi ne vas-tu pas me cueillir des fraises dans le jardin ? » Il y eut un bref silence, durant lequel la jeune fille observa sa mère.

« D'accord, finit-elle par dire en se levant.

— Et peut-être que je trouverai le temps d'appeler Johnny plus tard, concéda Fleur en examinant ses ongles. J'ai bien dit peut-être. »

Lambert était proche de la crise de nerfs. Assis dans son bureau, il déchiquetait des bouts de papier entre ses doigts, le regard dans le vide, incapable de se concentrer. En l'espace de quelques jours, il avait reçu pas moins de trois messages de la part d'Erica Fortescue, de la First Bank, l'exhortant à la contacter d'urgence. Jusque-là, il avait réussi à l'éviter. Mais il ne pourrait pas continuer indéfiniment à fuir. Elle pouvait très bien venir le chercher au bureau. Ou même appeler Richard.

Son découvert s'élevait désormais à trois cent trente mille livres. Lambert sentit des sueurs froides couler le long de son dos. Comment était-ce possible ? Comment avait-il pu dépenser autant ? Qu'avait-il acheté, avec tout cet argent ? Il possédait bien une voiture, quelques costumes, deux ou trois montres. Il avait aussi des amis : des couples dont il s'était attiré les faveurs en leur offrant des bouteilles de cognac au club, des loges à l'opéra, des places pour des matchs de cricket. Il avait toujours prétendu qu'il faisait des notes de frais ; ses amis l'avaient cru. S'ils avaient su qu'il payait tout de sa poche, ils s'en seraient trouvés gênés ; et ils se seraient sans doute moqués de lui. En y repensant, Lambert avait le visage rouge de colère et d'humiliation. Qui étaient ces amis ? Des abrutis dont il se rappelait à peine les noms. Et c'était pour leur faire plaisir qu'il s'était mis dans ce pétrin.

Quel jeu Emily avait-elle joué, en lui faisant croire qu'il allait devenir riche ? Quel putain de jeu, bon sang ? Une rage froide s'empara de Lambert, et il la maudit d'être morte, de s'être envolée hors du monde en laissant tout partir à la dérive. Où était la vérité ? Philippa allait-elle réellement hériter ? L'argent allait-il lui revenir ? Ou bien Richard avait-il changé d'avis ? Ou encore, peut-être que toute cette histoire de fonds en fidéicommis était une simple invention de la part d'Emily. Après tout, elle en aurait bien été capable, manipulatrice comme elle l'était. Elle l'avait incité à croire qu'il était potentiellement riche, à dépenser plus d'argent qu'il n'en avait. Et, maintenant, il était endetté jusqu'au cou, et tout ce que ses promesses lui avaient laissé miroiter n'avait abouti à rien.

Sauf qu'il ne pouvait pas jurer qu'elles n'aboutiraient pas. Il était encore possible de croire – et c'était tentant – que Richard allait s'exécuter. Peut-être finirait-il par placer une partie de cet argent sur un compte pour Philippa. Et peut-être bien qu'à ses trente ans elle deviendrait millionnaire, comme Emily le lui avait prédit. Ou peut-être que Richard avait finalement décidé d'attendre un peu plus longtemps… jusqu'à ses trente-cinq, ou même ses quarante ans.

Une véritable torture, de ne pas savoir. Et il n'avait aucun moyen de se renseigner. Richard adorait faire des mystères, il ne dirait rien à Lambert ; et, bien entendu, Philippa ne savait rien de tout ça. Philippa ne savait rien de rien. Lambert se souvint alors du visage bouffi de sa femme, la veille au soir. Quand il avait quitté la maison, elle était en train de pleurnicher sur le canapé ; il ne l'avait pas revue depuis.

Il avait sans doute réagi un peu trop violemment à ses menaces ridicules, il s'en rendait compte à présent. Bien sûr, elle n'était pas sérieuse ; Philippa ne le quitterait jamais. Mais, sur l'instant, elle l'avait inquiété. Il avait perdu son sang-froid en un clin d'œil et ressenti le besoin impérieux de l'arrêter avant qu'elle ne le mette réellement en danger. Il fallait à tout prix qu'il reste marié à Philippa. Continuer à faire tourner la machine, au moins jusqu'à ce qu'il sache où il en était. C'est pourquoi il s'était montré quelque peu brutal. Sans doute était-il allé trop loin, et l'avait-il un peu trop bousculée. Mais, au moins, elle se tiendrait à carreau pour un bon moment, ce qui lui laisserait le temps de se retourner.

Le téléphone sonna, et il fut saisi de panique. Si c'était Erica Fortescue, de la First Bank ? Elle était en bas, à la réception. Et là, elle prenait l'ascenseur…

À la deuxième sonnerie, il décrocha dans un sursaut.

« Oui ? aboya-t-il en essayant de dissimuler sa nervosité.

— Lambert ? » C'était Lucy, sa secrétaire. « C'était juste pour vous dire que j'ai déplacé la réunion, comme vous me l'avez demandé.

— Bien », répondit Lambert avant de raccrocher. Il n'était pas d'attaque pour des réunions en ce moment ; ni pour affronter qui que ce soit. Il lui fallait du temps pour réfléchir.

Devait-il aller voir Richard, lui expliquer franchement la situation et lui soutirer une avance ? Richard accepterait-il facilement de lui prêter une telle somme d'argent ? Le montant s'afficha une nouvelle fois dans sa tête, et il frissonna. Le chiffre, qui avait semblé raisonnable au regard de la montagne que représentait la future fortune de sa femme, paraissait dorénavant monstrueux. Il ferma les yeux et s'imagina en parler à Richard ; lui demander humblement son aide ; rester bien sagement assis, tandis que Richard lui ferait la morale. Il le lui ferait payer toute sa vie. Quel cauchemar !

Et tout ça à cause de Larry Collins, pensa soudain Lambert. Larry, son complice à la banque. Larry, qui avait invité Lambert à dépasser son découvert autorisé, impressionné par les promesses de millions qu'il lui avait faites. Il lui avait dit qu'il était un client précieux, que la paperasse n'avait aucune importance, qu'il augmenterait la limite de son découvert sans aucun problème. Si ce type n'avait pas été un imbécile irresponsable ! Si ses patrons n'avaient pas été aussi aveugles ! Alors, Lambert n'aurait jamais été autorisé à atteindre un tel découvert et il n'en serait pas là. Mais personne n'avait songé à vérifier quoi que ce soit, le découvert de Lambert avait enflé comme une verrue, et c'est juste après que Larry s'était fait renvoyer.

Larry hors circuit, merci, au revoir, Lambert restait pour ramasser les morceaux.

Qu'allait-il pouvoir faire ? S'il s'en tenait à son plan d'origine – prendre cinquante mille livres sur le compte des dix millions et les déposer à sa banque pour les faire patienter –, il devrait trouver un moyen de rembourser Richard avant la fin de l'année. Il ne pouvait pas laisser ça comme ça ; Richard ne manquerait pas de remarquer un déficit de cinquante mille livres. Il aurait donc besoin d'un autre découvert à la banque. Mais qui lui en donnerait l'autorisation maintenant que Larry était parti ? Surtout, sans aucune preuve que sa femme allait bientôt devenir millionnaire. Fou de rage, Lambert serra les poings. Si seulement il avait une preuve ; une garantie quelconque. Quelque chose qui réussirait à convaincre n'importe quel idiot derrière un guichet de lui laisser son découvert. Un document, une lettre. Un papier signé de la main de Richard. N'importe quoi ferait l'affaire.

15

Deux semaines plus tard, dans le bureau d'Oliver Sterndale, Richard apposait son nom au bas d'une série de documents officiels. Après la dernière signature, il reboucha son stylo à plume et regarda son vieil ami en souriant.

« Et voilà ! dit-il. C'est fait.

— Eh bien, bravo, commenta Oliver avec un sarcasme affiché. Est-ce que tu te rends compte que tu es maintenant quasiment ruiné ? »

Richard éclata de rire.

« Oliver, pour quelqu'un qui vient de léguer dix millions de livres à ses enfants, il me reste quand même une énorme quantité d'argent à disposition. Et tu le sais aussi bien que moi.

— Je n'en sais absolument rien », répliqua Oliver. Il croisa le regard de Richard, et un éclair de malice apparut dans ses yeux. « Cependant, poursuivit-il, puisque tu n'as jamais voulu démordre de ce projet, puis-je me permettre de te féliciter de sa réalisation ?

— Tu peux.

— Félicitations, alors. »

Ils contemplèrent tous les deux la pile de contrats posée sur le bureau.

« Tu viens de faire deux petits millionnaires, fit remarquer Oliver d'un air pensif. As-tu décidé quand tu allais les mettre au courant ?

— Pas encore. On a le temps.

— Tu as le temps, oui, mais il faut que tu les prépares. Surtout Philippa. Tu ne vas pas attendre la veille de son trentième anniversaire pour lui annoncer qu'elle est sur le point de devenir multimillionnaire. Ça risquerait de ne pas se passer comme tu le souhaites.

— Oui, oui, j'en suis conscient. D'ailleurs, j'envisage de les faire venir tous les deux ici, disons dans quelques semaines, pour qu'on leur expose la situation ensemble. Puisque tu es l'administrateur du compte.

— Très bonne idée ! approuva Oliver. Excellente idée, même.

— Tu sais, je me sens soulagé. Je me rends compte aujourd'hui que ça me pesait plus que je ne le pensais. À présent, je me sens plus disponible pour... » Il s'interrompit, le visage légèrement coloré.

« Pour repartir de zéro ?

— En effet. »

Oliver s'éclaircit la voix discrètement.

« Richard, y a-t-il quoi que ce soit que je doive savoir ? En ma qualité d'avocat, bien sûr.

— Je ne pense pas.

— Tu n'oublieras pas de me tenir au courant s'il y a... quelque chose.

— Naturellement, affirma Richard avec un sourire espiègle.

— Je ne me contenterai pas d'un fax de Las Vegas disant : "Tu sais quoi ? Je me suis casé !"

— Oliver ! Pour qui me prends-tu ?

— Je te prends pour un type bien et un bon ami. Et je crois que tu as besoin d'être protégé.

— Et contre qui, je te prie ?

— Contre toi-même. Contre ta propre générosité.

— Oliver, où veux-tu en venir ?

— Nulle part. Promets-moi simplement que tu ne te remarieras pas sans m'en parler d'abord. S'il te plaît.

— En toute franchise, Oliver, je ne ferais jamais une chose pareille. Et puis, de toute façon, qui te dit que je vais me marier ?

— Tu veux vraiment que je te réponde ? Je peux te fournir une liste de noms, si tu le souhaites. En commençant par ma propre femme.

— Non, répondit Richard en riant, je préfère ne pas le savoir. Tu vois, je me fiche pas mal de ce que les gens racontent sur moi, désormais. Qu'ils jasent, si ça leur fait plaisir.

— Parce que, avant, tu ne t'en fichais pas ? »

Richard prit une minute pour réfléchir.

« Je ne sais pas… Emily se faisait toujours un souci fou. Alors, moi aussi, par ricochet.

— Oui. Je peux comprendre. Tu as beaucoup changé, n'est-ce pas ?

— Tu crois ? rétorqua Richard avec un faux air innocent.

— Tu le sais très bien. Et, sincèrement, je suis content que les choses se passent si bien pour toi. Tu le mérites.

— Je n'en suis pas si sûr, mais merci quand même, Oliver. » Les deux hommes se regardèrent pendant un moment, avant que Richard ne détourne la tête. « Et merci d'être venu au bureau un samedi matin, ajouta-t-il. Surtout le matin du championnat !

— Ce n'est rien. » Oliver se carra dans son fauteuil. « Je ne joue pas avant midi. Et toi ?

— Midi et demi. Juste le temps de m'entraîner un peu avant. J'en ai bien besoin. Je n'ai presque pas joué, cet été.

— Je sais. C'est bien ce que je disais : tu as changé. »

À onze heures, Philippa était enfin prête à partir de chez elle. Elle observa son reflet dans le miroir et rectifia une mèche de cheveux.

« Tu viens ? dit Lambert. Je te rappelle que je joue à une heure.

— Ça va, on a le temps », répliqua Philippa d'une voix sombre. Tout en évitant de croiser son regard, elle le suivit dans l'escalier.

Comment en étaient-ils arrivés là ? se demanda-t-elle pour la énième fois tandis qu'ils montaient dans la voiture. Comment avait-elle pu laisser Lambert revenir dans sa vie sans l'ombre d'une protestation ? Sans même un point d'interrogation. Trois jours après leur altercation, il était réapparu avec une bouteille de vin dans une main et un bouquet de fleurs dans l'autre.

« C'est pour toi », avait-il annoncé maladroitement à la porte du salon. Philippa avait détourné la tête de la télévision en sursautant. Elle qui croyait ne plus jamais le revoir… À un moment, elle avait même songé à faire changer les serrures de l'appartement ; et puis, quand elle avait appris ce qu'il lui en coûterait, elle avait préféré dépenser cet argent dans l'achat d'une caisse de Baileys. Le jour du retour de Lambert, elle en était déjà à sa quatrième bouteille.

L'alcool avait dû engourdir ses facultés mentales car, lorsqu'elle l'avait vu dans l'embrasure de la porte, qui ne ricanait pas mais qui ne semblait pas non plus se repentir particulièrement, elle n'avait pas éprouvé la moindre émotion. Elle avait essayé de toutes ses forces de convoquer la haine et la colère qu'elle pensait devoir ressentir à juste titre, elle avait fait tout son possible pour imaginer une insulte appropriée, mais rien ne lui était venu à l'esprit à part « espèce de salaud ». Et quand elle avait prononcé ces mots, c'était d'une voix tellement molle qu'elle aurait aussi bien fait de les garder pour elle.

Il lui avait donné les fleurs, qu'elle avait regardées d'un œil morne, les trouvant plutôt jolies. Puis il avait ouvert le vin et lui avait servi un verre et, bien qu'un peu ivre déjà, elle l'avait avalé sans protester. Alors, une fois qu'elle avait accepté ses fleurs et bu son vin, il avait été établi, selon un accord tacite entre eux, qu'il était revenu, qu'elle avait pardonné, et que le chapitre était clos.

C'était comme s'il ne s'était jamais rien passé. Comme si elle ne l'avait pas menacé de le quitter ; comme s'il ne l'avait pas touchée. Oubliés, les pleurs et les cris. Ni lui ni elle n'y faisait plus jamais allusion. Chaque fois qu'elle ouvrait la bouche pour en parler, elle commençait à se trouver mal et son cœur se mettait à battre la chamade, de sorte qu'elle préférait se taire. Plus les jours passaient, plus cette histoire paraissait vague et lointaine, et moins elle se sentait capable d'aborder le sujet avec lui.

Pourtant, elle en avait envie ; une part d'elle-même voulait se rebeller de nouveau, rassembler assez de courage pour lui hurler dessus jusqu'à ce qu'il se confonde en excuses ; ou même revivre toute la confrontation depuis le début, cette fois-ci dans le rôle de l'héroïne victorieuse. Elle aurait également souhaité avoir l'énergie de faire savoir au monde entier ce qui s'était passé.

Car personne n'était au courant. Ni Fleur, ni son père, ni aucune de ses relations. Elle venait de traverser la pire crise de sa vie, qu'elle avait en quelque sorte réussi à surmonter toute seule, et personne ne s'en doutait. Fleur ne l'avait toujours pas rappelée. Depuis plus de deux semaines, elle n'avait aucune nouvelle d'elle.

Les larmes aux yeux, Philippa détourna la tête vers la vitre de la voiture. Au début, elle avait continué à téléphoner aux Érables régulièrement, impatiente de parler à Fleur, désespérant d'entendre ses conseils et son avis sur la question. Et puis Lambert était rentré, ils s'étaient rabibochés, et Philippa avait voulu raconter son aventure à Fleur, non plus pour lui demander de l'aide mais pour l'admiration stupéfaite qu'elle n'aurait pas manqué de provoquer. Chaque fois que le téléphone sonnait, Philippa se précipitait pour répondre en pensant que c'était peut-être elle, déjà prête à lui rapporter à voix basse ce qui lui était arrivé, prête à savourer sa réaction ébahie à l'autre bout du fil. Mais Fleur n'avait jamais rappelé, et Philippa avait fini par renoncer. Elle se rassurait en se disant que Fleur avait sans doute un blocage avec le téléphone ; ou qu'on ne lui avait pas transmis ses messages ; ou bien qu'elle avait tenté d'appeler pendant que Philippa était en ligne avec quelqu'un d'autre.

Mais, ce jour-là, c'était différent. Ce jour-là, elle n'avait plus besoin de téléphone ; elle allait voir Fleur en chair et en os, et elle pourrait lui raconter toute l'histoire de vive voix. Philippa en frémit d'avance. Elle n'omettrait aucun détail, et Fleur serait abasourdie d'apprendre qu'elle avait surmonté une telle épreuve toute seule ; abasourdie, et pétrie de remords.

Philippa s'imagina en train de dire : « Je n'avais personne. Quand j'ai vu que tu ne rappelais pas... » Elle ponctuerait son discours d'un léger haussement d'épaules. « J'étais désespérée. Bien entendu, je me suis mise à boire.

— Oh non ! Ma chérie ! Je me sens tellement coupable ! répondrait Fleur en lui prenant les mains.

— Mais je m'en suis sortie, conclurait-elle d'un air détaché. Je ne sais pas comment, mais je m'en suis sortie. Et pourtant, ça n'a pas été facile, crois-moi. »

« Quoi ? demanda brusquement Lambert. Tu me parles ?

— Oh ! s'exclama Philippa en rougissant. Non, non, rien.

— Tu parles toute seule, ironisa Lambert. Pas étonnant, que tout le monde te croie folle.

— Personne ne me croit folle ! protesta Philippa.

— Peu importe. »

Philippa lui adressa un regard féroce en tâchant de trouver une réplique intelligente, mais elle semblait perdre tout esprit de repartie, dans la réalité ; les mots se mélangeaient et restaient coincés dans sa gorge. Déjà, dans sa tête, elle retournait joyeusement vers Fleur, qui elle, au moins, écouterait son récit et lui passerait un bras autour du cou en lui jurant de ne plus jamais la laisser tomber.

« Cool ! s'écria Zara comme elle arrivait avec Antony à proximité du club de golf. T'as vu tous ces drapeaux !

— Des oriflammes, rectifia Antony.

— Quoi ?

— Des oriflammes, c'est comme ça que ça s'appelle. » Zara lui jeta un coup d'œil sceptique. « Enfin, de toute façon ils décorent toujours le club le jour du championnat, poursuivit Antony. Et il y a un orchestre dans le jardin. C'est marrant. On ira manger des gâteaux, tout à l'heure.

— Il faut d'abord faire le tour du golf ?

— Ben… C'est un peu le but… »

Zara poussa un soupir mélodramatique avant de s'effondrer sur les marches du perron.

« Écoute, murmura Antony en s'asseyant à côté d'elle. Je comprendrai si tu ne veux pas être mon caddie. C'est vrai qu'il fait chaud, et tout ça.

— Tu essaies de me virer, ou quoi ?

— Mais non ! Absolument pas !

— Bon, d'accord, alors. » Zara observa Antony en biais. « T'es nerveux ?

— Pas trop.

— Qui est-ce qui va faire le meilleur score ? Ton père ou toi ?

— Mon père, je pense. Il me bat toujours.

— Mais il ne s'est pas entraîné toute la semaine comme toi. »

Antony haussa les épaules, gêné.

« Même, dit-il. Il joue super bien. »

Ils restèrent assis en silence pendant un moment.

« Et toi, tu embrasses super bien », reprit Zara de but en blanc.

Antony redressa la tête, totalement décontenancé.

« Hein ?

— Tu as très bien entendu. Tu veux que je répète ?

— Non, non ! Quelqu'un pourrait t'entendre !

— Et alors ? C'est la vérité. » Antony devint écarlate. Un groupe de femmes approchait des marches en papotant, et il détourna la tête de honte.

« Et toi, commença-t-il. Tu… Enfin, je veux dire…

« — Ne te sens pas obligé de me retourner le compliment. Je sais que je suis douée. J'ai eu un excellent professeur !

— Qui ça ? demanda Antony, jaloux.

— Cara.

— C'est qui ?

— Une Italienne. Je ne t'ai jamais parlé d'elle ? On habitait chez elle, l'été dernier. Elle aussi, elle avait un père très riche. Dans la mafia, je crois.

— C'est une fille ? s'étonna Antony en roulant de gros yeux ronds.

— Ouais. Mais plus vieille que moi. Elle avait dix-sept ans. Elle avait déjà embrassé des tonnes de garçons.

— Et comment elle t'a appris ?

— À ton avis ? répondit Zara avec un grand sourire.

— La vache ! » Antony devint encore plus rouge.

« Elle avait un petit frère, reprit Zara. Mais tout ce qui l'intéressait, c'était son ordinateur à la noix. Tu veux un chewing-gum ? » Elle releva la tête et éclata de rire en voyant la mine d'Antony. « T'es choqué, hein ?

— Ben, c'est-à-dire… Tu n'avais que douze ans.

— Ouais, j'imagine qu'ils commencent plus jeunes dans ces pays-là. » Elle sortit son chewing-gum du papier et se mit à mastiquer. Antony la considéra sans rien dire durant quelques instants.

« Et alors, qu'est-ce qui s'est passé ? finit-il par demander.

— Comment ça, qu'est-ce qui s'est passé ?

— Pourquoi vous n'avez pas continué à vivre là-bas ?

— Parce que, c'est tout.

— Ta mère s'est disputée avec l'Italien ?

— Pas vraiment. Fleur en avait marre de l'Italie. Et, une nuit, on s'est sauvées.

— Vous êtes parties comme ça ?

— Ben ouais. On a fait nos valises et on est parties. »

Antony la regarda d'un air songeur.

« Vous n'allez pas…, commença-t-il d'une voix timide. Vous n'allez pas vous sauver, cette fois-ci, pas vrai ? »

Il y eut un long silence.

« J'espère que non. J'espère vraiment que non. » Zara rentra la tête dans les épaules et détourna les yeux. « Mais, avec Fleur, ajouta-t-elle, on ne sait jamais. »

Assise au bar du club, Fleur regardait les concurrents et leurs femmes aller et venir dans la salle, se saluer d'un geste de la main, se taquiner au passage sur leur forme respective, interrompre leur conversation au beau milieu d'une phrase pour accueillir à grands cris un nouveau venu. Elle se sentait complètement intégrée dans ce paysage, à siroter son verre de vin au fond d'un fauteuil confortable. L'atmosphère lui rappelait son enfance, le club des étrangers à Dubaï. Ces bourgeoises du Surrey auraient aussi bien pu être ces femmes d'expatriés qui s'agglutinaient au comptoir pour boire du gin, se complimenter sur leurs nouvelles chaussures et se plaindre à mi-voix du patron de leurs maris. Quant à ces hommes qui riaient fort autour d'un verre de bière, ils ressemblaient étrangement à certains associés de son père : prospères, bronzés, obnubilés par la compétition. À Dubaï, les terrains de golf étaient couleur de sable, et non verts, mais là était l'unique différence. C'était l'atmosphère dans laquelle elle avait grandi, l'atmosphère qui lui donnait le plus la sensation d'être chez elle.

« Fleur ! » Interrompue dans ses pensées, elle leva la tête pour découvrir Philippa, vêtue d'un tailleur-pantalon blanc, qui la dévisageait avec une expression intense, presque inquiétante.

« Philippa, répondit Fleur d'un ton léger. Ça me fait bien plaisir de te voir. Lambert participe au championnat ?

— Oui. » Philippa se mit à tripoter maladroitement la fermeture à glissière de son sac, qui finit par se coincer. « Je voulais te parler.

— D'accord. Mais d'abord, laisse-moi t'offrir un verre.

— Un verre ! s'exclama Philippa. Mon Dieu, si tu savais. » Elle s'assit en soupirant bruyamment. « Si seulement tu savais…

— Oui, compatit Fleur sans bien comprendre. Reste là, je serai de retour dans une minute. »

Au bar, elle tomba sur Lambert qui bousculait tout le monde pour accéder au comptoir.

« Bonjour, dit-il sans enthousiasme en la voyant.

— Je viens chercher un verre pour votre femme, expliqua Fleur. À moins que vous n'ayez l'intention de vous en occuper vous-même.

— Qu'est-ce qu'elle veut ? soupira Lambert.

— Aucune idée. Un verre de vin, peut-être. Ou un manhattan.

— Du vin, ça ira.

— Très bien. » Fleur jeta un rapide coup d'œil à Philippa, qui était en train de s'énerver en cherchant quelque chose dans son sac à main ; un mouchoir, sans doute, à en juger par la rougeur de son nez. Ne pouvait-elle donc pas investir dans un fond de teint correct ?

Fleur frissonna imperceptiblement et se retourna vers le bar. Elle comprit alors que, si elle regagnait la table de Philippa, elle l'aurait sur les bras pour le restant de la journée.

« Bon, lança-t-elle à Lambert. Eh bien, je crois que je vais aller retrouver Richard pour lui souhaiter bonne chance. Philippa est là-bas, à côté de la fenêtre. »

Lambert émit un grognement en guise de réponse, et Fleur se fraya un passage à travers la foule en évitant soigneusement de regarder dans la direction de Philippa jusqu'à ce qu'elle fût dehors.

Sur les marches du perron, elle trouva Richard, Antony et Zara.

« Vous êtes prêts ? demanda-t-elle, toute joyeuse. Qui joue en premier ?

— Papa, répondit Antony. Et moi, pas longtemps après lui.

— Et nous pas longtemps après lui, rectifia Zara. Je fais le caddie pour Antony. C'est moi qui lui dirai quel club utiliser, le petit ou le grand.

— C'est ça ! plaisanta Antony. Tu ne connais même pas le nom des différents clubs.

— Bien sûr que si ! »

Richard regarda Fleur en souriant.

« Et ce soir, dit-il, nous fêterons ça avec un bon dîner.

— Il n'y aura peut-être rien à fêter, fit remarquer Antony.

— Oh, mais j'espère bien que si ! s'exclama Richard.

— Moi aussi, ajouta Zara en regardant Antony. J'ai pas envie de traîner avec un perdant. »

Fleur éclata de rire.

« Ça, déclara-t-elle, c'est bien la fille de sa mère !

— Bon, intervint Richard. Nous ferions mieux de nous préparer.

— C'est qui ? demanda soudain Antony, coupant la parole à son père. Ce type, là. Il nous fait des signes.

— Où ça ? s'enquit Fleur.

— Il vient de passer la grille. Je ne l'ai jamais vu ici.

— C'est un membre ? » lança Richard, méfiant.

Tous se retournèrent en même temps, plissant les yeux pour se protéger du soleil.

L'homme était élégant, bronzé, les cheveux châtains. Il portait un ensemble en lin clair impeccable et observait d'un air consterné la jupe-culotte fuchsia de la femme qui marchait devant lui. Tandis que tous le regardaient, il releva la tête et agita de nouveau la main dans leur direction. Fleur et Zara poussèrent un cri à l'unisson. Et, aussitôt, la jeune fille s'élança à sa rencontre.

« Mais qui est-ce, bon sang ? s'exclama Richard en voyant l'inconnu prendre Zara dans ses bras. Vous le connaissez ?

— Je n'arrive pas à le croire, murmura Fleur d'une voix à peine audible. C'est Johnny. »

16

« C'est vrai, reconnut Fleur. J'aurais dû t'appeler. »
Assise sur un banc avec Johnny, elle étendit les
jambes. Au loin, ils apercevaient le quatorzième trou ;
un homme vêtu d'une chemise rouge s'apprêtait à
jouer. « Je suis désolée. Je croyais que tu étais toujours
fâché contre moi.

— Mais oui ! Et je le suis encore plus, maintenant !
s'exclama Johnny. Sais-tu quel effort ça représente
pour moi d'être venu te trouver ici ? Tu sais bien que
je ne sors jamais de Londres si je peux m'en passer.

— Oui. Mais maintenant tu es là. Et je suis contente
que nous soyons toujours amis…

— J'ai dû me battre pour connaître l'heure de ton
train. Ensuite, je me suis rendu compte que j'ignorais
de quelle gare il partait et j'ai été obligé de rappeler, et
la personne que j'avais eue la première fois était sortie
boire un thé ! » Johnny secoua la tête d'un air désespéré. « L'inefficacité du système ! Quant au train lui-
même…

— Enfin, bref, ça fait plaisir de te voir, coupa Fleur.
Combien de temps comptes-tu rester ?

— Tu plaisantes ! Je ne reste pas. Il y a des limites,
nom de Dieu !

287

— Ça fera une livre dans la boîte à jurons »,
commenta Fleur d'un ton badin. Elle renversa la tête
en arrière et sentit la caresse du soleil sur son visage.
Ce serait bon de retourner à Londres auprès de Johnny
et Felix, pensa-t-elle. Faire les magasins, papoter, un
enterrement de temps en temps…

« Tu as l'air comme un poisson dans l'eau, ici, fit
remarquer Johnny en jetant un coup d'œil autour de
lui. La vraie petite femme du Surrey. Tu t'es mise au
golf ?

— Certainement pas !

— Je suis ravi de l'apprendre. C'est un jeu tellement
provincial.

— Il ne faut rien exagérer, protesta Fleur avec mol-
lesse. Zara a commencé à apprendre.

— Que veux-tu ? soupira Johnny avec tendresse.
Zara n'a jamais eu le moindre goût.

— Dommage qu'elle ait dû faire le caddie.

— De toute façon, c'est à toi que je voulais parler.
C'est pour ça que je suis venu. Puisque tu ne me rappelais pas, je n'avais pas d'autre solution.

— De quoi veux-tu me parler ? » demanda Fleur.
Comme Johnny demeurait muet, la jeune femme se
redressa tout à coup. « Pas de Hal Winters, j'espère ?

— Si, justement.

— Mais tu avais dit que tu le tiendrais à l'écart !

— Je n'ai jamais dit ça ! Fleur, ce n'est pas qu'un
casse-pieds ; c'est le père de ta fille. Tu m'avais promis que tu la préparerais à le rencontrer. Tu ne l'as pas
fait, on dirait.

— Zara n'a pas besoin de père.

— Bien sûr que si, voyons !

— Elle t'a toi.

— Ma chérie, ce n'est pas pareil. Tu ne vois pas ? »

Fleur haussa timidement les épaules et ne put s'empêcher d'esquisser un léger sourire.

« Oui, tu as peut-être raison, admit-elle.

— Zara mérite d'avoir un vrai père. Et je te garantis qu'elle l'aura.

— Comment ça ?

— Hal Winters débarque ici samedi prochain. Pour rencontrer Zara, prête ou pas prête.

— Quoi ? s'étrangla Fleur, blême de stupeur. Il vient ici ?

— Tout est prévu.

— Comment as-tu osé prévoir à ma place ? Ce ne sont pas tes affaires !

— Ce sont aussi mes affaires ! Si tu déclines ta responsabilité, il faut bien que quelqu'un prenne le relais. Et, je vais te dire, Felix voulait sauter dans un taxi et l'amener directement ici ! C'est moi qui ai dit non, que c'était plus correct de te prévenir d'abord. » Johnny sortit de sa poche un mouchoir pour s'éponger le front. « Crois-moi si tu veux, mais je suis de ton côté, Fleur.

— Ah bon ? Merci beaucoup ! » Fleur sentait la panique l'envahir et lui faire perdre ses moyens. « Je ne veux pas le voir ! se mit-elle à crier. Je ne veux pas le voir !

— Tu n'as pas besoin de le voir. C'est entre Zara et lui.

— Comment ça ? Et moi, je n'ai rien à voir là-dedans, peut-être ?

— Bien sûr que si. Mais toi, tu n'as pas besoin de lui. Alors que Zara, si.

— Elle est très bien comme elle est !

— Non. Elle passe des heures au téléphone avec moi à me parler de l'Amérique, de son père. Ça devient une obsession, Fleur ! »

289

La jeune femme le regarda un long moment, le visage grave, les lèvres serrées. Puis, soudain, elle se détendit.

« D'accord, déclara-t-elle. Très bien. Tu as raison. Amène M. Winters samedi prochain. Mais ne dis rien à Zara pour l'instant. Je désire la préparer moi-même.

— Fleur…

— Je te le promets ! Cette fois, je le ferai. »

Johnny la dévisagea d'un air suspicieux. « Et tu t'arrangeras pour qu'elle soit là ce jour-là ?

— Bien sûr, chéri », répondit-elle gaiement en fermant les yeux et en tournant la tête vers le soleil.

Philippa était assise à une table dans le jardin. Devant elle étaient posées une théière, une assiette de scones, et une bouteille de vin qu'elle avait gagnée à la tombola. Dans un coin du parc, l'orchestre jouait « Strangers in the Night », et quelques enfants s'appliquaient à danser ensemble au pied du podium. Une larme se détacha du menton de la jeune femme et atterrit dans sa tasse. Elle était toute seule. Fleur l'avait complètement abandonnée ; à l'autre bout de la pelouse, Gillian était en grande discussion avec une femme que Philippa n'avait jamais vue de sa vie. Personne ne lui avait même demandé comment elle allait, ni pourquoi elle était si pâle ; personne ne s'intéressait à elle. Elle but une gorgée de thé et regarda autour d'elle sans conviction : tout le monde riait, parlait ou écoutait la musique.

Soudain, elle aperçut Zara et Antony qui se dirigeaient vers sa table. Les yeux dans le vague, elle repoussa l'assiette de scones d'un geste las pour indiquer son manque d'appétit.

« Salut, Philippa ! lança Antony d'une voix enjouée. Tu crois qu'il reste du thé pour nous ?

— Plein, marmonna la jeune femme.

— Cool ! » s'écria Zara. Elle se tourna vers Philippa d'un air triomphant. « Tu ne devineras jamais quel score a fait Antony. Dis-lui, Antony.

— J'ai fait le tour en soixante-huit coups, confia Antony en rougissant, mais avec un grand sourire.

— Soixante-huit ! répéta Zara.

— Et c'est bien ? s'enquit Philippa d'un ton morne.

— Évidemment, c'est bien ! C'est le meilleur score !

— À cause de mon handicap, s'empressa de préciser Antony. J'ai encore un handicap assez élevé, donc je devrais être pas trop mal classé.

— Tu vas gagner, tu veux dire ! Antony est le champion !

— Chhh, fit Antony, gêné. C'est pas vrai. Pas encore.

— J'ai hâte de voir ton père. Tu sais que tu as fait un meilleur score que lui ?

— Je sais. J'ai un peu honte. »

Zara ouvrit de grands yeux. « Ça alors, c'est tout toi ! Si je pouvais battre Fleur sur n'importe quoi, je te garantis que je ne me priverais pas de le lui faire savoir.

— À propos, demanda Philippa d'une voix haut perchée. Où est Fleur ?

— Avec Johnny, je suppose.

— Johnny ?

— Un ami, expliqua Zara de manière évasive. Il est venu nous rendre visite par surprise. C'est un peu son meilleur ami.

— Je vois...

— Oh, et tu sais quoi ? se souvint brusquement Antony. Xanthe Forrester nous a invités dans le cottage de ses parents en Cornouailles. Juste pour quelques jours. Tu crois que papa nous laissera y aller ?

— Je n'en sais rien », répondit Philippa, l'esprit ailleurs. Une jalousie sourde commençait à monter en elle. Le meilleur ami de Fleur était un homme appelé Johnny, dont elle n'avait encore jamais entendu parler. Et Fleur s'était ruée pour le voir sans même une pensée pour elle.

« J'espère, en tout cas, poursuivit Antony avant de se tourner vers Zara. On va voir les scores ?

— Absolument, répondit Zara en souriant. Allons voir les scores minables des autres, qu'on rigole un peu !

— Non ! protesta Antony. On va juste regarder.

— Tu peux regarder si tu veux, conclut Zara. Mais moi, je vais bien rigoler. »

À six heures précises, les scores officiels furent affichés, et Antony proclamé vainqueur du championnat. Une clameur se fit entendre à l'annonce des résultats, et Antony rougit jusqu'aux oreilles.

« Bravo ! s'exclama Richard. Antony, je suis fier de toi ! dit-il en lui donnant une tape amicale sur l'épaule.

— Je savais qu'il allait gagner ! affirma Zara. J'en étais sûre !

— Moi aussi, renchérit Gillian, rayonnante de joie. J'avais fait un gâteau exprès.

— Cool ! s'écria Antony.

— C'est merveilleux, dit Fleur à son tour. Je t'ai déjà félicité, n'est-ce pas ? Johnny, tu l'as félicité ?

— Félicitations, jeune homme. Je méprise le jeu de golf et tout ce qui va avec, mais félicitations quand même.

— Vous dînez avec nous ? proposa Gillian.

— Hélas, non. Londres m'appelle. Mais j'espère revenir le week-end prochain. Tu seras rentrée des Cornouailles, d'ici là ? demanda Johnny à Zara.

— Oui, oui.

— Tant mieux. Parce que je vais t'apporter un cadeau. »

Philippa et Lambert rejoignirent le reste du groupe, et l'ambiance en fut quelque peu ternie.

« Vous commencez tôt, Lambert, lança Fleur joyeusement, en considérant le verre de cognac qu'il tenait à la main.

— Bravo, Antony, répondit Lambert en ignorant sa remarque et en secouant la main du jeune garçon avec un peu trop de vigueur. J'ai joué comme un nul, ajouta-t-il après avoir bu une gorgée d'alcool. Un vrai nul.

— Je ne savais pas que tu étais bon au golf, Antony », risqua Philippa d'une voix faible. Elle tenta de se rapprocher discrètement de Fleur. « Tu le savais, Fleur ?

— Bien sûr ! acquiesça Fleur avec enthousiasme.

— Oui, c'est vrai que j'étais un peu ailleurs, ces derniers temps, commença Philippa, avant d'être interrompue par Johnny.

— Mon Dieu, mon train ! Il part dans un quart d'heure ! Il faut que j'appelle un taxi.

— Quelqu'un va t'accompagner, suggéra Fleur. Qui a une voiture ? Lambert. Ça vous ennuierait de déposer Johnny à la gare ?

— Non, non, ça va, marmonna Lambert.

— Oui, emmène-le, s'empressa d'approuver Philippa. On se retrouve à la maison.

— Parfait, conclut Fleur. Et il y a aussi de la place pour moi dans votre grosse voiture, non ? » Avant que Philippa n'ait pu dire un mot, ils se mirent en route tous les trois. Stupéfaite, elle les regarda s'éloigner en sentant une colère meurtrie lui ronger la poitrine. Fleur se comportait comme si elle n'était pas là ; comme si elle n'existait pas et comptait pour du beurre.

« Ça va, Philippa ? s'inquiéta Gillian.

— Ça va », rétorqua Philippa d'un ton sec avant de faire demi-tour. Elle ne voulait pas de l'attention de Gillian ; Gillian n'était bonne à rien. Ce qu'elle voulait, c'était Fleur.

Comme tout le petit groupe rentrait à pied aux Érables, Zara se trouva marcher à la hauteur de Richard.

« Antony a drôlement bien joué, aujourd'hui, dit-elle. Vous avez de quoi être fier de lui.

— Mais je suis fier de lui, répondit Richard en souriant.

— Il était vraiment... » La jeune fille se concentra pour préciser sa pensée. « ... vraiment en confiance, compléta-t-elle. Magistral. Vous auriez dû le voir.

— Il a beaucoup changé, cet été.

— Et c'est comme s'il avait complètement oublié tout ce truc avec sa tache à l'œil. Il jouait, point final.

— Comment ? Qu'est-ce que tu as dit ? demanda Richard en fronçant les sourcils.

— Vous savez bien. Toute la peine que ça lui a causé.

— Comment ça ? » insista Richard avec précaution. Zara baissa spontanément la voix.

« Il m'a dit que sa mère détestait sa tache de naissance. » Elle haussa les épaules avant d'ajouter : « Vous savez, l'histoire du bandeau et tout ça. Mais je crois qu'il a dépassé ça, maintenant. Et j'ai l'impression que ça l'a fait beaucoup changer.

— Zara, qu'est-ce que… » Richard pouvait à peine s'exprimer. Il avala sa salive et prit une grande inspiration. « C'est quoi, l'histoire du bandeau ?

— Ah. » Zara le regarda en se mordant la lèvre. « Vous n'êtes pas au courant ? J'imagine que personne ne vous en a jamais parlé. »

Dans la voiture, de retour de la gare, Fleur sortit sa trousse à maquillage de son sac. Ignorant la présence de Lambert, elle entreprit de se peindre les lèvres avec un long pinceau doré. Lambert l'observait du coin de l'œil, fasciné, tandis qu'elle étalait la pâte épaisse et brillante sur sa bouche. Distrait, il fit une embardée brutale, et le conducteur de derrière klaxonna nerveusement.

« Lambert ! s'exclama Fleur. Vous êtes sûr que vous êtes en état de conduire ? » Elle se pencha vers lui et le renifla plusieurs fois. « Combien de verres de cognac avez-vous bus au club ?

— Ça va », répliqua Lambert d'un ton brusque. Il s'arrêta à un feu rouge, et la voiture se mit à vibrer en douceur. Il percevait l'odeur de Fleur ; il voyait ses jambes, étendues sous ses yeux : longues, pâles, précieuses.

« Alors, Fleur, lança-t-il soudain. Vous vous plaisez, avec Richard ?

— Bien sûr, répondit-elle. Richard est un homme remarquable.

— Et riche, par-dessus le marché.

— Ah bon ? s'étonna Fleur en feignant l'innocence.

— Il est foutrement riche », confirma Lambert. Il se tourna vers Fleur, qui se contenta de hausser les épaules. « Ne me dites pas que vous ne le saviez pas.

— Je n'y avais pas vraiment réfléchi.

— Ben voyons !

— Lambert, rentrons à la maison, s'il vous plaît.

— La maison, répéta Lambert d'un air moqueur. Oui, je suppose que c'est votre maison, maintenant. Madame l'Épouse de M. Pourri-de-Fric.

— Lambert, rétorqua Fleur d'un ton glacial, vous êtes ivre. Vous ne devriez pas conduire.

— Mon cul, ouais. »

Le feu passa à l'orange, et Lambert enfonça le pied sur l'accélérateur.

« Alors, comme ça, l'argent ne vous intéresse pas ? reprit-il en haussant la voix pour couvrir le bruit du moteur. Vous êtes bien la seule au monde dans ce cas-là.

— Vous êtes un homme sordide.

— Pardon ?

— Vous êtes sordide ! Méchant et sordide.

— Je vis dans la réalité, c'est tout. » Lambert soufflait de plus en plus fort, et son visage rougissait à vue d'œil.

« Nous vivons tous dans la réalité.

— Vous ? Ne me faites pas rire ! Dans quel genre de réalité vivez-vous ? Pas de travail, pas de soucis, rien qu'à tendre la main pour ramasser le pognon. »

Fleur sentit sa mâchoire se crisper, mais elle ne releva pas.

« Vous avez dû penser que Richard était un bon coup, poursuivit Lambert en bafouillant. Vous l'aviez repéré de loin, pas vrai ? Vous êtes sans doute venue au service funèbre de sa femme avec l'intention ferme de le prendre dans vos filets.

— On est presque arrivés, dit Fleur. Dieu merci. Vous auriez pu nous tuer. Et Johnny avec.

— Oh, ce ne serait pas une grande perte pour l'humanité. Une tapette de moins sur cette terre... » Il y eut un bref silence.

« Je ne vais pas vous frapper, murmura Fleur d'une voix tremblante, parce que vous conduisez et que je ne veux pas provoquer d'accident. Mais si vous redites quelque chose de ce genre...

— Quoi ? Vous me casserez la gueule ? Arrêtez, vous me faites peur.

— Je ne vous casserai pas la gueule, comme vous dites, mais un des amis de Johnny pourrait le faire à ma place. » Ils s'arrêtèrent dans l'allée privée des Érables, et Fleur ouvrit aussitôt sa portière.

« Vous me dégoûtez », lança-t-elle avec un regard plein de dédain, avant de descendre de voiture.

Lambert la fixa du regard, tandis qu'elle s'éloignait. Il avait l'esprit embrumé, et le sang battait à ses tempes. Avait-il du mépris ou du désir pour elle ? En tout cas, elle était très fâchée contre lui.

Il sortit sa flasque et but une rasade de cognac. Alors, comme ça, il était sordide ? Il aurait bien aimé la voir, elle, avec un découvert de trois cent mille livres ! Un sentiment familier de panique s'empara de lui, et il avala une autre gorgée d'alcool. Il fallait qu'il fasse quelque chose pour son découvert. Et tout de suite, avant que tout le monde ne se mette à table pour le dîner en se demandant où il était passé. Il contempla la porte d'entrée, restée entrouverte. Fleur avait dû se précipiter auprès de Richard pour se plaindre de lui. Comme toutes les bonnes femmes. Lambert eut un grand sourire. Qu'elle se plaigne autant qu'elle le voulait ; qu'elle lui raconte ses petits malheurs en long et en large. Ça aurait au moins le mérite d'occuper Richard pendant un bout de temps.

En parvenant à la maison, Richard s'arrêta sur le perron.

« Je crois, dit-il à Zara, que j'aimerais avoir un moment tout seul avec Antony. Si ça ne t'ennuie pas.

— Bien sûr. Il doit être dans le jardin. On avait prévu de faire un badminton. » Elle leva les yeux vers Richard avec une petite grimace hésitante. « C'est pas grave, que je vous aie raconté l'histoire du bandeau ?

— Non ! » Richard avala sa salive. « Ce n'est pas grave du tout. Tu as bien fait. »

Il trouva Antony près du piquet de badminton, occupé à dérouler patiemment le filet. L'espace de quelques secondes, il se tint immobile à observer son fils ; son adorable et talentueux fils. Son fils parfait.

« Viens là, dit-il, alors qu'Antony relevait la tête. Laisse-moi te féliciter comme il convient. »

Il attira Antony contre lui et le serra fort dans ses bras. « Mon garçon, murmura-t-il, les lèvres posées sur ses cheveux. Mon garçon. » Clignant des yeux pour retenir ses larmes, il relâcha son étreinte. « Je suis très fier de toi, ajouta-t-il.

— Ouais, c'est cool, répondit Antony en souriant malgré lui. Tu n'es pas… Tu n'es pas fâché que je t'aie battu ?

— Fâché ? Bien sûr que non ! Il est temps que tu commences à me battre. Tu es un homme, maintenant ! » Les joues du garçon se colorèrent de rouge, et Richard en fut attendri.

« Mais tu sais, Antony, ce n'est pas seulement au golf que je suis fier de toi. Je suis fier de toi en tant qu'individu. Pour ce que tu es. Et je sais que maman aussi était fière de toi. »

Antony ne dit rien, mais ses poings se crispèrent nerveusement autour des cordes emmêlées du filet de badminton.

« Peut-être qu'elle ne le montrait pas toujours, poursuivit Richard. C'était parfois difficile pour elle. Mais elle était très fière de toi. Et elle t'aimait plus que tout au monde.

— C'est vrai ? demanda Antony d'une voix tremblante, les yeux baissés.

— Elle t'aimait plus que tout au monde », répéta-t-il. Ils se turent pendant plusieurs longues minutes. Richard voyait le visage de son fils se détendre progressivement ; ses mains se desserrer autour du filet. Un maigre sourire apparut sur ses lèvres, puis tout à coup il prit une grande inspiration, comme s'il renaissait à la vie.

Tu me crois, pensa Richard. Tu me crois sans hésiter. Dieu merci, tu me fais confiance.

Dans la cuisine, Zara avait entrepris de vider le lave-vaisselle, tandis que Gillian transvasait des feuilles de salade de leur emballage en plastique dans un grand plat en bois. L'adolescente écoutait patiemment Gillian lui parler de ses projets de voyage, tout en se demandant ce que Richard pouvait bien vouloir dire à Antony.

« Quelle coïncidence, quand même ! s'exclamait joyeusement Gillian. Eleanor aussi a toujours rêvé d'aller en Égypte. Mais Geoffrey refuse de partir en vacances s'il n'y a pas de terrain de golf à proximité.

— Tu vas voir les pyramides, alors ?

— Bien sûr ! Et on fera une croisière sur le Nil.

— Et vous allez vous faire assassiner. Comme dans Agatha Christie.

— Incroyable, c'est exactement ce que m'a dit Eleanor ! répondit Gillian en riant.

— J'imagine que c'est ce que tout le monde dit. » Zara prit une sorte de poêle et la considéra d'un air perplexe. « Qu'est-ce que c'est que ce truc à la con ?

— C'est un cuiseur à asperges, rétorqua Gillian d'un ton sec. Et exprime-toi autrement. »

Zara leva les yeux au ciel. « Tu es comme Felix. Il nous fait mettre une livre dans la boîte à jurons chaque fois qu'on dit un gros mot.

— C'est une très bonne idée. On faisait la même chose à l'école, de mon temps.

— Oui, d'accord, mais on est au XXe siècle, au cas où tu ne l'aurais pas remarqué.

— Je l'avais remarqué, merci, mais c'est gentil de me le rappeler. » Elle sortit du frigo deux bouteilles de vinaigrette. « Ail ou basilic ? demanda-t-elle.

— Les deux, conseilla Zara. Tu n'as qu'à les mélanger.

— D'accord, j'essaie. Mais, si c'est raté, ce sera ta faute. »

Elles tournèrent la tête en même temps lorsque Fleur entra dans la cuisine.

« Ah, salut, lança Zara. Johnny a eu son train ?

— Tout juste. Dieu merci, nous sommes arrivés sains et saufs. Lambert était complètement ivre ; il conduisait en zigzaguant.

— La vache ! » s'exclama Zara. Après un coup d'œil à Gillian, elle rectifia : « Je veux dire, mon Dieu !

— Asseyez-vous ! proposa Gillian en se précipitant vers Fleur. Ma pauvre ! Vous savez, ce n'est pas la première fois que ça arrive. Lambert devrait être poursuivi !

— Ouais, on devrait appeler les flics ! renchérit Zara avec enthousiasme.

— Mets de l'eau à bouillir, Zara, ordonna Gillian, et prépare une bonne tasse de thé pour ta mère.

— Non merci, répondit Fleur. Je crois que je vais aller prendre un bain là-haut.

— Tu n'as qu'à essayer tes chapeaux, suggéra Zara. Ça te remontera le moral.

— Ça suffit, Zara ! intervint Gillian. Est-ce que vous avez raconté ça à Richard ? demanda-t-elle à Fleur.

— Pas encore.

— Vous devriez.

— J'y compte bien. »

Elle traversa le hall et s'engagea dans l'escalier. Mais une voix l'appela depuis le bas des marches :

« Fleur ! Te voilà ! Je t'ai cherchée toute la journée. »

Fleur se retourna. Philippa courait à sa rencontre, les joues rouges et le souffle court.

« Fleur, il faut que je te parle. J'ai tellement de choses à te raconter ! C'est à propos de... » Elle s'interrompit pour essuyer une larme. « À propos de Lambert et moi. Tu n'imagines pas ce qui...

— Philippa, coupa Fleur sèchement. Pas maintenant, ma chérie. Je ne suis vraiment pas d'humeur. Et si tu veux savoir pourquoi, tu n'as qu'à demander à ton mari. » Avant que Philippa ait eu le temps de dire quoi que ce soit, Fleur avait disparu à l'étage.

Philippa resta immobile un instant, vexée, les larmes aux yeux. Fleur refusait de lui parler. Fleur l'avait abandonnée. Elle était ivre de rage et de désespoir. Elle n'avait plus d'amis, désormais ; plus de public ; plus personne à qui raconter son histoire. Et tout ça, c'était la faute de Lambert. C'était lui qui avait mis Fleur en colère. Il avait tout gâché. Philippa serra les poings et sentit son cœur s'emballer. Lambert lui avait gâché la vie. Il lui avait gâché la vie, et personne n'en savait rien. Il méritait d'être puni pour ça. Il méritait que tout le monde découvre son vrai visage. Et elle, elle méritait une revanche.

17

Une demi-heure plus tard, le dîner était prêt.

« Mais où sont-ils tous passés ? demanda Gillian en sortant un plat du four. Où est Philippa ?

— Pas vue, répondit Antony, occupé à ouvrir une bouteille de vin.

— Et Lambert ?

— Lambert, on s'en fiche, rétorqua Zara. On n'a qu'à commencer sans eux.

— En fait, je crois bien avoir vu Philippa dans le jardin, se souvint Antony. Quand on jouait au badminton.

— Je vais la chercher, annonça Gillian. En attendant, pouvez-vous, s'il vous plaît, aller prévenir les autres que le dîner est prêt ?

— D'accord », dit Antony.

Quand Gillian fut partie, il marcha tranquillement jusqu'à la porte de la cuisine et lança à la cantonade : « Le dîner est prêt ! » Puis il se tourna vers Zara en haussant les épaules : « C'est pas ma faute s'ils ne m'entendent pas. » Il se servit un verre de vin et en but une gorgée.

« Hé ! protesta Zara. Et moi, alors ? J'ai pas le droit d'en avoir ? »

Antony la dévisagea avec surprise.

« Mais tu ne bois jamais de vin !

— Il faut bien commencer un jour », répliqua Zara en lui prenant le verre des mains. Prudente, elle goûta une petite gorgée et fit la grimace. « Ça doit être une question d'habitude. Je crois que je vais m'en tenir au Coca light, pour l'instant.

— Il y en a dans la réserve. » Comme Zara ne bougeait pas, Antony se leva.

« Il y en a aussi dans le frigo ! » fit remarquer Zara en éclatant de rire. Mais elle se leva aussi et le suivit dans la réserve. Antony referma la porte derrière eux et prit Zara dans ses bras. Leurs bouches se rencontrèrent facilement, et la porte émit un léger craquement alors qu'ils s'appuyaient contre elle.

« T'es vachement sexy, murmura Antony en se reculant pour la regarder.

— Toi aussi », répondit Zara. Encouragé par le compliment, Antony promena une main timide le long du dos de la jeune fille.

« Tu ne crois pas qu'on risque de…

— Mais non ! affirma joyeusement Zara. Pas du tout. »

En entendant la voix d'Antony appeler depuis la cuisine, Lambert fut saisi de panique. Il fallait faire vite et sortir du bureau de Richard avant que tout le monde ne se mette à remarquer son absence. Le front plissé, il se remit à taper, jetant des coups d'œil anxieux vers la porte par intervalles de trente secondes tout en s'efforçant de trouver la bonne formulation dans sa tête.

Il avait mis la main sur un bloc de papier à lettres à l'en-tête personnel de Richard et sur une vieille machine à écrire. Devant lui s'étalaient tous les détails des divers comptes en banque de Richard, ainsi que le nom de son avocat et un exemple de sa signature. Avec ça, il n'aurait pas dû être bien compliqué de bâcler une lettre passe-partout démontrant que Richard était sur le point de rendre sa fille – et, par conséquent, Lambert – multimillionnaire.

Cela aurait dû lui prendre quelques minutes à peine. Oui, mais les yeux de Lambert ne cessaient de se brouiller ; il avait l'esprit au ralenti ; ses pensées étaient régulièrement interrompues par un brusque souvenir des jambes de Fleur dans la voiture. Il frappait de façon frénétique sur les touches de la machine, en essayant de se dépêcher, poussant un juron chaque fois qu'il faisait une erreur. Il avait déjà gaspillé cinq feuilles, qu'il avait froissées avec rage et jetées par terre. L'histoire tournait au cauchemar.

Il avala une rasade de cognac et fit un effort de concentration. Oui, il avait juste besoin de se concentrer ; se dépêcher de terminer cette foutue lettre, descendre rejoindre les autres et se comporter normalement le reste de la soirée. Ensuite, il n'aurait plus qu'à attendre le prochain coup de téléphone de la First Bank : « Ah, vous voulez des garanties, c'est ça ? s'exclamerait-il d'un ton étonné. Vous auriez dû me le dire plus tôt. Une lettre d'instructions adressée par M. Favour à son avocat, ça vous va ? » Et, avec ça, ils en auraient pour leur compte. Ils n'allaient quand même pas mettre en doute la parole de Richard Favour, bordel !

« Pour une somme…, dit-il tout haut, en frappant prudemment les touches, de cinq millions. Point. »

Cinq millions. Bon sang, si c'était vrai ! rêva Lambert. Si c'était vrai…

« Lambert ? » Une voix le tira de ses réflexions, et son cœur s'arrêta de battre pendant une fraction de seconde. Il releva lentement la tête. Richard se tenait dans l'embrasure de la porte, les yeux rivés sur lui, abasourdi. « Que faites-vous ici, au juste ? »

Gillian parcourait le jardin, la tête pleine d'images de l'Égypte telle qu'elle se la représentait. Elle se sentait légère ; le sourire aux lèvres, elle marchait d'un pas énergique, en fredonnant des bribes de chansons populaires. Des vacances avec Eleanor Forrester ! Eleanor Forrester ! À une époque, elle aurait répondu non sans même y réfléchir ; sans même considérer l'éventualité contraire. Mais, cette fois-ci, elle s'était dit : « Pourquoi pas ? » Pourquoi pas s'aventurer enfin dans un lointain pays exotique ? Et pourquoi pas donner sa chance à Eleanor comme compagne de voyage ? Elle se vit errer le long de sentiers poussiéreux en contemplant avec fascination les restes majestueux d'une civilisation millénaire ; éprouver sur ses épaules le soleil d'un autre continent ; écouter les sonorités chantantes d'une langue étrangère ; marchander des petits cadeaux dans un souk pittoresque et coloré.

Un craquement sous son pied la ramena brusquement à la réalité. Elle baissa les yeux et distingua un flacon en verre dans l'herbe.

« Dangereux », estima-t-elle à voix haute avant de se baisser pour le ramasser. Elle l'examina de plus près : c'était un tube d'aspirine, vide. Quelqu'un avait dû l'oublier dehors. Il devait y avoir une explication logique à sa présence dans le jardin. Pourtant, un soupçon d'inquiétude lui effleura l'esprit et, sans s'en rendre compte, elle accéléra le pas.

« Philippa ! cria-t-elle. Le dîner est prêt. Tu es dehors ? »

Silence. Puis, soudain, Gillian perçut un faible grognement.

« Philippa ! répéta-t-elle d'une voix perçante. C'est toi ? » Elle se mit à marcher de plus en plus vite en direction du bruit et, bientôt, elle courait.

Derrière les rosiers, au bout du jardin, Philippa gisait dans l'herbe, les bras en croix et le menton souillé de vomi. Sur sa poitrine était épinglée une lettre rédigée avec soin et commençant par : « À tous ceux que je connais. » Et, à côté d'elle, traînait un second flacon d'aspirine.

« Vous feriez bien de vous expliquer, dit Richard posément, en contemplant la feuille de papier qu'il tenait à la main. Parce que, si c'est bien ce que je pense, vous me devez une sérieuse explication.

— C'est… C'était une farce », balbutia Lambert. Il regardait Richard d'un air désespéré, s'efforçant de garder son calme, de faire taire les battements terrifiés de son cœur. Il avala sa salive avec difficulté ; il avait la gorge en feu. « Une blague.

— Non, Lambert. Ce n'est pas une blague. C'est une tentative de fraude. »

Lambert s'humecta les lèvres.

« Écoutez, Richard. C'est juste une lettre. Je veux dire… Je n'allais pas réellement m'en servir.

— Ah bon ? rétorqua Richard. Et dans quelle intention n'alliez-vous pas réellement vous en servir ?

— Vous ne comprenez pas ! s'exclama Lambert en risquant un petit rire désinvolte.

« — Non, en effet, je ne comprends pas ! Je ne comprends pas comment vous avez pu vous croire autorisé à pénétrer dans ce bureau sans ma permission, à fouiller dans mes affaires et à écrire une lettre signée de mon nom. Quant au contenu de cette lettre… » Il agita la feuille en l'air. « … c'est ce qui me laisse le plus perplexe.

— Vous voulez dire… » Les yeux rivés sur Richard, Lambert se sentit défaillir. Emily lui avait donc menti ! Elle avait joué avec lui. L'argent n'allait pas revenir à Philippa. Une rage noire s'empara de lui, effaçant toute prudence, toute appréhension.

« C'est facile, pour vous ! explosa-t-il. Vous êtes millionnaire !

— Lambert, vous vous égarez.

— Emily m'avait promis que je deviendrais riche. Elle m'avait dit que Philippa hériterait, que je pourrais m'offrir tout ce que je voudrais. Mais elle mentait, bon sang. Elle m'a menti, c'est ça ? »

Richard le dévisagea, incapable de prononcer le moindre mot.

« Emily a dit ça ? finit-il par ânonner, d'une voix tremblante.

— Elle a dit que j'allais épouser une millionnaire. Et je l'ai crue ! »

Richard eut un éclair de lucidité.

« Vous devez de l'argent, c'est ça ?

— Bien sûr que c'est ça. Je dois de l'argent. Comme tout le monde. Tout le monde sauf vous, évidemment. J'ai un découvert de trois cent mille livres. Mais, comparé à dix millions, ce n'est rien, n'est-ce pas ? Vous pourriez le rembourser demain, si vous vouliez. »

Richard l'observait en essayant de contenir son dégoût, de se souvenir que Lambert était encore son gendre.

« Philippa est au courant ? demanda-t-il au bout d'un moment.

— Bien sûr que non.

— Dieu merci, murmura Richard. Et que comptiez-vous faire de cette lettre, exactement ?

— La montrer à ma banque. Je pensais que ça les calmerait pour un bout de temps.

— Vous êtes donc stupide, en plus d'être malhonnête ! »

Lambert haussa les épaules. Pendant quelques instants, ils se regardèrent sans rien dire, avec une aversion réciproque.

« Je... je vais devoir réfléchir à tout ça, annonça Richard. D'ici là, je vous demanderai de ne pas en parler à Philippa. Ni à personne d'autre.

— Ça me va très bien, répondit Lambert avec un sourire arrogant.

— Ne vous avisez pas de faire le malin, Lambert ! hurla Richard, exaspéré. Il n'y a vraiment pas de quoi ! Vous êtes un escroc sans scrupule ! Mon Dieu, je me demande comment Philippa a bien pu tomber amoureuse de vous.

— Mon charme naturel, je suppose, rétorqua Lambert en se passant une main dans les cheveux.

— Sortez d'ici ! lança Richard, ivre de rage. Sortez de ce bureau avant que... avant que... » Il s'interrompit, ne trouvant plus ses mots, et Lambert eut un rictus triomphant.

Mais, avant que l'un ou l'autre ait pu reprendre la parole, la voix de Gillian résonna dans le hall d'entrée, affolée :

« Richard ! Viens vite ! C'est Philippa ! »

Gillian avait réussi à traîner Philippa jusqu'à la maison et à appeler une ambulance. Quand les deux hommes arrivèrent au bas de l'escalier, ils trouvèrent Philippa assise qui gémissait faiblement.

« Je crois qu'elle a vomi presque tous les cachets », expliqua Gillian en essuyant une larme à sa paupière.

Muet de stupeur, Richard examinait sa fille sans mot dire, son corps disgracieux et triste.

« Elle ne voulait quand même pas…, commença-t-il, incapable de terminer sa phrase.

— Bien sûr que non, rétorqua Gillian. C'était un… » Sa voix vacilla. « … un appel au secours.

— Pourtant, elle avait l'air… » Richard s'interrompit. Il s'apprêtait à dire que Philippa avait l'air heureuse. Mais il se rendit compte alors que ce n'était pas vrai. Il se souvint que, depuis qu'elle n'était plus enfant, il n'avait vu sa fille franchement heureuse qu'en de rares occasions. Elle paraissait toujours inquiète, ou maussade ; et, quand elle était en forme, elle avait souvent un côté un peu hystérique.

Mais il avait toujours pensé qu'elle allait bien. À présent, une douleur coupable lui rongeait le ventre. J'aurais dû être capable de la rendre heureuse, songea-t-il. Et m'assurer qu'elle était épanouie, stable, comblée. Mais j'ai laissé ce rôle à sa mère, et ensuite à son mari. Et ils l'ont trahie tous les deux. Nous l'avons tous trahie.

« Philippa, murmura Lambert en se penchant vers elle. Tu m'entends ? »

La jeune femme entrouvrit les yeux et laissa échapper un grognement plus fort.

« Lambert, intervint Gillian. Je crois que vous feriez mieux de rester à l'écart.

— Pourquoi ? s'offusqua Lambert. C'est ma femme, non ?

— Il y avait une lettre », indiqua Gillian en tendant la feuille à Richard. Comme il la parcourait, son visage se rembrunit, et une veine apparut en saillie sur sa tempe.

« Donnez-la-moi, exigea Lambert. J'ai le droit…

— Vous n'avez aucun droit ! s'écria Richard. Aucun droit !

— L'ambulance est là, annonça brusquement Gillian en jetant un coup d'œil par la fenêtre. Qui va l'accompagner ?

— J'y vais, dit Lambert.

— Non, rectifia aussitôt Richard. C'est moi qui y vais. »

Sur le chemin de l'hôpital, Richard ne quitta pas des yeux le visage de sa fille ; il lui tint la tête pour qu'elle vomisse dans un sac en plastique et lui caressa les cheveux.

« Je ne voulais pas me marier avec lui, marmonna-t-elle, le visage inondé de larmes. Il me dégoûte.

— Tout va bien, ma chérie, murmura Richard d'une voix douce. On arrive bientôt. Ça va aller.

— C'est à cause de maman. Elle m'a obligée à épouser Lambert. Elle disait que j'étais moche et que je n'étais pas… » Elle laissa sa phrase en suspens et leva vers son père de grands yeux rougis. « C'est vrai, que tu n'aimais pas Jim ?

— Qui est Jim ? » demanda Richard, complètement perdu. Mais Philippa recommençait à vomir. Richard l'observa en silence. Une angoisse terrible s'emparait peu à peu de lui. Il avait l'impression que les membres

311

de sa charmante famille révélaient un à un leur vrai visage. Qui serait le prochain ? Qu'allait-il encore découvrir qu'il ignorait ?

« Où est Fleur ? s'enquit Philippa, dès qu'elle put se rasseoir. Elle est au courant ?

— Je ne sais pas. On n'est pas obligés de le lui dire, si tu ne veux pas.

— Mais si, au contraire ! Je veux qu'elle sache ! s'écria Philippa, hystérique. Je veux qu'elle soit avec moi !

— D'accord, ma chérie, répondit Richard, soudain au bord des larmes. Moi aussi, j'ai envie qu'elle soit là. »

Lorsque Richard rentra à la maison, beaucoup plus tard dans la soirée, exténué et complètement abattu, tout le monde l'attendait dans le hall.

« Que s'est-il passé ? s'exclama Fleur en se précipitant pour lui prendre la main. Oh, chéri, j'ai eu tellement peur quand on m'a raconté.

— Ils la gardent pour la nuit, annonça Richard. Ils pensent qu'il n'y aura pas de séquelles. Ils vont... Ils vont la faire passer devant un psychologue.

— Est-ce qu'on peut aller la voir ? » demanda Antony, mal à l'aise. Richard le regarda : il était assis sur les marches à côté de Zara.

« Elle rentre à la maison demain, répondit-il avec un sourire attendri. En toute honnêteté, il n'y a pas de quoi s'inquiéter. C'était juste une grosse frayeur.

— Mais pourquoi a-t-elle fait ça ? demanda Antony. Je veux dire, tu crois qu'elle s'est rendu compte ? Elle n'a pas pensé qu'on allait avoir peur ?

— Je ne crois pas qu'elle y ait beaucoup réfléchi avant. Elle est un peu perturbée, en ce moment. » Tout

à coup, il jeta un coup d'œil circulaire autour de lui.
« Où est Lambert ? »

— Parti, indiqua Gillian. Je l'ai expédié à l'hôtel
pour la nuit. Il était trop saoul pour conduire.

— Tu as bien fait. Et merci, Gillian. Si tu n'étais pas
sortie chercher Philippa…

— Oui, enfin… » Gillian détourna la tête. « N'y
pensons plus. Bon, il est tard. L'heure d'aller au lit.
Antony, Zara, allez ouste !

— D'accord, acquiesça Antony d'une voix soumise.
Bonne nuit tout le monde.

— Bonne nuit, dit Zara.

— Antony, je suis désolé qu'on n'ait pas pu célébrer
ta victoire, ajouta Richard. Mais ce sera pour une autre
fois, promis.

— D'accord, papa. Bonne nuit.

— Je crois que je vais aller me coucher aussi,
annonça Gillian. Tu as faim ? demanda-t-elle à
Richard.

— Non. Pas faim. » Il se tourna vers Fleur. « Mais
un petit whisky ne serait pas de refus.

— Je vais t'en servir un », proposa Fleur en souriant, avant de disparaître dans le salon.

Richard regarda Gillian.

« Gillian, commença-t-il calmement. Tu te doutais
de ce qui se passait ? Tu savais que Philippa était si
malheureuse ?

— Non. Je n'en avais pas la moindre idée. Pourtant,
avec le recul, je me demande si ce n'était pas évident
depuis le début. J'aurais dû remarquer que quelque
chose n'allait pas.

— Exactement. C'est exactement ce que je ressens.

— J'ai l'impression de l'avoir laissée tomber.

313

— Mais non ! s'exclama Richard avec une brusque animation. Tu ne l'as pas laissée tomber ! Si quelqu'un l'a laissée tomber, c'est sa mère.

— Quoi ? » Gillian ouvrit de grands yeux ronds.

« C'est Emily qui l'a laissée tomber. Emily était… » Il s'interrompit, le souffle court, et Gillian le dévisagea avec incrédulité. Durant quelques secondes, ils se turent tous les deux.

« J'ai toujours été persuadé qu'Emily avait un côté secret, reprit Richard. J'ai toujours voulu en savoir plus sur sa personnalité. Et maintenant, je me rends compte que la douce et charmante Emily que je connaissais n'était en fait qu'une façade ! Je ne connaissais pas la vraie Emily. Et, finalement, je crois que je préfère ne pas l'avoir connue.

— Oh, Richard, balbutia Gillian, les larmes aux yeux. Emily n'était pas si atroce, tu sais.

— Je sais. Mais j'ai toujours pensé qu'elle était parfaite.

— Personne n'est parfait. Ça n'existe pas.

— C'est vrai. J'étais idiot. Un idiot crédule.

— Tu n'es pas idiot, Richard, dit Gillian en se levant. Va boire ton whisky. Et oublie Emily. Il est temps de tourner la page.

— Oui, je crois aussi. »

Fleur était assise sur le canapé du salon, avec deux verres de whisky posés devant elle.

« Mon pauvre chéri, murmura-t-elle lorsque Richard pénétra dans la pièce. Quelle soirée épouvantable !

— Et encore, tu ne sais pas tout, répondit Richard avant de ramasser son verre, qu'il vida d'un trait. Parfois, je me demande s'il y a encore des gens bien sur cette terre.

— Comment ça ? s'étonna Fleur en se levant pour le resservir. Il s'est passé autre chose ?

— C'est presque trop sordide à raconter. Tu vas être horrifiée.

— Quoi ? Qu'est-ce qu'il y a ? » Elle se rassit et considéra Richard avec curiosité, pendant qu'il enlevait ses chaussures en soupirant.

« Plus tôt dans la soirée, j'ai trouvé Lambert dans mon bureau, en train d'essayer de rédiger une fausse lettre à mon avocat, signée de mon nom. Il a des problèmes d'argent et il espérait que ma signature le mettrait à l'abri de ses créanciers pour un temps. » Richard but une gorgée de whisky et secoua la tête. « Toute cette histoire est vraiment à vomir.

— Il a de gros problèmes d'argent ?

— Oui, j'en ai bien peur, acquiesça Richard en fronçant les sourcils.

— Tu n'es pas obligé de m'en dire plus si tu n'as pas envie », s'empressa de préciser Fleur. Richard lui prit la main et lui sourit tristement.

« Merci, ma chérie, de te montrer si délicate. Mais je n'ai pas de secrets pour toi. Et, à vrai dire, c'est un soulagement de pouvoir en parler à quelqu'un. Une certaine personne a fait croire à Lambert que Philippa allait bientôt toucher beaucoup d'argent. En vertu de quoi, Lambert s'est mis à vivre bien au-dessus de ses moyens.

— Oh, mon Dieu ! C'est pour ça que Philippa...

— Non. Philippa ne sait rien de ces histoires d'argent. Mais ils se sont disputés. Philippa a menacé Lambert de le quitter, et les choses ont dégénéré. » Richard regarda Fleur dans les yeux. « Elle m'a dit que

315

vous en aviez beaucoup discuté toutes les deux, à Londres.

— Pas tant que ça, rétorqua Fleur, méfiante.

— Enfin, bref, elle a estimé tes conseils très pertinents. Elle veut absolument te voir. » Richard passa une main dans les cheveux de Fleur. « J'ai l'impression qu'elle commence à te considérer comme une seconde mère.

— Je n'en suis pas si sûre ! répliqua Fleur avec un petit rire.

— Quant à Lambert… » Richard haussa les épaules. « J'ignore si Philippa a intérêt à se réconcilier avec lui ou à l'envoyer promener.

— L'envoyer promener, affirma Fleur sans hésiter. Il est odieux.

— Et malhonnête. Maintenant, j'avoue que j'ai du mal à croire qu'il ne l'a pas épousée pour son argent dès le départ.

— Elle est vraiment riche, alors ? demanda Fleur d'un ton détaché.

— Elle va l'être. Quand elle aura trente ans. Le plus drôle, c'est que j'ai signé les papiers ce matin. »

Fleur se tint immobile pendant un instant, avant de relever les yeux et d'enchaîner, avec le plus grand naturel : « Quels papiers ?

— Ce matin, j'ai transféré une très grosse somme d'argent sur un compte en fidéicommis pour Antony et Philippa. Cinq millions chacun, pour être précis. »

Fleur le regarda, stupéfaite.

« Cinq millions chacun ? répéta-t-elle lentement. Ce qui fait dix millions au total. » Elle se tut, comme pour réentendre dans sa tête ce qu'elle venait de dire tout haut.

« Je sais que ça représente beaucoup d'argent, expliqua Richard. Mais je voulais qu'ils aient leur indépendance financière. Et ça ne me laisse pas sur la paille pour autant.

— Tu as donné tout cet argent, murmura Fleur d'une voix à peine audible. À tes enfants…

— Ils ne sont pas encore au courant. Mais je sais que je peux te faire confiance pour garder le secret.

— Bien sûr, répondit Fleur avant de vider son verre. Tu pourrais… Tu pourrais me servir un second whisky, s'il te plaît ? »

Richard se leva, versa une dose d'alcool ambré dans le verre de Fleur et revint vers elle. Brusquement, il s'immobilisa.

« Fleur ! s'exclama-t-il. Mais qu'est-ce que j'attends ? Il y a quelque chose que je veux te demander depuis longtemps. Certes, la soirée a été un peu pénible, mais peut-être… peut-être que ça me donne davantage de raisons de le faire. »

Richard s'agenouilla sur le tapis, le verre de whisky à la main, les yeux levés vers la jeune femme.

« Fleur, commença-t-il d'une voix tremblante. Fleur, ma chérie, veux-tu m'épouser ? »

Le lendemain matin, de bonne heure, une Jeep blanche se gara devant les Érables et klaxonna bruyamment, tirant Richard de son sommeil. Les yeux à demi clos, il traversa la chambre à tâtons jusqu'à la fenêtre et se pencha au-dehors.

« Ce sont les amis d'Antony, annonça-t-il à Fleur. Ils doivent partir tôt pour les Cornouailles. »

Au même moment se fit entendre un coup à la porte, puis la voix d'Antony derrière :

« Papa ? On y va. »

Richard ouvrit la porte. Antony et Zara qui se tenaient sur le palier. Vêtus à l'identique, avec un jean et une casquette de base-ball, ils portaient chacun un énorme sac de sport.

« Alors ? lança-t-il. Prêts à partir ? Vous serez sages, n'est-ce pas ?

— Mais oui ! rétorqua Antony avec impatience. De toute façon, il y aura la mère de Xanthe.

— Je sais. Je l'ai eue au téléphone hier. Et je lui ai indiqué quelques règles élémentaires.

— Papa ! Qu'est-ce que tu as dit ?

— Pas grand-chose, répondit Richard en souriant. Simplement que vous deviez prendre un bain froid tous les matins, suivi par une heure de Shakespeare, et…

— Papa !

— Je suis sûr que vous vous amuserez bien. On vous récupère vendredi, c'est ça ? »

La Jeep klaxonna de nouveau.

« C'est ça, confirma Antony. Bon, faut qu'on y aille.

— J'espère que Philippa va mieux, ajouta Zara.

— Ouais. » Antony leva les yeux vers son père en se mordant la lèvre. « J'espère qu'elle…

— Ça va aller, conclut Richard d'un ton rassurant. Ne vous en faites pas. Allez, filez maintenant, avant que Xanthe ne s'énerve. »

Il les regarda descendre l'escalier. Zara était quasi pliée en deux sous le poids de son sac, et Richard se demanda ce qu'elle pouvait bien transporter de si lourd. Puis, quand il reconnut le bruit de la porte d'entrée, il revint dans la chambre.

« C'étaient Antony et Zara, précisa-t-il inutilement. Ils partent pour les Cornouailles.

— Hmm », marmonna Fleur en guise de réponse. Elle se retourna paresseusement en s'enroulant dans la couette. Richard la considéra sans rien dire pendant un moment, avant de prendre une grande inspiration.

« Je ne sais pas à quelle heure tu veux partir, dit-il. Je te déposerai à la gare. Dis-moi quand tu es prête.

— D'accord », murmura Fleur. Elle ouvrit les yeux. « Ça ne t'ennuie pas, j'espère ? J'ai besoin de temps pour réfléchir.

— Mais bien sûr ! s'exclama Richard, se forçant à adopter un ton joyeux. C'est normal. Je comprends parfaitement. Je ne voudrais pas que tu prennes ta décision à la va-vite. »

Il s'assit sur le lit et l'observa longuement. Ses bras étaient étirés sur l'oreiller au-dessus de sa tête ; des bras gracieux, comme ceux d'une ballerine. Elle avait refermé les yeux, capturant de nouveau le sommeil paisible du matin. Soudain, il lui vint à l'esprit qu'elle pouvait lui dire non. Et il en éprouva une douleur si intense qu'il en fut effrayé.

En bas, Gillian préparait du thé. Elle tourna la tête lorsque Richard entra dans la cuisine.

« Je les ai vus partir, dit-elle. C'est ce jeune homme, Mex, qui conduisait. J'espère qu'il est sérieux.

— Je suis certain que oui. » Richard s'assit à la table et promena son regard autour de lui. « C'est fou comme la maison est calme. J'en arrive presque à regretter leur musique assourdissante. »

Gillian sourit et posa un bol de thé devant lui. « Que va-t-il se passer, avec Philippa ? demanda-t-elle. Elle sort de l'hôpital aujourd'hui ?

— Oui. À moins qu'il n'y ait eu un problème dans la nuit. Je vais aller la chercher tout à l'heure.

— Je viens avec toi, proposa Gillian. Si ça ne te dérange pas.

— Pas du tout ! Je suis sûr qu'elle sera ravie de te voir. » Il but une gorgée de thé en s'efforçant de faire le tri dans ses pensées. « Il y a autre chose que je voulais te dire. Fleur va partir quelques jours pour Londres.

— Très bien. » Elle surprit l'expression tendue de Richard. « Tu ne vas pas avec elle ? ajouta-t-elle, hésitante.

— Non. Pas cette fois. Fleur... » Il se passa une main sur le visage. « Fleur a besoin de rester quelques jours toute seule. Pour... Pour réfléchir.

— Très bien, répéta Gillian.

— Elle sera rentrée samedi.

— Ah, bon, lança Gillian d'un ton enjoué. Ce n'est pas si long, alors. » Richard lui sourit timidement avant de terminer son bol. Gillian le regarda avec un air inquiet. « Tu crois que Fleur voudrait une tasse de thé ? Je dois monter, de toute façon.

— Non, elle ne veut pas de thé. Mais elle m'a demandé de lui apporter le *Times*.

— Le *Times*..., murmura Gillian en fouillant la pièce du regard. Le voilà. Je vais le lui monter, si tu veux. » Elle ramassa le journal impeccablement plié et le considéra avec perplexité. « Fleur ne lit jamais le journal, fit-elle remarquer. Je me demande pourquoi elle le réclame.

— Je ne sais pas, répondit Richard en se resservant du thé. Je ne le lui ai pas demandé. »

À dix heures, Fleur était enfin prête.

« On va te déposer à la gare, expliqua Richard en lui portant sa valise dans l'escalier. Ensuite, on ira directement à l'hôpital. Philippa sera déçue de ne pas te voir.

— Je sais, c'est dommage. Mais je ne crois pas que je puisse...

— Non, s'empressa d'ajouter Richard. Bien sûr que non. J'aurais mieux fait de me taire.

— Tu es vraiment adorable, murmura Fleur en lui posant une main sur le bras. J'espère que Philippa va s'en tirer.

— Ça ira, assura Gillian en les rejoignant dans le hall. On va la garder ici quelques jours ; s'occuper d'elle. Vous verrez, quand vous reviendrez, elle se portera comme un charme. » Elle examina Fleur des pieds à la tête. « Vous êtes très élégante, tout en noir comme ça.

— C'est très pratique, pour la vie londonienne, répondit Fleur d'une voix mal assurée. Ça ne se salit pas.

— Vous allez loger chez votre ami Johnny ? demanda Gillian. On peut vous joindre là-bas s'il y a un problème avec Zara ?

— Non, je ne pense pas que je séjournerai chez lui. Je vais sans doute prendre une chambre à l'hôtel. Je vous appellerai en arrivant pour vous laisser mon numéro.

— Parfait », approuva Richard. Il jeta à Gillian un coup d'œil incertain. « Bon, eh bien, je crois qu'il faut y aller, maintenant. »

Tandis qu'ils descendaient l'allée vers la grille, Fleur se retourna une dernière fois et contempla la bâtisse.

« C'est une maison très agréable, murmura-t-elle comme pour elle-même. Chaleureuse.

— Oui, renchérit joyeusement Richard. Très chaleureuse. C'est… Enfin, je crois que c'est un très bel endroit pour vivre. » Fleur croisa son regard.

« Oui, dit-elle avec douceur. J'en suis convaincue. »

Quand Richard et Gillian parvinrent à l'hôpital, Philippa était assise dans son lit. En les voyant entrer dans la chambre, elle se força instinctivement à sourire. Mais ses lèvres étaient hésitantes, et ses joues crispées. Elle avait l'impression qu'elle n'arriverait plus jamais à sourire ; comme si la honte profonde qu'elle éprouvait avait engourdi toutes ses réactions naturelles.

Elle n'avait pas imaginé les choses ainsi. Elle avait cru commettre le geste romantique par excellence ; elle pensait qu'en se réveillant elle trouverait tout le monde rassemblé autour de son lit, retenant leurs larmes et lui caressant la main en lui promettant de lui faire une vie plus belle. Au lieu de cela, elle avait dû subir une série d'agressions humiliantes administrées par des infirmières aux propos polis mais aux regards méprisants. En découvrant la mine dévastée de son père, elle avait senti quelque chose s'effondrer en elle, et elle avait eu envie de pleurer. Sauf que, soudain, elle ne savait plus pleurer. Ses larmes s'étaient taries ; tout son imaginaire romanesque s'était écroulé, et ce qu'il en restait était froid et sec comme la pierre.

Alors que son père et Gillian s'approchaient d'elle, elle s'humecta les lèvres, prit une grande inspiration et lança un « Bonjour » timide. Sa propre voix lui paraissait curieusement métallique.

« Bonjour, ma chérie.

— Bonjour, Philippa, dit Gillian à son tour, en lui souriant gentiment. Comment te sens-tu ?

— Beaucoup mieux », répondit Philippa d'une voix faible. Elle avait la sensation de parler une langue étrangère.

« Tu peux sortir dès aujourd'hui, lui annonça son père. J'ai déjà signé les papiers.

— Très bien. Fleur est à la maison ?

— Non, expliqua Richard. Elle est à Londres pour quelques jours.

— Ah… D'accord. » Une amorce de déception s'éveilla en elle, mais s'éteignit aussitôt. « Elle va revenir ? demanda-t-elle.

— Oui, s'empressa de répondre Gillian, avant que Richard ne puisse dire quoi que ce soit. Bien sûr qu'elle va revenir. »

Dans la voiture, ils ne parlèrent pratiquement pas. Une fois à la maison, Gillian apporta trois bols de soupe au poulet dans la véranda, et Richard s'assit en face de sa fille.

« Il faut que nous parlions de Lambert, commença-t-il prudemment.

— Oui, admit Philippa d'une voix blanche.

— Veux-tu… ?

— Je ne veux plus le voir de ma vie. »

Richard observa sa fille pendant un long moment, avant de jeter un coup d'œil vers Gillian.

« Très bien, reprit-il. Du moment que tu es sûre que c'est ce que tu souhaites.

— Je veux divorcer, ajouta Philippa. Tout est fini entre Lambert et moi. » Elle prit une cuillerée de soupe. « Hmm, c'est bon.

— C'est du vrai bouillon de poulet, précisa Gillian. Ne me dis pas que c'est ce qu'ils utilisent dans ces soupes en conserve toutes prêtes !

— Tu es sûre que tu ne vas pas changer d'avis ? insista Richard.

— Oui, j'en suis sûre », affirma Philippa avec détermination. Elle se sentait soulagée ; comme si elle venait de se débarrasser d'une pile de cartons encombrants. Elle avait l'esprit reposé et frais ; la voie était libre ; elle pouvait repartir de zéro.

Plus tard dans la journée, Lambert se fit déposer aux Érables en taxi avec un énorme bouquet d'œillets roses. Richard l'intercepta dans le hall et le conduisit au salon.

« Philippa se repose à l'étage, dit-il. Elle ne veut pas vous voir.

— C'est dommage, rétorqua Lambert. J'avais apporté ça pour elle. » Il posa les fleurs sur la table basse, s'assit sur le canapé et se mit à astiquer le cadran de sa montre avec la manche de sa chemise. « J'imagine qu'elle est encore un peu fâchée, ajouta-t-il.

— Elle est plus qu'un peu fâchée, répondit Richard en s'efforçant de conserver un ton posé. Autant vous le dire tout de suite, elle va demander le divorce.

— Le divorce ? » Gardant la tête basse, Lambert se passa nerveusement la main dans les cheveux. « Vous plaisantez, n'est-ce pas ?

— Non, je ne plaisante pas. Ce n'est pas un sujet de plaisanterie. »

Lambert leva les yeux et fut décontenancé par la mine sévère de Richard, l'hostilité dans son regard. Eh bien, Lambert, pensa-t-il, on dirait que tu as gâché ta chance. Qu'est-ce que tu vas faire, maintenant ? Il réfléchit durant un moment avant de se redresser brusquement.

« Richard, commença-t-il en essayant d'avoir l'air le plus sincère possible. Je vous dois des excuses. Je ne sais pas ce qui m'a pris, hier. J'avais sans doute trop bu. » Il risqua un sourire timide. « Je n'ai jamais eu l'intention de trahir votre confiance.

— Lambert…, intervint Richard avec lassitude.

— Philippa est quelqu'un de très nerveux, poursuivit Lambert sans se laisser démonter. Nous avons déjà eu des disputes par le passé, mais elles se sont toujours apaisées. Et je suis sûr que ce sera pareil cette fois-ci, si vous nous laissez une chance…

— Vous avez déjà eu votre chance ! s'écria Richard. Vous avez eu votre chance, à l'église, quand vous avez juré d'aimer et de chérir ma fille ! L'avez-vous aimée ? L'avez-vous chérie ? Ou ne l'avez-vous jamais considérée que comme une source de richesse potentielle ? »

Il s'interrompit, hors de lui, et Lambert le regarda avec un sentiment de panique croissant, tout en passant mentalement en revue différentes réactions possibles. Richard le croirait-il s'il jurait un amour éternel à Philippa ?

« Pour être honnête, Richard, finit-il par dire, je suis un homme. Et l'homme ne vit pas seulement de pain.

— Comment osez-vous me citer la Bible ? hurla Richard. Comment avez-vous osé vous servir de ma fille ?

— Je ne me suis pas servi d'elle ! protesta Lambert. Nous formons un couple heureux.

— Vous l'avez humiliée, vous l'avez exploitée, vous avez fait d'elle une loque humaine !

— Mais bon sang ! explosa Lambert. Elle a toujours été une loque humaine ! Philippa était déjà foutue bien avant que je la connaisse ! Inutile de me mettre ça sur le dos ! »

Richard demeura un moment interdit avant de reprendre ses esprits.

« Je ne veux plus jamais vous voir, annonça-t-il calmement. Je vous licencie séance tenante, selon les termes de votre contrat.

— Quels termes ?

— Faute grave. Abus de confiance et contrefaçon.

— J'irai en justice !

— Si vous y allez, vous perdrez sûrement. Mais libre à vous de le faire. En ce qui concerne le divorce, vous serez contacté par l'avocat de Philippa en temps voulu. Quant à l'argent... »

Il y eut un instant immobile, suspendu. Lambert se pencha légèrement en avant, habité d'un soudain espoir.

326

« Je rembourserai votre dette à hauteur de deux cent cinquante mille livres, reprit Richard. En échange, vous me signerez une garantie stipulant que vous n'essaierez pas de reprendre contact avec Philippa, sauf par l'intermédiaire de votre avocat, et que vous considérez cette somme comme solde de tout compte dans le règlement du divorce.

— Deux cent cinquante mille ? répéta Lambert. Et le reste de mon découvert, alors ?

— Le reste de votre découvert, Lambert, déclara Richard d'une voix légèrement tremblante, c'est votre problème.

— Deux cent soixante-quinze, proposa Lambert.

— Deux cent cinquante. Pas un penny de plus. »

Il y eut un long silence.

« D'accord, finit par dire Lambert. D'accord, je prends. Marché conclu. » Il tendit la main et, comme Richard ne faisait aucun geste pour la saisir, il la laissa retomber. Malgré lui, il ne put s'empêcher de regarder Richard avec une certaine admiration. « Vous êtes un homme de fer, hein ?

— J'ai demandé à votre taxi d'attendre dans l'allée, répondit Richard en regardant sa montre. Il y a un train à trois heures. » Il plongea une main dans sa poche et en sortit une enveloppe. « Voilà de l'argent pour le billet. » Lambert hésita un instant et finit par la prendre avec un haussement d'épaules.

Ils marchèrent sans un mot jusqu'à la porte.

« Je vous suggère aussi, ajouta Richard, de résilier votre adhésion à Greyworth. Avant qu'on ne le fasse pour vous.

— Mais vous faites tout pour me ruiner la vie ! s'écria Lambert avec colère. Vous allez faire de moi un homme brisé !

— J'en doute. Les types de votre espèce ne s'effondrent jamais. Ce sont les autres qui s'effondrent autour de vous. Ceux qui ont le malheur de croiser votre route ; ceux qui vous font entrer dans leur vie ; ceux qui sont assez fous pour vous faire confiance. »

Lambert le considéra sans rien dire pendant quelques secondes, avant de monter dans le taxi. Le chauffeur mit le moteur en marche.

« Dites-moi, demanda soudain Richard. Avez-vous jamais aimé Philippa ? Ou c'était du cinéma depuis le début ? »

Lambert fit mine de réfléchir.

« Parfois je la trouvais pas mal. Quand elle se pomponnait un peu.

— Je vois. » Richard prit une profonde inspiration. « Allez-vous-en, maintenant. Tout de suite. »

Il regarda la voiture disparaître au bout de l'allée.

« Ça y est ? Il est parti ? » Richard fit volte-face ; Gillian se tenait sur les marches du perron. « Je t'ai entendu lui parler, poursuivit-elle. Tu as été fantastique.

— Oui, enfin… » Il se frotta le visage d'un air las. « Tu sais qu'il n'était même pas désolé de la façon dont il s'est comporté.

— Les gens comme lui ne sont jamais désolés de rien. Il faut juste les faire sortir de sa vie le plus vite possible et les oublier aussitôt. Ce n'est pas la peine de ruminer.

— Tu as sans doute raison. Mais, pour le moment, je ne peux pas m'empêcher de ruminer. Je me sens terriblement amer. » Il secoua la tête avec tristesse et retourna vers la maison. « Comment va Philippa ?

— Bien, répondit Gillian en s'avançant de quelques pas pour venir à sa rencontre. Elle s'en sortira. » Elle lui posa une main sur le bras et, pendant un instant, ils restèrent tous les deux silencieux.

« Fleur me manque, finit par dire Richard. Elle me manque. » Il laissa échapper un soupir. « Elle est partie ce matin, et elle me manque déjà.

— Moi aussi, elle me manque. Mais elle sera bientôt de retour. Peut-être qu'elle nous téléphonera ce soir.

— Non, je ne crois pas. Je l'ai demandée en mariage, hier soir. C'est pour ça qu'elle est partie pour Londres. Elle avait besoin de réfléchir.

— Je vois…

— Maintenant, je me dis que j'aurais mieux fait de me taire. Gillian, qu'est-ce qu'on va faire si elle dit non ?

— Elle ne dira pas non, Richard. J'en suis certaine.

— Mais si ! C'est tout à fait possible !

— C'est aussi possible qu'elle dise oui. Pense plutôt à ça. Elle peut très bien dire oui. »

Plus tard, dans la soirée, après que Philippa fut montée se coucher, Richard et Gillian se retrouvèrent tous les deux à boire le café au salon.

« Tu ne devrais pas mettre Fleur sur un piédestal, lança Gillian de but en blanc.

— Pardon ? » Richard releva la tête, abasourdi, et Gillian ne put s'empêcher de rougir.

« Excuse-moi, reprit-elle. Je ne devrais pas te dire des choses comme ça.

— Mais pas du tout, voyons. Tu peux me dire ce que tu veux. C'est juste que je ne suis pas sûr de comprendre.

— Ça n'a pas d'importance.

329

— Mais si ! Gillian, on se connaît depuis assez long-temps pour se parler franchement. » Il se pencha en avant et la regarda dans les yeux. « Dis-moi ce que tu penses. Qu'est-ce que tu entends par piédestal ?

— Tu croyais qu'Emily était parfaite. Et maintenant tu crois que Fleur l'est. »

Richard éclata de rire. « Je ne crois pas que Fleur soit parfaite ! Je crois… » Il hésita, et ses joues se colorèrent.

« Tu vois ! s'exclama Gillian. Tu crois qu'elle est parfaite ! Mais personne n'est parfait. » Elle se tut un instant pour réfléchir. « Un jour, tu découvriras quelque chose que tu ne savais pas sur elle. Ou que tu n'avais pas remarqué avant. Comme avec Emily. Et peut-être que ce ne sera pas quelque chose de bien. Pourtant ça ne veut pas dire que Fleur n'est pas quelqu'un de bien. »

Richard la dévisagea avec gravité. « Gillian, tu essaies de me dire quelque chose ? Au sujet de Fleur ?

— Mais non ! Ne sois pas bête. Seulement, je ne voudrais pas que tu sois déçu une nouvelle fois. Si tu pars avec des attentes réalistes, alors peut-être que tu as plus de chances d'être heureux.

— D'après toi, je suis un idéaliste.

— Oui, peut-être. Mais je ne suis pas forcément bien placée pour en parler. » Gênée, elle reposa un peu brusquement sa tasse à café et se leva. « La journée a été longue.

— Tu as raison ! approuva Richard. Gillian, tu as tout compris.

— Je te connais depuis longtemps.

— Mais on ne s'était jamais parlé comme ça ! C'est la première fois que tu me donnes un conseil !

« — Je ne pensais pas que c'était mon rôle, répondit Gillian timidement en se dirigeant vers la porte.

— C'est dommage.

— Les choses étaient différentes, avant. Tout était différent.

— Avant Fleur. »

Gillian hocha la tête en souriant. « Exactement. »

Le vendredi, Fleur n'avait toujours pas téléphoné. Richard et Gillian allaient et venaient dans la maison comme deux fauves en cage, tandis que, dehors, de lourds nuages s'amoncelaient dans le ciel. En milieu de matinée, il se mit à pleuvoir. Quelques minutes plus tard, la Jeep blanche se gara dans l'allée, déposant Antony et Zara dans un brouhaha de cris et de rires excités.

« Alors, racontez-nous ! lança Richard, cherchant par tous les moyens à se changer les idées. Vous vous êtes bien amusés ?

— Super ! répondit Zara. Même si Xanthe Forrester ne doit pas avoir plus d'un neurone dans le cerveau.

— On est allés faire une promenade, enchaîna Antony. Et on s'est complètement perdus. » Il croisa le regard de Zara, et tous deux explosèrent de rire.

« Et on a bu du cidre, reprit Zara après avoir retrouvé son calme.

— Toi, tu as bu du cidre, rectifia Antony. Nous, on a bu de la bière. Vas-y, Zara, fais l'accent des Cornouailles !

— Je ne peux pas.

— Mais si, tu peux !

— J'ai pas le contexte. Il me faut le contexte. »

Richard jeta un coup d'œil à Gillian.

« Eh bien, dit-il. Tout ça me semble parfait. Je crois quand même qu'il faudra que j'aie une petite conversation avec Mme Forrester.

— Où est Fleur ? demanda Zara, en lâchant son sac par terre.

— Elle est à Londres depuis quelques jours, expliqua Richard. Mais elle doit rentrer demain.

— À Londres ? s'inquiéta Zara. Pour quoi faire ?

— Oh, pas grand-chose. Je ne sais pas très bien, à vrai dire.

— Elle ne vous a rien dit ?

— Pas dans le détail. » Richard lui fit un grand sourire. « Et maintenant, que diriez-vous d'un bon chocolat chaud ?

— D'accord, répondit Zara, la tête ailleurs. Mais laissez-moi d'abord vérifier un truc. »

Sans se retourner, elle monta l'escalier quatre à quatre et courut jusqu'à la chambre de Fleur. Là, elle s'arrêta un instant pour reprendre son souffle et, le cœur battant, ouvrit en grand les portes de la penderie.

Tous les ensembles noirs de Fleur avaient disparu.

« Oh non, gémit Zara tout haut. Non, s'il te plaît. » Elle sentit une douleur comme un coup de poignard dans la poitrine. « S'il te plaît, non. » Ses jambes se mirent à trembler, et elle se laissa tomber sur le parquet.

« Non, s'il te plaît, répéta-t-elle en enfouissant son visage entre ses mains. Ne fais pas ça, je t'en prie. Je t'en prie. Pas cette fois. Fleur, pas cette fois. S'il te plaît ! »

Au dîner, la tension avait atteint son apogée. Immobile, Zara contemplait son assiette sans rien avaler ; Richard essayait de dissimuler son anxiété par une série de blagues auxquelles personne d'autre que lui ne riait ; Gillian entrechoquait bruyamment les assiettes et poussa un grand cri lorsque Antony fit tomber sa cuillère sur le carrelage. Quant à Philippa, elle mangea péniblement trois bouchées avant d'annoncer qu'elle finirait le reste dans sa chambre.

Après le repas, les autres s'installèrent au salon pour regarder un film qu'ils avaient tous déjà vu. À la fin, personne ne dit mot ; personne ne fit un geste pour se lever. Le programme suivant commença, et ils gardèrent les yeux rivés sur l'écran. On ne veut pas se quitter, pensa Zara. On ne veut pas aller au lit. On ne veut pas se retrouver tout seuls. Quand Antony bâilla et se mit à remuer sur son fauteuil, elle sentit un accès de panique.

« Je vais me coucher, déclara-t-il. Bonne nuit, tout le monde.

— Moi aussi », s'empressa de dire Zara en lui emboîtant le pas.

Dans l'escalier, elle l'attira contre lui.

« Laisse-moi dormir dans ton lit, ce soir, murmura-t-elle.

— Quoi ? Tu veux échanger ? demanda Antony, interloqué.

— Mais non, idiot ! Avec toi. C'est juste que... je ne veux pas dormir toute seule, OK ?

— Bon... d'accord, répondit Antony après une hésitation. D'accord. Mais si quelqu'un nous trouve ?

— Ne t'inquiète pas. Personne ne viendra voir. »

19

« Zara ! Zara ! » soufflait une voix importune dans l'oreille de la jeune fille, qui finit par se dire qu'elle pouvait peut-être lui demander de partir et d'aller embêter quelqu'un d'autre. Elle se frotta les yeux, les ouvrit et laissa échapper un petit cri étouffé.

« Eh bien, il était temps ! » Fleur se tenait près du lit, vêtue d'un joli tailleur rouge que Zara ne connaissait pas, et regardait sa fille avec une expression de triomphe et de colère mélangés. « Qu'est-ce que tu fais là, au juste ? »

Zara la dévisagea sans comprendre dans la lumière tamisée de la chambre aux volets fermés. Brusquement, elle se rappela qu'elle était dans le lit d'Antony, et que le bras nu posé sur son ventre était le sien.

« Ce n'est pas ce que tu crois, d'accord ? s'empressa-t-elle de préciser.

— Ma chérie, tu es au lit avec un garçon de quinze ans. Inutile de prétendre que tu y as atterri par erreur.

— Ce n'était pas par erreur ! Mais ce n'était pas… je veux dire, on n'a pas…

— Je n'ai pas le temps pour ça, coupa Fleur. Lève-toi et habille-toi. On s'en va. » Zara lui jeta un regard glacial, tandis qu'un terrible pressentiment lui tiraillait le ventre.

« Comment ça, on s'en va ? balbutia-t-elle.

— On part. Une voiture nous attend en bas. J'ai rencontré un homme très sympathique, cette semaine. Il s'appelle Ernest. On va le rejoindre dans sa maison de vacances.

— Non ! s'exclama Zara. On ne peut pas partir. Moi, je reste.

— Ne fais pas l'idiote, Zara, prévint Fleur avec une note d'impatience dans la voix. On part, et c'est tout.

— Je vais crier ! menaça Zara. Je vais réveiller tout le monde.

— Et ils arriveront en courant, et ils découvriront ce que toi et le jeune Favour avez fabriqué ensemble. Comment tu crois que son père prendra la chose ?

— On n'a rien fabriqué du tout ! protesta Zara. On n'a pas couché ensemble, d'accord ? On a juste dormi.

— J'ai du mal à le croire, si tu permets. Allez, maintenant, lève-toi. »

La couette se souleva, et la tête d'Antony émergea de dessous. Il mit un moment à reconnaître Fleur.

« Fleur ! bredouilla-t-il, le visage blême. Oh, mon Dieu ! Je suis désolé ! On ne voulait pas... » Il jeta un regard effrayé à Zara, avant de se tourner de nouveau vers Fleur. « Honnêtement...

— Chhh, siffla Fleur. Tu ne tiens pas à ameuter ton père, si ?

— Ne dis rien à papa, supplia Antony. Il ne comprendrait pas.

— Eh bien, si tu ne veux pas que ton père le sache, je te suggère de ne pas faire de bruit. Quant à toi, ajouta-t-elle à l'intention de sa fille, tu viens avec moi immédiatement.

— Je ne veux pas partir, répliqua Zara d'un ton désespéré.

— Tu ferais mieux d'y aller, conseilla Antony. Sinon papa va nous entendre et il va venir voir.

— Voilà un garçon raisonnable, approuva Fleur. Allez, viens, Zara.

— À plus tard, lança Antony en se retournant sous la couette.

— À plus tard », murmura Zara. Elle lui effleura tendrement la tête, et des larmes se mirent à couler en silence sur ses joues.

La voiture les attendait dans un coin discret de la propriété. C'était une grosse Rolls-Royce bleu marine, avec des sièges en cuir et un chauffeur en uniforme qui bondit dehors pour ouvrir la portière dès qu'il vit Fleur et Zara approcher.

« Je ne veux pas partir, répéta Zara en s'immobilisant. Je ne peux pas partir. Je veux habiter ici.

— Mais non, rétorqua Fleur.

— Si ! C'est bien, ici ! Et j'adore Richard, et Gillian, et Antony…

— Bientôt, nous serons dans une maison en Algarve. On fera des choses super, on rencontrera des gens intéressants. Et la vie que nous menions ici te paraîtra très ennuyeuse.

— Je suis sûre que non ! » s'exclama Zara. Elle donna un coup de pied dans la carrosserie de la Rolls-Royce, et le chauffeur tressaillit.

« Ne fais pas ça ! chuchota Fleur en poussant énergiquement sa fille à l'intérieur de la voiture. Assieds-toi, et tiens-toi bien !

— Pourquoi doit-on partir ? Donne-moi une seule raison.

— Tu connais très bien les raisons, ma chérie.

— Donne-m'en une ! » cria Zara. Elle regarda sa mère, s'attendant à une confrontation, peut-être même à une gifle. Mais Fleur avait le visage tourné vers la vitre, elle tremblait légèrement et semblait ne pas avoir de réponse.

À huit heures, ils avaient déjà vérifié partout.

« J'ai fait le jardin, annonça Gillian en pénétrant dans la cuisine. Aucune trace. » Elle s'adressa une fois de plus à Antony : « Tu es sûr qu'elle ne t'a rien dit ?

— Rien, marmonna Antony sans oser croiser son regard. Je ne sais pas ce qui s'est passé. Je ne l'ai pas revue depuis hier soir.

— Ça ne ressemble pas du tout à Zara, soupira Richard. Enfin, bon, j'imagine qu'elle va revenir.

— Tu ne crois pas qu'on devrait appeler la police ? suggéra Gillian.

— Je crois que ce serait un peu précipité. Il n'est que huit heures du matin, après tout. Elle est peut-être partie faire un tour. Elle va sans doute rentrer d'une minute à l'autre. Pas vrai, Antony ?

— Ouais », répondit mollement le garçon, avant de détourner la tête.

Une demi-heure plus tard, Gillian arriva dans la cuisine en courant.

« Il y a une voiture dans l'allée ! C'est peut-être quelqu'un qui a récupéré Zara !

— Tu vois, fit Richard avec un grand sourire. Je savais qu'on se faisait du souci pour rien. » Il se leva. « Antony, prépare du café. Et prends ton petit déjeuner ! On dirait que tu n'as pas dormi de la nuit !

— Si, j'ai dormi, s'empressa de répondre Antony. J'ai très bien dormi, même.

337

— Tant mieux, conclut Richard en lui jetant un regard étonné. Tu n'as qu'à refaire du café pendant que je vais voir si c'est bien Zara.

— Ce n'est pas Zara, rectifia Gillian en revenant dans la cuisine. C'est l'ami de Fleur, Johnny. Avec un type bizarre. »

« Richard t'aime, lança Zara d'un ton accusateur. Tu le sais très bien. » Fleur ne disait rien. Elles s'étaient arrêtées dans le premier village qu'elles avaient rencontré, et à présent elles attendaient dans la voiture que la banque ouvre ses portes. Dans sa main, prête à l'emploi, Fleur tenait la Gold Card de Richard.

« Il veut t'épouser, insista Zara. Tu pourrais être très heureuse avec lui.

— Chérie, tu dis ça chaque fois.

— Cette fois, c'est vrai ! C'est différent ! Tu es différente, Fleur. Tu as changé.

— N'importe quoi, répliqua Fleur sèchement.

— Johnny pense la même chose. Il dit que tu es prête pour te poser.

— Me poser ! ricana Fleur. Me poser et devenir une gentille épouse. Avoir du "confort".

— Et alors, où est le problème ? s'écria Zara. Le confort, c'est mieux que l'inconfort, non ? Tu aimais bien cet endroit ! Ça se voyait ! » Elle jeta à sa mère un regard inquisiteur. « Fleur, pourquoi on part ?

— Écoute, chérie… » Fleur se retourna et, à sa grande surprise, Zara constata qu'elle avait les yeux légèrement humides. « Je ne vais quand même pas devenir une petite bourgeoise rangée du Surrey !

— Mais tu ne serais pas une petite bourgeoise rangée du Surrey ! Tu serais toi-même !

« — Moi-même ? Et qu'est-ce que c'est ?

— Je ne sais pas, répondit Zara, à bout de forces. C'est ce que Richard croit que tu es. »

Fleur eut un petit rire étouffé.

« Richard croit que je suis une charmante créature dévouée qui se fiche éperdument des questions d'argent. » Elle serra la Gold Card entre ses doigts. « Si je me marie avec lui, je finirai par divorcer.

— Pas forcément !

— Si, ma puce. Je ne pourrai pas m'en empêcher. » Fleur se mit à examiner ses ongles. « Je me connais. Et Richard mérite mieux que moi.

— Mais il ne veut pas mieux ! C'est toi qu'il veut !

— Tu ne connais rien à ces choses-là », rétorqua Fleur d'un ton définitif. Elle se retourna vers la vitre. « Allez, murmura-t-elle comme pour elle-même. On prend l'argent et on y va. »

Hal Winters était un homme grand, aux épaules étroites, au visage bronzé et aux lunettes à monture métallique. Assis à côté de Johnny à la table de la cuisine, il buvait son café en aspirant bruyamment, tandis que Richard, Gillian et Antony l'observaient en silence.

« Pardonnez-nous, finit par dire Richard. Nous avons été quelque peu surpris. D'abord la disparition de Zara et maintenant…

— Ah ben je comprends que vous ayez été surpris », coupa Hal Winters. Il parlait lentement, avec un très fort accent du Midwest qui faisait sourire Antony de bonheur. « Avec Fleur qui vous a raconté que j'étais mort et tout ça.

339

— En fait, maintenant que j'y pense, je ne suis pas sûr qu'elle ait dit tout à fait ça, reprit Richard en fronçant les sourcils. N'est-ce pas, Gillian ?

— C'est sans doute un malentendu, confirma aussitôt Gillian. Quel dommage qu'elle ne soit pas là !

— Tiens, tiens, s'exclama Johnny avec un coup d'œil en coin à Richard. Et Zara qui n'est pas là non plus. Quelle coïncidence !

— Zara était là hier soir, précisa Richard. Je ne sais pas ce qui a bien pu arriver.

— Je repars pour les États-Unis cet après-midi, indiqua Hal Winters en les regardant un par un d'un air malheureux. Si j'ai raté ma petite fille…

— Je suis sûre qu'elle sera là d'une minute à l'autre, affirma Gillian.

— Ma femme, Beth-Ann, me posait justement la question hier soir, poursuivit Hal Winters, visiblement très affecté. La première fois que je lui ai dit que j'avais… » Il hésita. « Enfin bref, quand je lui ai dit qu'il y avait peut-être un autre enfant quelque part, elle était vraiment fâchée contre moi. Elle a pleuré toutes les larmes de son corps. Mais, finalement, elle s'est faite à l'idée. Maintenant, elle veut que je ramène Zara à la maison pour qu'elle rencontre toute la famille. Mais je vois pas comment je peux la ramener si elle est pas là, pas vrai ? »

Il y eut un silence gêné.

« Encore un peu de café ? proposa Richard, à court d'idées.

— C'est pas de refus, répondit Hal Winters.

— Je vais prévenir la police, décida brusquement Gillian. Je crois que nous avons assez attendu. »

« Ah, enfin ! » s'exclama Fleur. Elle se redressa sur son siège, et le tissu de sa veste couina contre le cuir souple du dossier. « Regarde ! La banque ouvre ses portes.

— Alors ? Combien tu vas prendre ? demanda Zara en sortant un chewing-gum de son papier.

— Je n'ai pas encore décidé.

— Dix mille ? Vingt mille ?

— Oh, mais je ne sais pas ! répliqua Fleur, agacée.

— Tu pourrais être heureuse avec Richard ! s'écria Zara. Mais tu sacrifies tout ça pour... quoi ? Vingt mille dollars de merde.

— Livres.

— Bon sang ! Comme si ça changeait quelque chose ! Comme si ça signifiait quelque chose pour toi ! Ça va sur un compte et ça y reste, alors ! Je veux dire, tu fais tout ça juste pour pouvoir regarder un chiffre à la fin de chaque mois et te sentir en sécurité, c'est ça ?

— L'argent, c'est la sécurité, ma chérie.

— Les gens, c'est la sécurité ! L'argent, on le dépense ! Mais les gens, ça reste !

— Non, ça ne reste pas. Les gens ne restent pas indéfiniment.

— Mais si ! C'est toi qui ne restes pas ! Tu ne donnes jamais sa chance à personne !

— Ma chérie, tu es une enfant. Tu ne sais pas de quoi tu parles. » La voix de Fleur tremblait un peu, et elle tapotait avec nervosité la Gold Card contre ses ongles vernis de rouge.

« D'accord, je suis une gamine. Donc, je n'ai pas d'opinion. » Zara jeta un coup d'œil par la fenêtre. « La banque est ouverte. Vas-y. Prends l'argent. Jette Richard à la poubelle. Jette à la poubelle l'homme le plus gentil du monde. » Elle appuya sur un bouton, et la vitre s'abaissa en ronronnant. « Eh ben, vas-y ! criat-elle. Dépêche-toi ! Qu'est-ce que tu attends ? Va ruiner sa vie ! Et ruiner la nôtre par la même occasion !

— Tais-toi ! hurla Fleur. Tais-toi ! J'ai besoin de réfléchir. » Elle leva une main tremblante et la pressa contre son front. « J'ai besoin de réfléchir », répétat-elle dans un murmure.

« Alors, comme ça, vous travaillez dans la pharmacologie ? demanda poliment Gillian.

— Le traitement de la douleur, c'est mon boulot, répondit Hal Winters, s'animant quelque peu. Je représente une compagnie qui fabrique un analgésique de haute qualité sous forme de comprimé, actuellement numéro deux des ventes aux États-Unis.

— Seigneur ! s'exclama Gillian.

— Vous avez des maux de tête, madame ?

— Eh bien, j'imagine que oui... de temps en temps. »

Hal Winters fouilla dans sa poche et en sortit une petite plaquette de pilules.

« Vous ne trouverez aucun produit aussi efficace, déclara-t-il. Vous voyez, ce que ça fait, c'est que ça s'attaque à la racine de la douleur. Le cœur de la douleur, si vous préférez. » Il ferma les yeux et posa ses deux mains sur sa nuque. « Une migraine commence en général ici. Et ensuite elle s'étend. » Il rouvrit les yeux. « Eh ben, ce qu'il faut faire, c'est l'intercepter avant qu'elle s'étende. Et c'est exactement ce que fait cette petite merveille.

— Je vois, répondit faiblement Gillian.

— Hal, chaque fois que vous parlez de migraine, j'en sens une qui démarre, se plaignit Johnny. C'est

342

comme ça que vous arrivez à vendre autant de cachets ?

— J'ai parlé avec la police, annonça Richard en les rejoignant dans la cuisine. Je ne peux pas dire qu'ils aient été d'un grand secours.

— Papa, intervint calmement Antony. Papa, il faut que je te parle.

— Qu'est-ce qu'il y a ?

— Pas ici. Viens dehors. »

Ils traversèrent le hall, franchirent la porte d'entrée – qu'ils avaient laissée ouverte au cas où Zara aurait perdu ses clés – et marchèrent dans l'allée. Il avait plu pendant la nuit ; l'air était humide et frais. Antony se dirigea vers un banc en bois qu'il estimait suffisamment éloigné de la maison. Il l'essuya avant de s'y asseoir.

« Alors ? demanda Richard en s'asseyant à côté de lui et en le regardant d'une curieuse façon. De quoi s'agit-il ?

— Il s'agit de Zara.

— Antony ! Tu sais où elle est ?

— Non ! s'écria Antony. Je n'en ai pas la moindre idée ! Mais… » Il ne put s'empêcher de rougir. « … il s'est passé quelque chose ce matin.

— Ce matin ?

— Enfin, hier soir, en fait.

— Antony, tout ça ne me plaît pas du tout.

— C'est rien de mal ! Enfin, pas vraiment. Ça a juste l'air mal. » Le garçon prit une grande inspiration. « Zara se sentait seule, hier soir. Elle a voulu dormir avec moi. Je veux dire, juste… enfin, tu vois : partager mon lit. Pour la compagnie. »

Il jeta un regard implorant à son père, qui laissa échapper un bruyant soupir.

« Je vois, dit-il d'un ton posé. À présent, je commence à comprendre…

— On n'a rien fait ! Je te jure ! Tu dois me croire ! Mais Fleur… »

Richard releva vivement la tête.

« Fleur ?

— Elle nous a trouvés. Dans le même lit. Et elle était… » Antony se passa la langue sur les lèvres. « Elle était très fâchée.

— Fleur était là ?

— C'était très tôt ce matin. Elle est entrée, elle nous a vus, et elle a emmenée Zara avec elle.

— Ça, je la comprends ! s'écria Richard, en colère. Antony, comment as-tu pu faire une chose pareille ?

— Mais je n'ai rien fait !

— Tu n'as donc rien dans la tête !

— Je n'ai pas pensé… Je ne me suis pas rendu compte… » Antony regarda son père dans les yeux. « Papa, je suis désolé. » Sa voix flancha. « Honnêtement, on n'était pas… Ce n'était pas… »

Richard céda. « Je te crois, dit-il. Mais tu dois comprendre ce que Fleur a dû penser. Elle nous a laissé sa fille. Elle nous a fait confiance. » Il s'attrapa la tête à deux mains. « Ça m'étonne qu'elle ne soit pas venue me voir.

— Elle est partie comme une furie. » Antony se mordit la lèvre. « Tu crois qu'elle va revenir ?

— Je l'ignore. J'aimerais beaucoup le croire. Mais elle peut aussi décider… Elle a peut-être décidé… » Il s'interrompit, incapable de poursuivre.

« C'est ma faute si elle ne revient pas ! s'affola Antony. Fleur ne va pas revenir, et Zara ne verra pas son père ! Mon Dieu, j'ai tout gâché !

— Mais non, ne sois pas bête. Il y a beaucoup d'autres éléments que tu ignores. »

Ils restèrent un long moment sans rien dire, chacun absorbé par ses propres pensées.

« Tu l'aimais vraiment, pas vrai ? demanda brusquement Antony.

— Oui, répondit Richard. Je l'aime toujours, d'ailleurs.

— Tu crois qu'elle est partie où ?

— Aucune idée. » Richard déplia ses jambes et se leva sans prévenir. « Il faut aller raconter ça à M. Winters.

— Non, papa ! S'il te plaît !

— Tu dois lui dire. C'est malhonnête de le lui cacher. Il a l'air d'être un homme très bien, nous lui devons la vérité.

— Mais il va me tuer !

— Je ne pense pas. » Richard ne put s'empêcher de sourire. « Nous ne sommes plus au temps des mariages forcés, tu sais.

— Mariages forcés ? » Antony regarda son père, abasourdi. « Mais on n'a même pas…

— Je plaisante ! Vous grandissez trop vite, de nos jours, voilà. C'est peut-être amusant de boire de l'alcool, de fumer et de dormir dans le lit des filles, mais c'est aussi source de problèmes. » Antony haussa les épaules, gêné. « Je veux dire, regarde-toi, par exemple. Tu n'as que quinze ans. Et Zara seulement quatorze ! »

Antony releva la tête. « En fait, papa, il y a autre chose que je voulais te dire. À propos de l'âge de Zara. Et aussi… d'autres choses.

— Quoi, l'âge de Zara ?

— Eh bien, son anniversaire, tu te souviens ? L'anniversaire qu'on a fêté il y a quelques semaines.

345

— Bien sûr, que je m'en souviens ! répliqua Richard avec impatience. Et alors ?

— Eh ben... » Antony agitait nerveusement ses pieds. « C'est un peu difficile à expliquer. En fait...

— Attends, coupa soudain Richard. Qu'est-ce que... ? » Il n'en croyait pas ses yeux. « Qu'est-ce que c'est que ça ? »

Telle une apparition, une énorme Rolls-Royce bleu marine avançait au ralenti dans l'allée. Elle s'arrêta devant la maison.

Hésitants, se jetant des regards incertains, Richard et Antony s'approchèrent à pas lents.

« Tu crois qu'ils se sont trompés d'adresse ? chuchota Antony. C'est peut-être une star de cinéma. » Richard ne disait rien. Il avait le visage fermé et le cou tendu.

De l'avant de la voiture émergea un chauffeur en uniforme qui les ignora, contourna le véhicule jusqu'à la portière passager qu'il ouvrit d'un geste théâtral.

« Regarde ! lança Antony, surexcité. Ils vont sortir ! »

Une jambe apparut, longue et pâle, suivie d'un bras revêtu de rouge.

« C'est... » Antony jeta un coup d'œil à son père. « Ça alors !

— Fleur », murmura simplement Richard en s'efforçant de garder son calme.

Elle se retourna en entendant sa voix, hésita une seconde avant de faire quelques pas vers lui en le regardant, les lèvres tremblantes. Pendant un instant, ils ne parlèrent ni l'un ni l'autre.

« Tu vois, je suis revenue, finit par dire Fleur.

— Oui, je vois. Tu es revenue. Est-ce que tu as... une réponse pour moi ?

346

« — Oui. » Elle leva le menton pour se donner du courage. « Je ne veux pas t'épouser, Richard. »

Richard sentit comme un coup de poignard dans le ventre ; confusément, il perçut le « oh » de déception d'Antony.

« Très bien. C'est gentil à toi d'être venue me prévenir.

— Je ne veux pas t'épouser, répéta Fleur. Mais... j'aimerais rester ici quelque temps. Si tu veux bien. »

Richard la dévisagea, muet de stupeur. Lentement, la douleur dans sa poitrine commença à refluer, et la tension de toute la semaine à s'estomper. Un bonheur prudent mais confiant envahit peu à peu son corps.

« Oui, je veux bien. Je veux bien que tu restes ici. »

Il s'approcha de Fleur, prit ses mains dans les siennes, les porta jusqu'à son visage et frotta tendrement ses joues contre sa peau douce et tiède. « J'ai cru que tu étais partie ! s'exclama-t-il soudain, au bord des larmes. J'ai vraiment cru que tu étais partie pour toujours. »

Fleur le regarda avec une grande franchise dans les yeux. « J'ai failli, dit-elle.

— Que s'est-il passé, alors ? Pourquoi as-tu décidé de...

— Richard, ne me demande rien. » Elle lui mit un doigt sur les lèvres. « Ne pose pas de questions si tu n'es pas sûr de vouloir entendre les réponses. Parce que les réponses... » Elle battit des cils et détourna la tête. « ... les réponses ne seront peut-être pas celles que tu as envie d'entendre. »

Richard l'observa avec attention pendant plusieurs secondes.

« Gillian m'a déjà dit quelque chose dans ce genre, dit-il enfin.

— Gillian est une femme d'une grande sagesse.

— Où est Zara ? demanda Antony, las de ces conversations d'adultes auxquelles il ne comprenait rien.

— Zara, ma chérie, s'écria Fleur avec une note d'impatience dans la voix. Sors de la voiture. »

Lentement, prudemment, la jeune fille descendit de la Rolls-Royce. Elle resta immobile un moment, tel un chat sur la défensive, lançant des regards apeurés autour d'elle comme si elle ne reconnaissait pas cet endroit. Antony se souvint de la première fois qu'il l'avait vue.

« Ben voilà, dit-elle en croisant son regard. On est revenues. » Elle grattait le sol du bout de son pied. « Enfin bon, ajouta-t-elle. Si vous voulez bien de nous.

— Mais bien sûr qu'on veut de vous, s'empressa de rétorquer Antony. Pas vrai, papa ?

— Bien sûr. »

Richard lâcha les mains de Fleur pour se diriger vers Zara.

« Viens, Zara, déclara-t-il gentiment. Il y a quelqu'un à l'intérieur qui a très envie de faire ta connaissance.

— Qui ça ? demanda Fleur aussitôt.

— Je crois que tu sais de qui je parle, Fleur », répondit Richard en se retournant vers elle.

Pendant quelques instants, ils se regardèrent avec un air de défi. Puis, comme en guise d'assentiment, Fleur eut un léger haussement d'épaules. Richard hocha la tête, satisfait, et revint à Zara.

« Viens, dit-il avec tendresse. Viens, petite Zara. Nous avons eu notre tour. C'est à toi, maintenant. » Et, un bras autour de ses épaules fragiles, il la conduisit solennellement dans la maison.

Composé par Nord Compo
à Villeneuve-d'Ascq (Nord)

Imprimé en France par

BUSSIÈRE

à Saint-Amand-Montrond (Cher)
en septembre 2010

POCKET - 12, avenue d'Italie - 75627 Paris Cedex 13

N° d'impression : 101330
Dépôt légal : octobre 2010

S 19176/01